still
with
you

LILY DEL PILAR

still
with
you

Planeta

Obra editada en colaboración con Editorial Planeta – Chile

© 2021, Lily Ibarra

© 2021, Editorial Planeta Chilena S.A – Santiago de Chile, Chile

Derechos reservados

© 2021, Editorial Planeta Mexicana, S.A. de C.V.
Bajo el sello editorial PLANETA M.R.
Avenida Presidente Masarik núm. 111,
Piso 2, Polanco V Sección, Miguel Hidalgo
C.P. 11560, Ciudad de México
www.planetadelibros.com.mx

Ilustración de portada: Daniela de la Fuente Inostroza @calicocat_art

Primera edición impresa en Chile: mayo de 2021
ISBN: 978-956-360-916-5

Primera edición impresa en México: octubre de 2021
Quinta reimpresión en México: enero de 2023
ISBN: 978-607-07-8157-5

Impreso en los talleres de Impregráfica Digital, S.A. de C.V.
Av. Coyoacán 100-D, Valle Norte, Benito Juárez
Ciudad De Mexico, C.P. 03103
Impreso en México –*Printed in Mexico*

*A Jungkook por crear «Still With You»,
y a BTS*

Índice de personajes

Jong Sungguk: veintiún años. Policía novato y rescatista animal en su tiempo libre. Es uno de los protagonistas de la novela.

Moon Daehyun: diecinueve años. Todo lo que conoce del mundo es lo que pudo ver a través de la ventana de su casa. Es uno de los protagonistas de la novela.

Lee Minki: veintitrés años. Policía. Probablemente el mejor amigo de Jong Sungguk, aunque Minki no lo cree así. Eterno enamorado de su novio Jaebyu.

Kim Seojun: veintiséis años. Psicólogo a cargo de Daehyun. Cuñado de Sungguk, casado con Suni.

Choi Namsoo: veinticuatro años. Estudiante de Medicina, realiza su segundo año de internado en el hospital de la ciudad. Es uno de los doctores a cargo de Daehyun. Compañero de casa de Sungguk y Eunjin.

Yoon Jaebyu: veintiséis años. Enfermero en el hospital de la ciudad. Su novio Lee Minki lo describiría como «el amor de su vida que no habla demasiado».

Yeo Eunjin: veinticinco años. Policía y superior a cargo de Sungguk y Minki. Compañero de casa de Namsoo y Sungguk.

Moon Sunhee: también conocida como Lara, abuela de Daehyun.

Moon Minho: padre de Moon Daehyun.

Jong Sehun: padre de Jong Sungguk.

Bae Jihoon: intérprete de lengua de señas.

1

Se suponía que Jong Sungguk fue enviado a ese domicilio solo para una inspección de rutina. Una vecina del lugar había reportado un olor nauseabundo proveniente desde la casa de al lado.

«Olor a muerto», declaró al llamar a la policía.

Los antecedentes recopilados por la telefonista del caso eran de una señora que rondaba los sesenta años. Según su vecina, la última vez que la vio fue en la iglesia, hace ya más de una semana. Vivía sola, no parecía tener familiares y solo era visitada por amigas en raras ocasiones. Con el evidente sobrepeso que declaró la vecina a la telefonista, no era raro pensar en un posible ataque cardíaco.

—Detesto cuando la gente muere sola —comentó el compañero de rondas de Sungguk, Lee Minki.

Tenía los brazos cruzados en el asiento del copiloto y la vista clavada afuera. Llovía, no muy fuerte, pero lo suficiente para resultar molesto.

—No sabemos si está muerta —dijo Jong Sungguk, por fin apagando el motor.

—Mal olor de hace días, nadie la ha visto por una semana, vive sola, tiene obesidad… no sé, a mí me parece clarísimo. Deberían haber enviado a los forenses, no a nosotros.

Sungguk puso los ojos en blanco y se acomodó el arma de servicio, que hasta ahora no le había tocado utilizar pues llevaba solo unos meses graduado de la escuela de policía. Entonces abrió la puerta y salió, Minki lo siguió protestando.

El barrio era de clase media. Había casas con antejardines no cercados y una terraza como antesala a la puerta principal, de madera, todas con el mismo diseño. Dos pisos de alto y un entretecho no muy grande, que tenía una ventana redonda por donde se colaba la luz.

Nada más acercarse a la casa, un poco destartalada en comparación a la de los vecinos, la puerta de al lado se abrió. Salió una mujer cubriéndose con un chal.

—Hola, soy la vecina que llamó —se presentó.

Lógicamente, pensó Sungguk, ese tipo de personas tendían a presentar un comportamiento ansioso y fisgón.

—Mi nombre es Jong Sungguk —dijo acercándose hasta llegar a las escaleras de madera que subían a la casa de la señora—. Y él es Lee Minki.

Ella los recorrió con la mirada antes de dirigir su atención a la casa vacía, que tenía las luces apagadas a pesar de que el atardecer se diluía.

—Son muy jóvenes —la escuchó musitar.

Claro, por lo mismo los habían enviado a esa inspección de rutina. A diferencia de Sungguk, que llevaba solo cuatro meses de servicio, Minki iba por el año. Ambos, como bien dijo la señora, eran demasiado jóvenes.

—Por cierto, mi nombre es Hee.

Sungguk asintió.

—Señora Hee, hemos recibido una llamada de su parte indicando malos olores.

—Olor a muerto —corrigió ella—. Ahora no se siente por la lluvia, pero era insoportable.

—Entiendo —dijo Sungguk.

Por el rabillo del ojo se fijó en Minki, quien recorría el jardín vecino con aire tranquilo, una rutina para ambos.

—Hace más de una semana que Lara no aparece —continuó—. Ella no tiene familiares… su hijo murió hace quince años, más o menos, en un accidente de automóvil, fue realmente terrible. Quedó incrustado entre los fierros y tuvieron que cortar el auto para poder sacarlo. Desde ahí que Lara no ha sido la misma.

—¿Sabe si el último tiempo Lara ha sido visitada por alguien?

—Solo su grupo de amigas. Vinieron hace… unas dos semanas, un poco menos tal vez… con la edad uno ya no recuerda tan bien las cosas.

—¿Algo más que agregar? —añadió Sungguk.

La señora pareció dudar antes de contestar.

—Ayer creí ver una luz prendida en el altillo, pero desapareció de inmediato, creo que solo fueron imaginaciones mías.

Posiblemente lo eran, pensó Sungguk. Que la señora Hee pensase que su vecina Lara estaba muerta era suficiente antecedente para imaginarse una casa embrujada. De nada le sorprendía su avistamiento.

—¿Algo más? —preguntó mientras se arreglaba la gorra por la que escurría agua que mojaba su chaqueta.

—Toqué la puerta un par de veces en la semana, pero nadie salió —dudó antes de continuar—. ¿Estará muerta?

—Ahora procederemos a investigar.

Tras una afirmación, Sungguk se dirigió donde su amigo Minki, que estaba intentando inspeccionar el patio trasero de la casa.

—¿No crees que es extraño que esté el patio cubierto? —preguntó con desconcierto—. El barrio es tranquilo y nadie tiene rejas.

—Tal vez le gusta la privacidad —dijo Sungguk.

¿Pero una mujer que vivía sola, que era poco visitada por sus amigos y que tenía el patio trasero techado? Ninguna historia normal comenzaba así.

Sin más palabras, se acercaron a la casa encendiendo las linternas, mientras que la oscuridad de la calle apenas era combatida por las farolas que desprendían una leve luz anaranjada.

Al subir al porche de la casa sus pasos resonaron en la escalera. Las tablas estaban sueltas y parecían faltarle varias capas de barniz. La puerta también se veía descascarada.

Como lo dictaba el protocolo, tocaron el timbre. Nadie salió, tampoco se escuchó ruido desde el interior. Volvieron a intentarlo, esta vez golpeando directo la puerta.

—Hola, es la Policía de Daegu —dijo Minki—. Recibimos una llamada por malos olores, ¿hay alguien en casa?

Nada.

Sungguk se movió a una ventana cubierta por visillos gruesos que ocultaba el interior de la casa; intentó abrirla, pero se encontraba sellada con un pegamento blanco. Apoyando la linterna en el vidrio, Sungguk apegó la cara para intentar ver dentro. Era el comedor. Una mesa de cuatro puestos, dos asientos desacomodados comparados con los otros dos. Al intentar moverse hacia la otra ventana, se encontró a Minki espiando igual que él; también estaba sellada.

—Es el living —dijo—. Se ve todo normal. Un sofá de tres cuerpos y uno de esos reclinables. Una televisión… espera, adentro se ve mejor cuidado que afuera, ¿no crees?

Sungguk pensaba lo mismo. Lo poco que había alcanzado a analizar se veía ordenado y pulcro.

Volvió a la puerta y tocó. Otra vez nada.

—Bueno, tendremos que forzarla —concluyó Minki—. Debe estar muerta. En serio detesto encontrar a gente que murió sola y que nadie se enteró en días… es triste. Sungguk, prométeme que irás a visitarme al departamento si un día no aparezco en el trabajo.

Ambos se dirigieron al automóvil a buscar unas herramientas para forzar el cerrojo.

—Vives con tu novio, de seguro él nos alertará si mueres.

—¿Y si estamos peleados, Jaebyu me abandona en el departamento y yo me muero de pena? —preguntó mientras sacaba un cincel y un martillo—. Es algo que podría pasar. Sabes que soy melodramático y me tomo mal nuestras discusiones.

—Prometo que iré a verte si un día no apareces a trabajar —repitió a regañadientes, dirigiéndose otra vez a la casa.

Minki golpeó el cerrojo en el ángulo preciso. Se rompió con facilidad.

—La gente compra pestillos tan malos… —se quejó Minki mientras abría la puerta con el hombro.

El olor los golpeó como una cachetada. Nauseabundo, podrido, descompuesto. Era el olor indudable de la muerte.

—Te lo dije —se quejó Minki sacando un pañuelo para cubrir su nariz y boca.

Sungguk hizo lo mismo. Siguiéndolo a unos pasos y observando por sobre su cabellera rubia el lugar, apuntó con su linterna de aquí para allá. El interior estaba ordenado y bonito. La casa parecía haber sido pintada hace poco y el piso de madera se encontraba lustrado. La imagen no calzaba con el olor.

—¿Cuántos días llevará…? —Minki dejó de hablar cuando se asomó a una habitación. Dio un largo suspiro—. Aquí está, Sungguk.

Se dirigió hacia su compañero evitando tocar algo que pudiese entorpecer la escena.

En medio de la cocina amplia yacía en el suelo el cuerpo de una mujer de unos sesenta años con evidente obesidad. Estaba hinchada y amoratada, evidentemente descompuesta.

—No tendremos que tomarle el pulso, ¿cierto? —bromeó Minki sacando su celular para grabar unas notas de audio—. Se encuentra cuerpo, en medio de la cocina, en avanzado estado de descomposición. Mujer de unos sesenta años, cien kilos, metro… sí, metro sesenta aproximadamente, cabello rubio tinturado y con canas en la raíz. Viste una camisola de pijama. No parece haber indicios de agresión. Todo indica muerte natural.

Sungguk se acercó colocándose en cuclillas a su lado para examinar el cuerpo. Manos, muñecas, cuello, tobillos, rostro. Toda la piel que quedaba al descubierto por la camisola no parecía tener daños físicos. La expresión de la mujer era de pánico, lo que no era de extrañar; el miedo a morir era un rostro recurrente en muertos.

—Su posición es peculiar —comentó Sungguk.

Minki se acercó de inmediato.

—¿Por qué lo dices?

—Si hubiera muerto sola y de un ataque al corazón, ¿no debería estar afirmándose el pecho? Duele, los ataques al corazón duelen, esa debería ser su reacción natural —apuntó hacia la cocinilla, donde quedaban los restos de comida quemada en el sartén—. El fuego está apagado y no creo que ella haya tenido el control para hacerlo, porque, de ser así, ¿no debería a lo menos haber llegado al teléfono? Tiene los brazos sobre el estómago. Alguien la acomodó antes del *rigor mortis*, que comienza a la media hora.

Minki ladeó la cabeza.

—¿La mataron?

—Tal vez no, pero alguien estaba con ella.

Eso, por extraño que pareciera, le sacó un suspiro de alivio a Minki.

—No murió sola.

—¿Prefieres un asesinato antes que una muerte natural y solitaria?

—Eh, no me mires así. Yo antes no era tan rarito. Ver demasiado de esto… —apuntó la escena— hace que se me trastoque el cerebro.

Sungguk puso los ojos en blanco.

—Ve por las radios y pide que manden un equipo.

—Soy tu *hyung** y tengo más experiencia, yo debería darte las indicaciones.

—Qué importa eso, Minki, solo ve.

Pareció querer refutarlo, pero al final terminó saliendo con paso rápido.

No fue sino hasta que el ruido de los pasos de Minki se perdió al salir de la casa, que el silencio volvió a ser ensordecedor. Un escalofrío le recorrió la espalda a Sungguk, ya no tan feliz de estar a solas con el cuerpo.

Colocándose de pie y estirando las rodillas, inspeccionó las tazas sucias del fregadero. Eran dos. La casa por dentro estaba cuidada, aunque por fuera no. La mujer parecía no haber muerto sola…

Entonces la madera crujió sobre su cabeza.

Al parecer, no estaban solos en la casa.

* Título honorífico coreano para llamar a los hermanos mayores o amigos cercanos de más edad.

2

Agudizó el oído para intentar captar de dónde provenía el ruido. No parecía ser del segundo piso, se escuchaba más alejado. Posicionando la mano en su arma de servicio, dio unos pasos hacia la escalera. Se detuvo al escuchar la queja de Minki desde afuera.

—Jefe —decía en broma—, ya los llamé y dicen que en dos horas, están ocupados con un asesinato en…

Sungguk se apresuró hacia el porche, posicionando su dedo sobre la boca para mandarlo a callar. Minki captó de inmediato y se acercó con las radios portátiles en las manos, entregándole una para que la enganchase en el cinturón.

—Hay alguien más en la casa —susurró Sungguk—. Debe estar arriba.

—¿El asesino está ahí dentro? —jadeó Minki con los ojos abiertos de par en par.

—Eso no lo sé —lo reprendió Sungguk—, pero hay alguien.

Minki asintió llevándose también la mano al arma de servicio.

—¿La saco?

—No, solo mantente atento, vamos a explorar el primer piso para ver si está despejado o…

—¿Crees que haya dos personas? —musitó—. ¿No deberíamos llamar a los refuerzos y esperar a que lleguen? Si me pasa algo hoy, Jaebyu morirá de tristeza. Hoy es nuestro cuarto aniversario y debía llegar temprano a casa, generalmente me prepara una cena y…

—¡Concéntrate! —lo interrumpió—. Además, podría ser un gato.

Un gato muy gordo para hacer crujir la madera de esa manera. Un gato de por lo menos cincuenta kilos.

—Debería llamar a Jaebyu.

—Solo vamos, Minki.

Volvieron a ingresar, esta vez con pasos más suaves y sigilosos. Sus miradas recorrieron cada esquina de la casa, abriendo las puertas para revisar dentro de: alacena, muebles lo suficientemente grandes para esconder a alguien, cocina, baño, sala de estar, comedor.

Todo estaba despejado.

Sungguk apuntó al segundo piso, Minki asintió y ambos subieron. Arriba solo había un pasillo y tres puertas, dos a la izquierda y una a la derecha. Minki se fue a la izquierda, por lo que Sungguk abrió la que le correspondía alzando su pistola.

Nadie.

Solo había un cuarto. Una gran cama de fierro de dos plazas con faldón con volantes, muy anticuada para la época. Dos veladores y un escritorio que daba hacia la ventana; Sungguk notó que el techo del patio tapaba la mitad de ella. ¿Quién pediría un tejado que cubre la mitad de la ventana?

Entonces fue cuando lo volvió a escuchar.

Una pisada sobre su cabeza.

Salió al pasillo, Minki había revisado una de las puertas, pero todavía le faltaba una. También miraba al techo.

—Es una habitación de un niño, Sungguk —explicó en un susurro.

¿Vivía un niño en la casa? ¿Pero dónde?

Su mirada se clavó en la trampilla. ¿Se encontraba encerrado ahí? ¿Un niño llevaba abandonado en esa casa más de una semana?

—Revisa la última pieza —pidió Sungguk, guardando su arma y agarrando un fierro con punta de gancho que reposaba a un costado de la escalera.

—¿Qué pasa? —preguntó Minki.

—Creo que está encerrado arriba.

Los ojos de Minki reflejaron su desconcierto, su labio prominente formó una expresión de tristeza.

—Si eso es cierto, creo que esto es peor de lo que imaginé.

Sungguk logró enganchar la trampilla y tiró de ella. Se desplegó una escalera.

Con la linterna en alto comenzó a subir lentamente. Su otra mano, posicionada en el arma de servicio, temblaba. ¿Debería sacarla? ¿Debería ingresar al tercer piso con ella en alto? ¿Pero si era un niño? ¿Y si reaccionaba mal y le disparaba accidentalmente? ¿Pero si no era un niño y se le abalanzaba el asesino que Minki decía?

Contra las reglas, dejó el arma descansar en su cadera y asomó la cabeza por el ático. Nadie intentó herirlo. Su linterna apuntó de manera frenética todos los rincones en búsqueda de algo.

En ese momento, iluminó el rostro asustado de alguien.

Cabello castaño claro, ojos enormes, mejillas enjutas, piernas contra el pecho, lágrimas manchando su piel, camiseta ancha y en mal estado, labios resecos.

Era un adolescente.

Desenganchó la radio del cinturón. No alcanzó a llevársela a la boca para pedir refuerzos cuando el joven se estremeció de pies a cabeza y se cubrió con los brazos. Temblaba de manera violenta, un llanto gastado se le escapaba de los labios.

Sungguk volvió a guardar la radio y alzó las manos, la linterna en alto.

—Está bien, está bien —susurró, intentando tranquilizarlo—. No te haremos daño.

Pero el muchacho seguía soltando gemidos entrecortados, rasposos, horribles, un lamento fantasmal.

—Minki, pide refuerzos. Hay un adolescente aquí —escuchó a su compañero jadear y apresurarse por el segundo piso—. Y que haya un psicólogo entre ellos.

Por su entrenamiento en la academia, Sungguk sabía que debía retroceder, no acercarse a la víctima, no hablar con ella y esperar a que un especialista llegase. Sabía que eso era parte del protocolo, porque una víctima debía tener su primer contacto con alguien capacitado para atender sus necesidades, resguardarlo y volverse parte de su zona segura. Las víctimas generaban una dependencia psicológica con la primera persona que los ayudaba, y Sungguk, que no tenía la preparación para sobrellevar aquello, podría causar un desastre si el chico se apegaba a él.

Pero no podía dejarlo ahí, no podía bajar al segundo piso e ignorar su estado a la espera de que llegase alguien para saber cómo manejar la situación.

Dejando la linterna en el suelo, terminó de subir hasta llegar al tercer piso, puso sus manos en alto.

—Minki, no subas —pidió con la voz más suave y controlada que podía emitir—. Está aterrado.

Apenas su pie terminó de abandonar la escalera, esta se plegó en sí misma dejándolos a ambos encerrados en la oscuridad, solo un pequeño haz de luz se colaba por la ventana.

El chico continuaba temblando de manera violenta.

A los catorce años Sungguk había encontrado un perro maltratado en la calle. Ese día descubrió lo peligroso que era moverse de manera brusca ante un animal que desborda pánico y adrenalina por sus venas. La cicatriz de la mordida en su antebrazo era un recordatorio latente de lo cuidadoso que debía ser. A los dieciséis, cuando rescataba al sexto perro, aprendió a no acercarse hasta que el otro lo aceptara y le permitiera invadir su territorio. La cicatriz en su tobillo era otro de esos recordatorios.

Así que se movió de la misma manera precavida con la que ayudaba a un animal maltratado. Suave, no amenazante, lento y cuidadosamente, manteniendo una postura relajada y una expresión amistosa, hablando bajito y fluido, suave, con cariño. Sin embargo, aquello parecía no tener efectos en el muchacho, de piernas desnudas, que continuaba retrocediendo.

A simple vista, por lo delgado que estaba, le pareció que era un adolescente de no más de diecisiete años. Pero se equivocaba, debía bordear los diecinueve. Demonios, ¿qué hacía alguien de su edad encerrado en un altillo?

Maltrato.

Secuestro.

Sungguk se imaginó lo peor, porque solo lo peor podría conllevar una escena así.

Sentía ganas de vomitar.

Intentó relajarse. Si Sungguk no estaba bien, el muchacho iba a alertarse más.

Lo vio arrastrarse, todavía con los pies por delante y los brazos estirados. Las lágrimas caían sin control por sus mejillas. Su avance se interrumpió cuando colisionó contra la esquina del entretecho, quedando sin lugar de escape. Su pecho subía y bajaba en el más terrible y profundo pánico.

Sungguk meditó sobre si regresar y esperar a que llegasen los especialistas.

Sí, era lo mejor, él no podía con esa situación, era un simple novato con su primer caso real.

Retrocedió con la misma tranquilidad hasta llegar a la puerta. Intentó abrirla dándole una pisada para que bajase con su peso. No se movió, parecía atascada. Sin apartar la mirada del chico, intentó hacer más presión. Recorrió el piso en búsqueda de una ranura o algo que abriese la puerta. Tampoco nada. ¿Por eso el chico estaba ahí? ¿Se habría quedado encerrado? ¿Pero en qué circunstancias? ¿Quién era ese muchacho? La vecina no había mencionado parientes, el único hijo de la víctima estaba muerto. ¿Sería un nieto?

—Minki —llamó, intentando sonar lo menos amenazante. Todavía tenía las manos en alto y una expresión calmada—, ¿te dieron tiempo de espera?

—Cuarenta minutos —escuchó la voz amortiguada por la madera. Era demasiado tiempo—. Me estoy volviendo loco acá abajo, ¿quieres que suba?

—No, quédate ahí —meter a una segunda persona, que además era otro hombre (por muy inofensivo y tierno que pareciese y fuese Lee Minki) no era una buena idea, solo haría que el muchacho se sintiese más amenazado.

Sungguk inspeccionó el cuarto. Había un baño en una de las esquinas junto a un lavamanos, un colchón y un montón de libros desperdigados por el lugar. ¿Un baño?, pensó. ¿Por qué habría un baño en el entretecho? ¿Cuánto tiempo llevaría encerrado ese chico ahí? ¿Y quién sería? A diario desaparecían tantos jóvenes, que perfectamente podría ser alguno de ellos.

Un escalofrío le recorrió la columna vertebral, de pronto sintió la necesidad de hacer algo, lo que fuera. No podía seguir viendo esa mirada grande llena de profundo terror. Y además parecía muerto de hambre.

Hizo lo único que se le ocurrió en el momento. Posiblemente sería reprendido por ello, incluso amonestado, pero, ey, estaba encerrado en un altillo con una víctima de un presunto secuestro y los especialistas estaban a cuarenta minutos de aparecer. No podía quedarse ahí observándolo morir de hambre, así que, de manera lenta y pausada, para que el muchacho pudiera captar y procesar sus movimientos, se llevó una mano al bolsillo superior de la chaqueta, la cual estaba un tanto mojada por la lluvia. Sacó una barra de cereal ultranutritiva.

Sabía que el chico podría enfermarse del estómago, pero debía hacer algo por él.

No podía con esa presión psicológica que empezaba a enloquecerlo. Era, como dijo la vecina, efectivamente demasiado joven. Sungguk no tenía ese tipo de experiencia, solo rondas de rutina, arrestos a menores por beber en la vía pública, nada más.

De pronto, el chico tenía puesta su atención en la barra de cereal. Había dejado de temblar, sus lágrimas ya estaban secas y los ojos se abrieron llenos de atención.

Era realmente hermoso.

A pesar de su delgadez y el obvio estado de abandono, era un chico muy bonito. De ojos asiáticos aunque grandes, nariz alta, labios no demasiado gruesos con forma de corazón, cejas abundantes, solo un doble párpado que le daba una asimetría a su mirada que solo le sumaba belleza. Tenía el cabello castaño claro, un color que escapaba del coreano común y que le indicaba tal vez una mezcla con occidente.

Se aclaró la garganta para captar su atención.

—¿La quieres? —preguntó Sungguk.

No reaccionó a sus palabras.

Alzó la barra de cereal hasta casi tenerla a la altura de su cara.

—¿La quieres? —volvió a insistir.

Notó que el chico miraba sus labios y que su entrecejo se fruncía. Lo vio apretar un poco más las piernas contra su pecho, su vista volvió a la barrita de cereales.

Estaba a punto de preguntar una tercera vez al notar el movimiento casi imperceptible: el chico asintió.

Sungguk le sonrió.

En ese momento, ninguno de los dos se dio cuenta de que habían roto la primera barrera entre ambos: la de la desconfianza.

3

Sungguk consideró lanzarle la barra de cereales al colchón, aunque, si lo hacía, estaría perdiendo una gran oportunidad para que el chico confiara en él y le permitiera acercarse más. Así que, con la barra todavía en alto, dio un pequeño paso, atento a la reacción del chico. Este se estremeció y apretó las piernas más hacia él. Pero al menos no le pidió a Sungguk que retrocediera, eso debía ser una buena señal. Dio otro paso, y otro, y otro, hasta que quedaron a menos de dos metros.

Procurando en todo momento evitar los movimientos bruscos, flectó las piernas para arrodillarse frente a él. Rebajarse a la altura de un animal asustado lo había salvado de una tercera mordida un montón de veces. Cuando su trasero descansó en sus talones, estiró la mano para entregar la ofrenda.

—Ten —le dijo meciendo el paquete entre sus dedos.

Como la vez anterior, los ojos del chico se desviaron a los labios de Sungguk.

Todavía receloso, se acomodó en su posición sin acortar la distancia entre ambos.

—¿Quieres que me acerque para entregártela? —preguntó Sungguk.

Captó el movimiento de sus labios con la cabeza ladeada. Esta vez no asintió, pero tampoco se negó.

Sintiendo las piernas entumecidas por la posición, se movió hacia adelante apoyando las rodillas en el suelo para estirarse y alcanzarlo con el brazo.

El movimiento fue rápido y repentino, Sungguk no lo vio venir hasta que el chico estuvo casi encima suyo. Luego, como si nada hubiera ocurrido, volvió a encogerse en su rincón, afirmando el paquete pequeño contra su pecho, que se alzaba y bajaba a gran velocidad.

Sungguk pestañeó desconcertado, intentando no demostrar el golpe de adrenalina que le vino ante el movimiento repentino. ¿Y si el chico se le hubiera tirado encima? Estaba desprevenido y desarmado. Quitándose esa sensación del cuerpo, volvió a sentarse en sus tobillos, ahora la distancia entre ambos era de solo un metro.

El recelo aún brillaba en la mirada del muchacho. Pasaron lo que pareció una eternidad inmóviles como piedras. Y entonces, con lentitud, los dedos del chico fueron al borde del paquete y empezaron a abrirlo.

Con mucha tranquilidad, Sungguk lo observó intentar rasgar la envoltura una y otra vez. Y supo que no sería capaz de hacerlo por sí solo, temblaba demasiado y parecía muy desesperado, además era de esos envases difíciles de abrir a los que Sungguk les aplicaba dientes para despedazarlos.

—¿Quieres que lo intente yo?

Sin embargo, el chico no le prestó atención, demasiado concentrado en lo suyo, con la lengua un poco afuera. Era evidente que ya no se sentía intimidado.

Tras unos segundos en que sus dedos no hicieron más que resbalarse por el plástico brillante, tomó abundante aire y se lo tendió a Sungguk con una expresión molesta y frustrada. Habría sido enormemente tierna de haber tenido las mejillas más abultadas.

Sungguk lo recibió con una sonrisa que no pudo contener.

—¿Ya no lo quieres? —le preguntó, los ojos del chico volvieron a sus labios.

Él negó con mucha decisión y se cruzó de brazos, bastante enfurruñado.

Sungguk decidió ayudarlo llevándose el paquete a la boca para afirmar una de las puntas con los dientes y rasgar el plástico.

De inmediato la expresión del chico se llenó de tristeza y conmoción. Para cuando Sungguk logró desenvolverlo y tendérselo, el muchacho se quedó desconcertado.

—Listo, ahora puedes comer.

Con un tanto de reticencia y desconfianza, el chico estiró el brazo. Luego hizo un movimiento brusco y se lo llevó a la boca para devorarlo desesperado.

—Más lento, te ahogarás —le pidió.

Fue ignorado. El chico tardó segundos en masticar y tragárselo todo, dirigiendo su mirada suplicante y tímida otra vez a Sungguk.

—¿Quieres más? —preguntó.

Dudó unos segundos, apegando otra vez las piernas desnudas contra su pecho. Por primera vez Sungguk estuvo lo suficientemente relajado para notar que el chico vestía ropa ligera, iba cubierto solo con una camiseta grande que apenas cubría su ropa interior oscura.

Debía estar muriendo de frío.

Sungguk estaba tan perdido en su contemplación, que casi se perdió la afirmación apenas perceptible del muchacho.

Sungguk rebuscó en su chaqueta una chocolatina. Era la última golosina que le quedaba. Siempre llevaba un par escondida en los bolsillos, porque… bien, quería decir que era para ayudarse con los niños en algunas situaciones, pero lo cierto es que él era un glotón que pasaba todo el día masticando algo. Encontró el chocolate en uno de los bolsillos delanteros.

Esta vez el chico se lo arrancó de las manos apenas se la tendió, lo que hizo que Sungguk alzara las cejas sorprendido. Iba a comentar algo con respecto a eso, mientras el muchacho abría el envoltorio y se echaba el chocolate en la boca, cuando Minki interrumpió el silencio.

—Sungguk, en serio he sido paciente, pero estoy enloque-
ciendo aquí abajo —dijo con voz amortiguada—. ¿Me dices si
estás vivo o si tendré que sacar dos cuerpos de esta casa?

Muy profesional, Minki, pensó. Quedaba claro que ambos
eran solo unos policías novatos.

—Estoy bien.

—El grupo está a menos de diez minutos —informó.

Diez minutos, bien, bien, podría aguantar.

Sungguk se distrajo unos segundos al quitarse la chaqueta. Al tendérsela al chico, notó que este se había encogido en el
colchón. Preocupado, hizo un movimiento para acercársele. Se
contuvo a último instante. Idiota, él no podía tocarlo.

—¿Pasa algo? —le preguntó preocupado.

Sungguk escuchó un suave y rasposo gemido, un tanto forzado y antinatural. Se le erizaron los pelos de la nuca al ver al
chico afirmarse el estómago con los ojos cerrados, arrastrando
sus piernas hasta quedar como un ovillo. Demonios, ese dolor de
estómago era por su culpa.

—Te voy a cubrir —advirtió, colocándole el abrigo encima.

El muchacho abrió los ojos de par en par dando un brinco
del susto, todos sus músculos estaban tensados y sus sentidos en
alerta máxima. Sungguk alzó las manos y bajó los hombros para
lucir más pequeño, aunque estaba a dos centímetros de llegar al
metro ochenta.

—Para que no pases frío —explicó.

La mirada del chico volvió a los labios de Sungguk, aquella
expresión de terror disminuyó. Escondió parte del rostro debajo
de la chaqueta.

—¿Ves que así estás más calentito? —susurró con una media
sonrisa.

Procurando que lo estuviese observando, acercó la mano y le
apartó el flequillo claro que caía por la frente. Lo vio paralizarse,
su respiración atascada en sus pulmones. Pero luego su expresión

se relajó y su cabeza se inclinó hacia la caricia. Los dedos de Sungguk se enredaron en los mechones suaves y los apartó, luego su dedo se deslizó por el borde de la mejilla y mentón.

—Estarás bien —le prometió—. Yo te ayudaré.

Pero Sungguk sabía que era una promesa vacía porque, apenas llegase el escuadrón de rescate, lo sacarían del caso y todo lo que pudiese averiguar de ese chico sería por otros oficiales.

De pronto esa idea lo entristeció.

Escuchó en la calle el ruido de neumáticos frenando sobre el asfalto mojado, después la voz de Minki mientras el muchacho le sostenía la mirada con ojos brillantes.

—Sungguk, están aquí —avisó su amigo.

Lo siguiente pasó demasiado rápido. Los pasos en el primer piso fueron como música ambiental, las puertas de las patrullas abriéndose y cerrándose, un contingente policial completo llegó a escena. La puerta trampilla se abrió y Sungguk se giró, estirando los brazos a los costados para cubrir al chico con su cuerpo. Sin embargo, nadie subió. Entonces su radio, que iba enganchada al cinturón, emitió un ruidito.

—Oficial Jong —hicieron contacto con él.

Quitó el aparato y se giró hacia el muchacho para comprobar su estado. Había tomado asiento en su rincón, escondiéndose detrás de la chaqueta. Su expresión otra vez era de pánico.

—Al habla Jong —contestó, intentando sonreírle para tranquilizarlo.

—Kim Seojun —se presentó la voz masculina—, psicólogo asignado al caso. Estoy en el primer piso, necesito que baje.

—¿Que baje? —repitió Sungguk, no despegaba la mirada del chico—. ¿Que yo baje? ¿O que baje al chico?

—Usted, oficial.

—¿Y lo dejo… solo?

En respuesta, la boca del muchacho se abrió unos milímetros y un llanto rasposo y terrible escapó de ellos, poniéndole los
pelos de punta a Sungguk. Las lágrimas no tardaron en llegar.

Pero lo que siguió, Sungguk no lo vio venir.

Un brazo salió disparado debajo del abrigo y lo afirmó, los
largos dedos se incrustaron en su piel casi de manera dolorosa. Y
negando con violencia, el muchacho cerró los ojos aferrándose a él.

Jong Sungguk entendió el primer error de la noche.

El chico había generado un apego emocional hacia él.

4

Todo lo que Moon Daehyun conocía del mundo exterior era lo que alcanzaba a divisar por la ventana del altillo, en donde pasaba horas enteras escondido detrás del visillo blanco contemplando hacia afuera. Cuando era pequeño, el cartero transitaba todos los días a las nueve de la mañana por su calle; con los años, ese anciano hombre de ojos pequeños dejó de hacerlo, dándole paso a diversas empresas de transporte. Daehyun también sabía que la vecina de al frente tenía un pequeño perro de orejas alargadas, al cual sacaba a pasear cada tarde. Cuando Daehyun cumplió quince años, dejó de ver al perrito y su vecina no volvió a pasear por la calle. Y, por último, también sabía que los niños regresaban a sus casas entre las cuatro y cinco de la tarde, con sus grandes mochilas golpeando sus espaldas al corretear adelante o detrás de otro. Pero finalmente esos niños crecieron, al igual que él, y dejaron de correr, ya demasiado distraídos en sus celulares.

Celulares.

Moon Daehyun siempre había querido uno.

Todas las tardes a las ocho, él se sentaba en el living con su abuela Lara a ver el episodio del dorama que estuviesen siguiendo. La gente en la televisión usaba celulares para escribirles a otras personas y mandar mensajes de amor. Él también deseaba que alguien le enviara un mensaje. Pero cuando le preguntó a su abuela, hace ya tres años, si podía regalarle un celular explicándole que lo necesitaba para que la gente pudiese escribirle y así decirle que lo querían, ella simplemente le contestó:

«¿Para qué? Me tienes a mí todos los días contigo, bonito».

«Bonito».

Esa era otra palabra que le gustaba.

En los doramas que seguía con su abuela, la gente se trataba de bonito, precioso, hermoso. Y siempre tenían a alguien que los amase. La gente bonita tenía gente bonita que la quería. Su abuela decía que él era precioso, ¿por eso él tenía a su abuela? Pero ya no la tenía, se recordó. Él llevaba meses sin ser bonito, había estado muy enfermo y por eso su abuela se había ido para siempre. No era bonito, entonces no tenía a alguien bonito que lo quisiera hasta que unos ojos preciosos como los de un corderito lo observaron por la puerta abierta de la trampilla. Y Moon Daehyun volvió a sentirse otra vez bonito porque alguien precioso había ido por él.

5

Provenientes del primer y segundo piso de la casa se escuchaban conversaciones pausadas, también una que otra puerta abriéndose y cerrándose, pasos de aquí para allá. La luz de la sirena de uno de los autos había quedado encendida e iluminaba aquel oscuro rincón con tonos rojos y azules.

Por experiencia, Sungguk intuía que estaban preparando la escena. Sabía, además, que serían solo unos pocos los que tendrían autorización para deambular por la casa, puesto que ahora pasaba a ser una escena del crimen y el chico, que se aferraba a él, podría convertirse en una posible víctima o en el principal sospechoso.

Minki tal vez estuviese fuera de la casa mientras los forenses tomaban muestras y buscaban evidencia; con mucha más posibilidad, tal vez incluso le habían permitido finalizar el turno para tener la dichosa cena de aniversario con su novio.

En cambio Sungguk no se había movido en lo más mínimo por unos buenos minutos. El chico continuaba aferrándose a su brazo sin ánimo de querer soltarle, sus ojos no se despegaban de la trampilla abierta. Sungguk dio un largo suspiro y se dejó caer sobre su trasero, estirando las piernas delante suyo que hormigueaban por permanecer en cuclillas demasiado tiempo.

Con su mano libre se quitó el gorro y se desordenó el cabello, notando por el rabillo que el chico seguía sus movimientos con la cabeza ladeada.

No alcanzaba ni a llevar medio año de servicio y posiblemente fuese a ser dado de baja, porque esa noche había roto una larga lista de normas que el protocolo exigía no hacer con una víctima: hablarle, invadir su espacio personal y persuadirlo a que aceptase un regalo. Incluso lo alimentó. Y olvidaba lo más importante: la promesa.

Un oficial jamás debía prometerle algo a una víctima.

Si bien Sungguk no hizo una promesa grande, ofrecer su ayuda a una víctima psicológicamente inestable era condenarla a aferrarse a algo incierto.

Recién entonces, notó que había incumplido otra norma del protocolo.

Ni siquiera se presentó.

Maldición.

Iba a ser dado de baja.

Y tenía como diez meses en deudas.

—Mi nombre es Jong Sungguk —se presentó demasiado tarde—. Oficial Jong Sungguk.

Sin embargo, el muchacho no reaccionó, estaba atento a la entrada del tercer piso.

Frunciendo el ceño, Sungguk llamó su atención. Volvió a intentarlo:

—Lo siento, no me presenté —habló despacio—. Mi nombre es Jong Sungguk, oficial Jong.

El chico estuvo unos segundos concentrado en el rostro de Sungguk. Después, en un movimiento casi imperceptible, Sungguk notó que su boca se movía pronunciando dos palabras como si estuviese saboreándolas en su lengua: Jong Sungguk.

Entonces una risita oxidada y torpe escapó desde él, aunque murió tan rápido como llegó. La expresión del muchacho cambió, ahora se llevaba una mano a sus labios, cubriéndoselos, dándose un ligero golpe en ellos. Luego, volvió a concentrarse en la trampilla con las mejillas sonrojadas.

Dando un largo suspiro, Sungguk se movió para acomodarse mejor, pues presentía que su estancia se alargaría. De inmediato, la cabeza del chico se giró de nuevo hacia él y tiró del brazo de Sungguk hasta apoyarlo contra su pecho delgado y exaltado.

34

A través de la ropa, Sungguk podía sentir los latidos de aquel corazón, que iban tan fuertes y acelerados que parecía incluso algo doloroso.

Esperó a que el chico lo estuviese observando para hablar.

—No me iré a ningún lado —lo tranquilizó—. Solo necesito acomodarme.

El chico se le quedó observando unos segundos antes de asentir, soltando su brazo el tiempo suficiente para que Sungguk pudiese apoyar la espalda contra la pared. Sus hombros se rozaron por la cercanía y las manos del muchacho nuevamente se aferraron a él.

Notando que la chaqueta se le había deslizado hasta las piernas desnudas, Sungguk la acomodó para cubrirlo mejor. El chico estaba helado, por lo que Sungguk buscó algo que le sirviese para cubrirlo. Había una manta a los pies del colchón. Tiró de ella y la enrolló por el cuello del muchacho, quedó como una capa.

—No queremos que te resfríes —susurró Sungguk al comprobar su expresión interrogante. Este se le quedó observando unos instantes sin pestañear y después se acercó unos milímetros más.

La radio, tirada a un costado de sus pies, sonó. Sungguk la movió con el pie hasta agarrarla con su mano libre; el movimiento alertó al muchacho a su lado. Al comprobar que solo agarraba eso, volvió a centrar su atención en la trampilla abierta.

—Jong al habla —dijo.

—Al habla Kim.

Solo porque podía, y porque sería una larga noche para Jong Sungguk, se burló.

—¿Cuál de todos los Kim?

Solamente en la estación de policía había por lo menos veinte personas con aquel apellido.

—Kim Seojun, el psicólogo.

Lo cierto era que ambos se conocían desde que Sungguk tenía once años y Seojun dieciséis. Kim Seojun era su cuñado. Y ya legalizado, porque la hermana de Sungguk y Seojun llevaban casados dos años.

En el trabajo, eso sí, les gustaba tratarse como desconocidos porque les divertía, además no les gustaba que sus vidas personales interfirieran en lo profesional.

—Jong, necesito que bajes para subir y tener contacto.

Sungguk le dio una mirada de reojo al chico.

—Sí, miren, tenemos un problema.

—¿Cuál es, oficial Jong?

—Creo que el chico no me deja ir.

—¿Cómo?

—Que no me deja ir, me tiene sujetado por el brazo. Soy su osito de peluche.

—*Conejito* de peluche, querrás decir —se burló Seojun utilizando su sobrenombre de infancia.

El muchacho a su lado seguía sin prestarle atención.

—Oficial Jong —volvió Seojun, recuperando la voz profesional—, no debería estar hablando así.

No, no deberían, ninguno de los dos debería estar hablando así.

Sungguk miró al chico encerrado en su propio mundo. ¿Sería posible que…? Alejando la radio, bajó la voz para que su pecho no vibrara.

—Ey —lo llamó sin siquiera pestañear para no alertarlo con algún movimiento. Pero no tuvo respuesta—. Ey —volvió a insistir.

Nada.

—Oficial Jong —lo llamó Seojun por la radio—, responda.

Lo ignoró.

Movió el brazo para golpear suavecito al chico. Sungguk se tocó los labios para que se los observara.

—¿Tienes frío? —quiso saber.

Como venía haciendo desde que Sungguk tuvo el primer contacto con él, sus ojos siguieron atentos el movimiento de su boca. Lo vio formar un ligero puchero y luego esconder parte de su rostro bajo la manta. Le dijo, sin palabras, que seguía con frío.

Sin palabras.

Lo que al principio confundió con terror, no era lo único que le ocurría al muchacho.

Acercó otra vez la radio y apretó el botón para enviarle el mensaje a Seojun.

—Seojun —dijo restándole la importancia al uso del apellido—, esto será complicado.

—¿Sucede algo?

—La víctima sufre de hipoacusia.

Como si supiera que estaban hablando de él, el muchacho volvió a mirarlo con una expresión tranquila. Sungguk intentó sonreírle mientras pensaba en sus propias palabras.

El chico era sordo.

6

De pequeño, su abuela bromeaba diciéndole que sus grandes orejas eran las que le permitían escuchar de manera tan impresionante. Daehyun podía estar en el tercer piso, pero aun así, oía lo que ocurría en el primero, en la calle o incluso en la casa de al lado cuando sus vecinos gritaban. Su afición, porque no tenía mucho más que hacer, era pegar su oreja al suelo de madera del altillo para captar las conversaciones del primer piso mientras esperaba que su abuela fuese por él.

Él no entendía la razón por la cual su abuela lo hacía subir hasta el ático cuando alguien tocaba el timbre de la casa, pidiéndole en voz baja que no hiciese ningún ruido porque él era su pequeño y hermoso tesoro, que la gente era mala y ella no quería que se lo llevasen lejos. Al principio se quejaba y lloraba todas las horas que pasaba encerrado, pero con el tiempo comenzó a subir corriendo por su cuenta cuando alguien se acercaba a la puerta.

Sin embargo, eso era historia. Eso fue antes de que Daehyun escapase de la casa para jugar con unos niños en la plaza. Eso fue antes de que su abuela lo fuese a buscar y lo castigase sin videojuegos. Eso fue muchísimo antes de que Daehyun nunca más pudiese escaparse de la casa, porque su abuela mantenía la puerta con llave y las llaves siempre colgaban de su cintura.

Eso fue antes de la terrible fiebre que le vino a los días de jugar con los niños.

Tenía seis, pero Daehyun todavía recordaba el cansancio insoportable y las náuseas. También recordaba ese calor terrible que lo hacía sudar y tiritar bajo las sábanas, recordaba los vómitos en la fuente que su abuela le tendía. Y, sobre todo, recordaba el llanto de su abuela.

Su abuela lloró mucho al lado de su cama, mientras le cambiaba de ropa y le ponía paños fríos en la cabeza, que lo hacían encogerse. Daehyun no despertó hasta días después, desorientado y escuchando un ruido ensordecedor, como una especie de movimiento de tierra que provenía desde su interior.

Eso fue lo único que pudo oír por días.

Cuando finalmente se fue, no quedó nada.

Y por mucho que esperó días, semanas y años, Daehyun no volvió a escuchar la voz de su abuela nunca más.

7

Cuando Sungguk tenía seis años, un contingente policial se presentó en su escuela. Con sus trajes azules y gorras de la misma tonalidad, a Sungguk le pareció lo más fascinante que había visto en su corta vida. Su decisión fue inmediata: quería ser oficial de policía.

Tras aquella decisión, el pequeño Sungguk se tomó atribuciones que no le correspondían. A los meses de la visita fue llevado a la dirección de la escuela por comportamientos extraños, ahí le explicaron al papá de Sungguk que su hijo tenía complejo de héroe, que se dedicaba a custodiar los pasillos del colegio como si fuese su misión, con ambas manos a la espalda vigilando que todo fuera normal. El problema llegó cuando ese trabajo fue un poco más allá y quiso quitarles un paquete de cigarrillos a los del último curso. Recibió una paliza tan grande de parte de los estudiantes que hasta el presente la recordaba.

Pero esa paliza no se comparaba con el golpe emocional que recibió al encontrar a ese chico encerrado. Comprender que no podía comunicarse con él por su sordera le hizo querer estrellar su cabeza contra la pared por no haber tomado el curso de lengua de señas cuando estuvo en la academia de policías.

—¿Estás seguro, Sungguk? —preguntó Seojun.

—Sí.

—¿Puedes notar si es parcial o total?

Esperando a que estuviera distraído, Sungguk dio un grito agudo con toda la fuerza de sus pulmones. Recibió una mirada ladeada del chico, como si estuviera preguntando que qué le ocurría. No parecía asustado, solo extrañado.

—¡¿Qué demonios fue eso?! —gritó Seojun por la radio.

Sungguk le sonrió al muchacho para tranquilizarlo. Todavía volteado hacia él, el chico hizo rodar la mirada hacia una esquina de la habitación. Parecía querer decir algo mientras se mordía con suavidad el labio. Después, sacudió con ligereza la cabeza y regresó a lo suyo.

—Es parcial —informó Sungguk por radio.

—¿Y el grito?

Eso lo hizo sonrojarse.

—Para comprobar —explicó, sintiéndose algo tonto.

—Sungguk, estuve a nada de mandar un contingente policial a rescatarte.

Tal vez debió avisar antes.

—Lo siento.

—Tuvieron que afirmar a Minki para que no ingresara a la casa.

Y como si estuviera pegado a Seojun para saber lo que ocurría, se escuchó la voz quejumbrosa de su amigo.

—¡Idiota infeliz, casi me matas del susto! Date cuenta de que si yo muero, Jaebyu también morirá de pena, ¿lo entiendes? Ocupa esas dos neuronas de conejo que tienes y...

La transmisión se cortó.

Tras unos segundos, regresó.

—Sungguk-ah —era otra vez Seojun—, entonces dices que su sordera es parcial.

—O sea, no soy doctor, Seojun —balbuceó—, pero se giró a mirarme cuando grité.

—Debe ser sensible a los sonidos agudos —hubo una pausa—. Necesito que lo bajes, debemos llevarlo al hospital infantil.

—*Hyung*, no es un niño —aclaró Sungguk—, debe tener unos dieciocho años.

Otra pausa.

—Bien, bien, esto es peor de lo planteado. ¿Podrías describírmelo? Realizarán una búsqueda de adolescentes perdidos que tengan una edad cercana.

Sungguk estiró las piernas. Sus zapatos embarrados quedaron a la altura de los tobillos del muchacho. Tenía los pies grandes y, por la forma en que lograba rodear casi su bíceps por completo, sus manos también lo eran. Sin embargo, de tronco era un poco más corto que Sungguk.

—Debe medir más de 1,75, pero creo que menos de 1,80 —habló por radio—. Cabello castaño claro, un tanto ondulado, es asiático, pero su pelo… no es muy coreano que digamos. Sus ojos son grandes, rasgados y de color… no sé, está muy oscuro y se ven diferentes con las luces rojas y azules. Y creo que esto es importante de agregar…

Se aclaró la garganta, de pronto sintiéndose incómodo por tener que informar algo así, como si fuera un comentario personal.

—¿Qué cosa? —insistió Seojun.

—Es… —se ahogó con su saliva—, es muy guapo. Tal vez por eso está aquí.

—¿Guapo? —cuestionó extrañado.

—*Hyung* —se quejó Sungguk—, lo digo porque creo que es importante.

—Claro.

Seojun no agregó nada más, lo que hizo que la incomodidad fuese aún mayor en Sungguk, que se sentía terrible por fijarse en la belleza de una víctima. Pero de verdad consideraba que era una característica importante, ¿cuántos niños no eran secuestrados a diario para venderlos? Y ese muchacho asiático, con características que se alejaban del coreano promedio, podría estar encerrado por eso.

—¿Alguna particularidad más? —Seojun le interrumpió.

—Sabe leer los labios.

—¿Cómo?

—Me costó darme cuenta de que era sordo porque sabe leer los labios. O eso creo. Pero me entiende. Si está mirándome, logra entender lo que pregunto.

La voz de Seojun sonó más aliviada al continuar:

—Eso es bueno, muy bueno. De igual manera, un especialista en lengua de señas viene en camino…

—*Hyung* —lo interrumpió Sungguk—, ¿podrían alcanzarnos mantas térmicas?

—Sí, sí, un equipo está preparando todo.

—Y agua y comida.

—Todo está siendo preparado —lo tranquilizó Seojun—. Tú solo preocúpate de no asustarlo.

Sungguk miró al chico y se percató de que este apoyaba la cabeza en su hombro, aquellos ojos apenas se mantenían abiertos. El golpe de adrenalina tras ver a Sungguk por primera vez ya estaba desapareciendo. Sungguk había visto antes ese agotamiento en sus compañeros cuando estuvo en la academia. Sabía que solo le quedaban unos minutos más de conciencia y luego se sumergiría en un sueño que, si tenían suerte, sería lo suficientemente potente para no despertarlo si Sungguk intentaba cargarlo fuera del ático.

—*Hyung* —llamó a Seojun por la radio—, creo que podré bajar con él.

—¿Hablaste… te comunicaste con él?

—No, pero está muy débil, no aguantará mucho más despierto.

—¿Y crees que puedas bajarlo cuando se duerma?

—Sí.

Seojun se quedó meditando.

—No te subiremos las cosas que preparamos —le explicó—, para no asustarlo otra vez.

—Necesitaré una manta para cubrirlo, solo lleva una camiseta —pidió Sungguk.

—Está bien, avísame cuando se haya dormido.

La transmisión se cortó dejando a Sungguk en silencio, solo se escuchaba una puerta cerrándose a lo lejos y la respiración entrecortada del chico a su lado. Acariciándole el dorso helado de su mano, Sungguk esperó hasta que la respiración fuera suave y pausada, profunda.

Temiendo moverse y con ello despertarlo, giró el rostro para comprobar su estado. Dando un largo suspiro, acercó la radio a su boca:

—Suban una manta, por favor.

—Copiado.

A los pocos segundos escuchó el ático crujir por el peso. Una manta con aluminio se asomó por la apertura.

—El oficial Yeo Eujin te esperará en el segundo piso —avisó Seojun.

—*Ok*.

—¿Estás seguro de que puedes bajarlo?

—Sí.

Enganchando la radio en su cinturón, apoyó la mano en la cabeza del chico para mantenerla en su posición. Cuando logró ubicarse frente a él, todavía sujetándolo, se encontró con sus ojos medio abiertos.

—Tranquilo —pidió, procurando que tuviese tiempo para leer sus labios—, necesitamos sacarte de aquí para que puedas ir al hospital.

El chico terminó por despertarse, negando con la cabeza de manera efusiva y separándose de Sungguk, apegándose a la pared todo lo que podía.

—Ahí te vamos a cuidar —siguió Sungguk—. Vas a poder comer.

Pero el muchacho seguía moviendo la cabeza con los ojos cerrados.

Sungguk sabía que, si él no lograba sacarlo por las buenas, lo harían por las malas. Con delicadeza, agarró la barbilla del chico para que dejara de moverse y pudiese leerle los labios. De inmediato, los ojos se abrieron de par en par, rastreando la cara de Sungguk con cierto pánico.

—En el hospital podrás mejorar, ya no estarás enfermo.

Aquello logró vencer en alguna medida su estado de terror. Dejó de luchar.

—Eso es, bonito —lo apremió Sungguk con cariño—. En el hospital estarás bien.

En aquellos hombros delgados comenzó un leve temblor, le siguió la mueca en su boca que contenía el llanto dentro de él.

—¿Vamos? Estaré contigo.

Apenas logró captar el asentimiento antes de que los brazos del muchacho se aferrasen a su cuello, tirando de él con tanta fuerza y desesperación que Sungguk solo pudo abrazarlo por la cintura. Cerrando los ojos, ambos se quedaron así el tiempo que fue necesario.

8

Moon Daehyun solo había hablado con tres personas en su vida: su abuela, el niño con el que jugó en el parque y consigo mismo. Cuando se sentía solito en el ático, ya sin poder escuchar las conversaciones que entablaba su abuela con la gente que la visitaba, se sentaba frente al espejo que estaba en un rincón y fingía tener una larga e interesante conversación.

Algunas veces era un rey de la dinastía Moon, otras veces un corriente chico que asistía por primera vez a la escuela. Sin embargo, quien más le gustaba ser frente al espejo era ese chico con el que jugó en el parque. Porque, a pesar de los años, seguía pensando que ese día había sido el mejor de su vida, incluso mejor que sus cumpleaños cuando la abuela cocinaba un pastel y lo llenaba de besos diciéndole bonito y que lo amaba tanto, tanto, tanto que le dolía en el corazón al pensar en él.

Por eso, cuando ya no pudo oírse nunca más a sí mismo pronunciar el nombre de su amigo, dicho nombre quedó enterrado y empolvado en una parte de su inconsciente, en un rincón olvidado en su memoria, a la espera de que una brisa corriese por el lugar y desempolvase ese viejo recuerdo.

«Mi nombre es Jong Sungguk, oficial Jong», leyó en los labios, saboreando el nombre en su propia lengua como si le perteneciera a él, a Moon Daehyun. Y es que en cierto punto lo hacía, o así al menos Moon Daehyun lo creía.

Por eso al principio no lo notó, no lo recordó, el recuerdo todavía enterrado bajo llave. Pero mientras vigilaba la entrada al tercer piso, más de una década después, pudo recordar esa risita un tanto aguda como si la estuviese oyendo otra vez. Y eso lo confundió, porque hace mucho tiempo que Daehyun había dejado de pensar en sonidos, ya eran recuerdos tan alejados que solo lograba alcanzarlos en sueños, donde dormía abrazado por los ruidos de la calle y la voz rasposa de su abuela diciéndole bonito.

«Eso es, bonito».

Bonito.

Entonces se recordó a sí mismo llorando y afirmando su rodilla lastimada por lanzarse con demasiada fuerza desde el resbalín.

—¿Estás bien? —alguien preguntó.

Daehyun no alcanzó a responder, el chico ya le examinaba la herida.

—Vas a sobrevivir —aseguró con una sonrisa de conejo formándose en sus labios—. Créeme, tengo experiencia en heridas —entonces lo ayudó a ponerse de pie y a sacudirse su ropa empolvada—. Mi nombre es Jong Sungguk, en el futuro seré oficial Jong y te ayudaré cuando lo necesites, como hoy.

«Jong Sungguk», volvió a saborear Daehyun en esa lengua ahora madura, aunque igual de torpe.

Se lanzó al cuello del oficial Jong, abrazándolo con los trece años de anhelo que tenía ese recuerdo.

Bonito.

Moon Daehyun volvía a ser bonito.

9

Se sentía demasiado liviano en sus brazos; a pesar de lo alto que era, debía pesar menos de sesenta kilos. Pudo palpar sus huesos a través de la camiseta cuando logró afirmarlo por la cintura y la parte posterior de las rodillas. Esperó a que el chico lo mirase para hablarle.

—Rodea mi cuello con tus brazos.

El muchacho asintió, llevando las manos hacia atrás de la nuca de Sungguk. Le contempló de cerca el rostro, después se escondió en el hueco entre su cuello y hombro, enterrando aquella nariz helada justo en el límite de piel que quedaba al descubierto sobre la camisa azul.

Apegándolo más a su cuerpo, Sungguk se dirigió a la escalera y comenzó a bajar. Yeo Eunjin estaba esperándolos en el segundo piso. Portaba otra manta que extendió apenas su colega pisó el último escalón.

Sungguk notó que el muchacho levantaba el rostro con curiosidad hacia Eunjin. Bastó que la mirada de ambos se encontrase para que volviese a esconderse.

Eunjin colocó la manta sobre la cabeza del chico, cubriéndolo por completo de los ojos ajenos.

—Alguien le avisó a la televisión —explicó Eunjin.

—¿Cómo llegaron tan rápido?

—Estuviste casi dos horas allá arriba, Sungguk.

Alzó las cejas.

Uno al lado del otro, bajaron al primer piso, donde se paseaban personas vestidas con enteros de plástico blanco, tomando huellas y evidencias que pudieran recolectar. Sungguk saludó con la cabeza al verlos detenerse para comprobar el bulto plateado que cargaba.

—¿Está muy mal? —quiso saber Eunjin antes de llegar a la puerta—. Creo que lloré un poquito cuando me enteré de lo que ocurría.

Ese lado de la ciudad, un tanto aislado de la metrópolis que era Daegu, era pequeño y tranquilo, nunca pasaba nada pero, de ocurrir, venían dos o tres de golpe. Esa noche era una de esas, había sucedido un posible asesinato y pocos minutos después él había encontrado a un chico en el ático. Sungguk solo esperaba que no hubiera más sorpresas.

—¿Sabes? —dijo Sungguk, de pronto sintió un extraño ardor en la boca del estómago—. Viví hasta los dieciocho años a unas siete calles de aquí y nunca... ¿cómo nunca me di cuenta de esto?

—Sungguk.

—Digo, de pequeño venía bastante al parque de la vuelta a alimentar perros. Debí haber visto algo.

—Eras un niño, ¿en serio estamos teniendo esta conversación?

—Es que, *hyung* —la voz de Sungguk se perdió.

—Vas a necesitar atención tras este caso —informó Eunjin con tristeza—, ¿lo entiendes, cierto?

Sungguk apenas pudo asentir, sentía que partes de su cerebro ya empezaban a fragmentarse por el venidero colapso nervioso. Posiblemente al finalizar la jornada llegaría a su habitación y se dormiría llorando porque, si bien desde los seis años que deseaba ser policía, nadie lo preparó para acarrear esos sentimientos.

—Hay mucha gente afuera —advirtió Eunjin antes de abrir la puerta.

Sungguk notó que aún estaba lloviendo; la llovizna mojaba a los vecinos curiosos que repletaban el antejardín de la casa ese aburrido domingo. Alcanzó a dar unos pasos cuando la luz de una cámara de televisión lo enceguecía y lo hizo perder el equilibrio en los escalones del porche. Eunjin alcanzó a afirmarlo por la espalda, a la vez que los dedos del chico se enterraban en su cabello.

Una periodista pujó su micrófono contra el rostro de Sungguk.

—En vivo desde Canal Daegu. Oficial Jong, ¿lleva en sus brazos al asesino de Moon Sunhee?

¿Moon Sunhee? ¿Será la mujer muerta en la cocina? ¿Pero la dueña de la casa no era una tal Lara?

Eunjin presionó la espalda de Sungguk para que se movieran, Minki y otros oficiales aparecieron en el camino para abrirles paso, y así pudieron llegar a la ambulancia estacionada afuera, que cerró sus puertas apenas Sungguk subió. En el reducido espacio había dos paramédicos esperando, además estaba Seojun.

—Déjalo y baja de la ambulancia —pidió Seojun—, tenemos que hablar.

Sungguk empezaba a sentirse enfermo, mareado, inestable, los ojos llorosos por las ganas de vomitar. Tomó una bocanada de aire para recomponerse, pero el reducido espacio, copado además por las cinco personas, no ayudaba en nada.

Como necesitaba dejar al chico para salir de ahí y tomar aire frío, se inclinó para acostarlo en la camilla. Recibió un tirón terrible de pelo cuando el muchacho se negó, soltando uno de esos quejidos oxidados.

Lo cegó un flash proveniente del otro lado del vidrio.

Las discusiones aumentaron de nivel, los vecinos querían acercarse para ver qué ocurría, mientras los pocos policías rodeaban las puertas de la ambulancia.

Algo debió notar Seojun en el rostro de Sungguk, porque volvió a abrir la puerta de la ambulancia y bajó pidiéndole a otro paramédico lo mismo.

—Sungguk —lo llamó—. Él no es uno de tus animales abandonados, ¿lo entiendes?

Lo ignoró.

—Vamos, déjalo en la camilla —volvió a solicitar.

Con la ayuda del paramédico que seguía arriba, quitaron la manta que cubría la cabeza del chico. De inmediato esos ojos asustados recorrieron el lugar, pestañeando con fuerza al verse desorientado. Su mirada se clavó en el paramédico, en Seojun y otra vez en Sungguk. Parecía al borde de un ataque de pánico.

—Sungguk, debes dejarlo para que lo atiendan.

Apenas Sungguk hizo el intento, la respiración del muchacho se volvió errática y superficial, sus uñas se le incrustaron en el cuero cabelludo con tanta fuerza que jadeó de dolor.

—Prepara una inyección, hay que anestesiarlo —declaró Seojun observando la situación.

—No, le prometí que iba a estar con él.

Seojun chasqueó la lengua, detrás suyo había una gran conmoción entre los vecinos, el camarógrafo que intentaba grabarlos y los policías. La voz de Minki se alzaba aguda y estridente sobre las demás.

—¿Y qué dice el protocolo, oficial Jong? Nada de promesas. Nunca. No importan las circunstancias.

—¿Y qué querías que hiciera, *hyung*? —se quejó Sungguk superado—. Es un chico, es joven, yo también soy joven, no sabía qué hacer, yo solo hice lo que consideré mejor.

—Tranquilo, Sungguk —pidió Seojun—, te estás alterando.

Se cortó en seco al ver que el muchacho le daba una patada al paramédico que se acercaba con la jeringa. El quejido que emitía el chico era ensordecedor, estridente, estaba volviendo loco a Sungguk. Si no lograban controlar la situación, pronto habría dos personas en esa ambulancia con un ataque de pánico.

—Sungguk, hay que anestesiarlo —volvió a repetir Seojun—. Hiciste un buen trabajo y lograste convencerlo de que saliera del ático. Lo hiciste sin ayuda de nadie y fue maravilloso, pero el chico se encuentra en mal estado y necesita ser atendido con urgencia. Debemos anestesiarlo, ¿lo entiendes?

—Puedo quedarme con él hasta llegar al hospital…

—Allá igual será anestesiado, posiblemente lo mantengan dormido el tiempo suficiente para que mejore un poco físicamente. Ahora nuestra prioridad es que se encuentre estable, después podremos enfocarnos en su salud mental, ¿está bien?

El chico todavía luchaba con sus brazos para no ser alcanzado por el paramédico.

—¿Qué necesitan que haga?

—Que te sientes con él en la camilla. ¿Puedes abrazarlo? ¿Te lo permite? —Sungguk asintió sin mucha convicción—. Entonces necesito que hagas eso, solo siéntate y abrázalo, intenta que no se dé cuenta de que el paramédico lo va a inyectar, ¿*ok*?

Sungguk podía hacerlo, no era complicado, sin embargo, ¿por qué tenía unas enormes ganas de vomitar? Se sentía un traidor, el muchacho le había dado su confianza ciega y Sungguk iba a aprovecharse de eso. Se sentía enfermo, inestable. Su cabeza comenzaba a doler.

Pestañeando para mantenerse consciente, y con el sudor frío bajándole por la espalda, tomó asiento en la camilla y acomodó al chico en su regazo. Presionó la parte posterior de la cabeza para que la recostase contra su hombro.

Intentó tranquilizar su respiración.

Dejó que sus párpados le escondieran el mundo.

Escuchó el lamento oxidado y horrible que emitió el muchacho al ser inyectado antes de que se derrumbara inconsciente en sus brazos. Entonces Sungguk permitió que esa inconciencia también lo alcanzara.

10

Se despertó en una cama rodeada por cortinas blancas. Desorientado, se apoyó en los codos a la vez que intentaba enfocar su mirada. De inmediato una mano se apoyó en su hombro y lo instó a recostarse otra vez.

—Eh, eh, tranquilo, tómatelo con calma.

Cerró con fuerza los ojos y volvió a abrirlos, sentía a un animal muerto en la boca. Tenía demasiada sed y un dolor punzante en la cabeza.

—¿El chico? —logró musitar.

Un vaso de agua apareció sobre él. Tomó asiento contra las almohadas para afirmarlo, lo bebió en tres tragos. Recién entonces notó quién estaba con él: Yoon Jaebyu.

El novio de Minki era enfermero y trabajaba en el hospital de Daegu, ahí se habían conocido. Un día Lee Minki, tres años menor que Jaebyu, se había ido a revisar una lesión en el brazo tras unas prácticas demasiado rudas en la escuela de policía. En el hospital fue atendido por Jaebyu, quien llevaba un mes de práctica en el lugar. A Minki le encantaba contarle a Sungguk su historia de amor, y de paso se reía de su novio porque Jaebyu había sido tremendamente heterosexual hasta que lo conoció a él.

—El chico todavía está sedado —respondió Jaebyu con la calma que lo caracterizaba.

Sungguk pestañeó con fuerza para terminar de aclarar su visión.

—¿Tú no deberías estar en una cena con Minki? —quiso saber, mientras Jaebyu revisaba el suero que Sungguk tenía conectado a la vena. Tal vez no solo tenía suero, porque Sungguk se sentía algo drogado y relajado, la paz mundial invadía sus venas.

—¿Qué cena?

—La de aniversario.

—Ah.

—Minki se quejó todo el día diciendo que morirías de tristeza si llegaba tarde.

Eso le sacó una sonrisa a Jaebyu, quien se apartó el flequillo negro de su frente pálida.

—Lee Minki nació para ser dramático.

—¿Cierto? —apoyó Sungguk—. Bueno, si ahora estás en turno, supongo que sus planes se estropearon.

—Se estropearon —aceptó Jaebyu—, pero ayer.

—¿Ayer?

—Llevas durmiendo doce horas —corrió las cortinas que rodeaban la cama—. Son las ocho de la mañana.

El sol ya había terminado de salir, iluminando la habitación de rosa y mostrándole las otras dos camas vacías. Jaebyu chequeó sus signos vitales y los anotó en un expediente que colgaba a los pies de la camilla.

—Sungguk, afuera están esperando para hablar contigo sobre lo de ayer. Si no estás preparado, puedo decirles que no te sientes bien e intentar hablar con un médico para que les prohíba el ingreso.

—Estoy bien —aclaró Sungguk.

De hecho, se sentía perfecto.

¿Qué eran las preocupaciones y la extraña y angustiante noche anterior, cuando hoy el amanecer era rosa?

—¿Estás seguro? Creo que puedo convencer al residente Choi para que me ayude.

—Estoy bien.

Jaebyu lo aceptó.

—Te advierto que Minki lleva doce horas volviéndose loco y no ha dormido nada, no está en su mejor estado anímico.

—Puedo con él —lo tranquilizó Sungguk.

Sin más palabras, Jaebyu salió. Al parecer chocó contra alguien, porque se escuchó su gruñido de dolor y después su respuesta airada.

—Choi Namsoo, te juro que nunca he conocido a un residente más torpe que tú.

A continuación, la puerta se cerró.

Sungguk quedó sumido en el silencio. Recostado contra las almohadas, acomodó las mantas a su alrededor para que quedaran estiradas. Estaba alisando una arruga cuando la puerta volvió a abrirse; era Minki.

Jaebyu había sido considerado con Minki al mencionar que no estaría en su mejor momento, porque dicha descripción quedaba corta al lado del desastre monumental que era esa mañana. Llevaba el cabello rubio tinturado alborotado, la corbata desacomodada y la ropa arrugada. Tampoco olía muy bien, una mezcla entre productos químicos y humedad. Sus ojeras eran profundas.

Se acercó a grandes zancadas y lo afirmó por la bata del hospital, formando dos puños contra su pecho. Lo sacudió mientras Sungguk se reía.

—¡No vuelvas a hacer algo así! —se quejó—. No dormí por la preocupación, bastardo egoísta. Arruinaste mi cena de aniversario, ¿y sabes cuánto tiempo tendré que esperar para otra?

—Un año —se burló Sungguk.

—Exacto, un año. ¿No podías ser la bella durmiente otro día?

—Qué desconsiderado de mi parte no haber programado mi desmayo mejor.

Minki empequeñeció la mirada y después lo soltó, dando un suspiro melodramático. Se dirigió hacia el sofá ubicado a un costado y se recostó ahí.

—No sabes cuánto me duele la cabeza.

—Dile a tu novio que te inyecte algo.

—Estoy contra la medicina a menos que me esté muriendo —le recordó.

—Un poco extraño viniendo del prometido de un enfermero.

Minki levantó un dedo en advertencia.

—Mira, niño, cuidado con lo que dices, que sabes que es un tema sensible.

—¿Prometido? —se rio.

Agarrando una almohada que estaba en el sofá, se la lanzó a Sungguk en el mismo instante que Seojun ingresaba a la habitación.

—¿Ese es el comportamiento de la fuerza policial de Daegu? —los reprendió—. Con razón estamos como estamos.

Sungguk vio a Minki poner los ojos en blanco y sacarle la lengua a quien era su cuñado. Y pensar que Minki tenía dos años más que Sungguk. Pero Seojun les sacaba cinco y tres años, y aún así estaba echando a Minki del sofá para recostarse en él. Triunfante, y con Minki pasando a ocupar los pies de la cama, abrió una libreta.

—Sabes de lo que tenemos que hablar, Sungguk. Empezaremos cuando llegue Eunjin a tomar tu declaración —dijo Seojun.

Sungguk sabía que la declaración que Eunjin le tomaría en unos minutos era una de las tantas que vendrían. Era parte del protocolo, lo entendía, le harían las mismas preguntas una y otra vez. Todavía no podían interrogar al chico, por lo que, todo lo que pudieran averiguar del caso, sería lo que Sungguk señalara.

—Lo que yo necesito es que me cuentes lo que recuerdes de ayer —continuó Seojun—. Minki ya nos dio su versión, pero no tuvo contacto con el chico y no me sirve para hacer un perfil psicológico.

Se llevó las manos al regazo y jugó con sus dedos, manía suya para evitar destrozarse las uñas con los dientes.

—¿Aún se desconoce su nombre? —quiso saber.

Minki le lanzó una mirada de desconfianza a Seojun.

—Le hicieron una prueba de ADN —contó Minki.

—Minki, no considero que Sungguk debería saber esa información clasificada.

—Pues yo considero que sí.

—Está involucrado psicológicamente con la víctima.

—Saber algo más no hará diferencia.

—Podría significar…

—¿Qué encontraron en la prueba? —interrumpió Sungguk.

Seojun le dio una mirada molesta, aunque no agregó nada más.

—Comparte ADN con Moon Sunhee, la mujer que encontramos ayer.

Se le formó una expresión de sorpresa en el rostro.

—¿Es su hijo?

Minki se encogió de hombros.

—Nadie sabe —dijo—. No está registrado en ninguna parte. Le hicieron análisis de sangre y le sacaron incluso las huellas, pero no existe en el sistema. Es un fantasma.

—¿Pero podría ser su hijo? —insistió Sungguk.

—Moon Sunhee solo tiene un hijo registrado: Moon Minho. Pero falleció hace quince años producto de un accidente automovilístico. Quedó irreconocible, su auto se incendió al chocar. Lo reconocieron por sus placas dentales. De lujo, ¿no?

—¿Y otros parientes? ¿Moon Sunhee tenía alguna hermana o hermano? ¿Algo?

—Nada, hija única casada con otro hijo único. El marido muerto hace veinte años. Trabajaba en la fábrica de Daegu. Murió por aspirar gases tóxicos. Pero eso no es extraño, en ese tiempo no existían medidas de seguridad para los trabajadores.

—¿Estaba sola?

Minki asintió con fuerza.

—Sí, qué trágico, ¿no? Es como mi peor pesadilla hecha realidad.

—¿Y lo buscaron en la base de datos de personas desaparecidas?

Esta vez fue Seojun el que respondió:

—Hasta ahora sin resultados. O nunca se registró su desaparición o nunca desapareció.

—Estaba en ese ático encerrado, *hyung*.

—A lo que voy, Sungguk —habló Seojun con mucho tacto—, es que el chico no existe en el sistema. Posiblemente nació en esa casa y se quedó toda su vida ahí. Jamás fue registrado, no fue a la escuela, ni siquiera ha ido al doctor. Nunca.

—¿Nunca?

—Le hicieron tomografías generales. Tiene una lesión en la pierna nunca atendida, un hueso mal curado. Debió haberse quebrado el pie. Y no presenta una malformación en el oído. No nació con pérdida de audición.

El buen espíritu con el que despertó Sungguk gracias al cóctel de drogas se esfumó por completo. Pasándose la mano por el cabello, enredó parte del cableado consigo mismo. Sintió un tirón doloroso en el dorso al desenredar el suero de un mechón.

—Eso no es todo —continuó Seojun—. Estudiaron el historial médico de Moon Sunhee y de su hijo Moon Minho. ¿Sabes lo que son los m-preg, Sungguk?

Claro que lo sabía, había tenido clases de historia de los m-preg tanto en la escuela como en la academia de policía.

El primer caso conocido de un m-preg data de 1929. Un hombre con un abultado vientre llegó al hospital de Daegu. Murió en la camilla por septicemia. En la autopsia, descubrieron que presentaba órganos masculinos y femeninos, ambos desarrollados, en este último portando un bebé de seis meses de gestación. El caso quedó enterrado hasta el año siguiente cuando, también en Daegu, otro hombre con síntomas similares fue atendido por el único doctor en la ciudad. El 1 de septiembre de 1930, el doctor Park ayudó a nacer al primer hijo gestado por un hombre.

Un demonio, lo catalogó la gente del pueblo al enterarse, era inhumano que un hombre pudiese gestar, decían.

A las semanas, la policía encontró al hombre ahorcado en un árbol y al bebé quemado en una hoguera. Las paredes de la casa estaban rayadas con insultos.

El siguiente caso no se dio hasta tres años más tarde. Un muchacho de no más de diecisiete años ingresó al hospital de Seúl con una prominente barriga. Se quejaba de dolores terribles, por lo que se había trasladado desde Busan para ser examinado. Faltando todavía veinte años para que las ecografías fueran utilizadas en humanos para detectar tumores y posteriormente embarazos, el joven fue llevado a pabellón. A las horas, Kim Seungri daba a luz al segundo hijo concebido por un hombre en el mundo. Considerado un ente demoníaco por la sociedad, Kim Seungri pasó el resto de su vida encerrado en un laboratorio. Fue fecundado catorce veces, de ellas cinco con embarazos exitosos. Durante décadas, todo lo que se supo de los embarazos masculinos fue por los conocimientos adquiridos en la experimentación con Kim Seungri, que terminó muriendo por una infección sanguínea.

En 1954, cuando aparecieron los siguientes cincuenta casos, los embarazos masculinos pasaron a denominarse m-preg, y no fue sino hasta al año 2000 cuando finalmente fueron clasificados como una variante del tercer sexo: la intersexualidad. Todos los casos provenían de la provincia de Gyeongsan, actual Corea del Sur. Y tras conocerse en el resto del mundo la anormalidad genética de algunos habitantes, Estados Unidos hizo aportes millonarios para realizarles estudios a los hombres de la zona en búsqueda de más casos. Tras cuatro años de investigaciones, se contabilizaron más de 20.000 hombres que presentaban ambos órganos sexuales desarrollados capaces de ser fecundados, aunque estériles en lo que a su órgano sexual masculino se refería.

En la década de los sesenta, tras la separación de las dos Coreas y mientras cientos de miles de estadounidenses protestaban para que finalizara la Guerra de Vietnam, en Corea del Sur se encerraba a los jóvenes denominados m-preg para continuar con las investigaciones. Fue así como en 1975 lograron captar el momento exacto cuando un m-preg logró la concepción anal.

Lo primero que notaron fue que en ciertos periodos se producía un cambio psicológico en los sujetos en estudio, quienes se volvían más sumisos. Entonces llegaron a la conclusión de que los m-preg sufrían una especie de ciclo de calor que les permitía producir una hormona (denominada «preg») con la capacidad de ayudar al cuerpo masculino a generar una pequeña unión, ubicada sobre las vesículas seminales y la próstata, que permitía conectar el cuello uterino con el recto por unos segundos, logrando así la concepción anal en los m-preg.

En los siguientes cinco años descubrieron que un m-preg feliz y sano podía presentar ciclos de calor hasta tres veces en el año; en contraposición a un m-preg triste y malnutrido, que dejaba de producir la hormona «preg» incluso por años.

A mitad de los años ochenta, los nacimientos m-preg en laboratorios superaban los tres ceros. A finales de la misma década, llegaron a los cuatro ceros, a pesar de las cesáreas obligatorias para el nacimiento y la complejidad en sus embarazos por los altos riesgos de sufrir septicemia en caso de aborto espontáneo.

No fue sino hasta los noventa que los m-preg se consideraron el descubrimiento más importante en el último siglo y sus embarazos pasaron a tener la categoría de prioridad nacional. Eran, para Corea del Sur, los pequeños tesoros de Daegu.

Tuvo que pasar otra década de protestas en favor y en contra para que, finalmente, el 1 de junio de 2001, se promulgara en Corea del Sur la Ley 19.734 que en su Artículo 1 modificaba el Código Penal, introduciendo el principal cambio: pena de muerte para quien matase, violase o utilizase a un m-preg para fines científicos u otros. Entonces, todos los laboratorios fueron clausurados y se dejó en libertad a los pocos m-preg que todavía se encontraban en confinamiento.

—Por tanto, sabes que los m-preg eran perseguidos por el gobierno para encerrarlos en sus laboratorios. Esto pasó, Sungguk, hasta que se promulgó la Ley en el 2001, pero no fue sino hasta el 2007 que lograron cerrar todos los laboratorios de investigación m-preg —Sungguk asintió—. El hijo muerto de Moon Sunhee era un m-preg, estuvo tres años encerrado en un laboratorio. El chico que descubriste en el ático tiene unos dieciocho años y está emparentado con Moon Sunhee. Moon Minho murió hace quince años.

—El chico, ¿podría ser hijo de Moon Minho?

Seojun se encogió hombros.

—Posiblemente.

—¿Por eso…? —la cabeza de Sungguk iba a toda velocidad procesando las palabras y hechos expuestos por Seojun—. ¿Por eso Moon Sunhee lo mantuvo encerrado? ¿Por su padre?

—Debes entender que el chico nació cuando todavía no se promulgaba la Ley que los protegía —la boca de Seojun se frunció de tristeza—. No es de extrañar que Moon Sunhee lo haya mantenido oculto toda su vida, posiblemente temía que le sucediera lo mismo que a su hijo.

Sungguk frunció el ceño.

—¿Tenía miedo porque era hijo de un m-preg? —preguntó sin terminar de entender—. ¿Temía que se lo llevaran para investigarlo?

—Tenía miedo, Sungguk, porque el chico también es un m-preg.

11

Cuando Moon Daehyun era pequeño, su abuela le explicó muchas cosas: por qué el cielo era azul y no amarillo, como a Daehyun le gustaría, por qué su color de cabello era diferente al de ella y por qué no podía salir nunca de casa.

El cielo era azul porque era la piscina de los ángeles, unos tremendos nadadores, aunque también muy obedientes, que debían respetar sus horas de sueño, por eso apagaban las luces a cierta hora y el cielo se oscurecía, al igual que su cuarto cuando su abuela apagaba las luces tras levantar su mano con los dedos gordo, índice y meñique para señalarle lo mucho que lo quería.

Antes, según la abuela, su melena era castaña, al igual que la de él, pero cada vez que Daehyun la hacía feliz, un cabello le cambiaba a gris. Moon Daehyun pensó entonces que él debía hacerla tremendamente feliz porque su pelo estaba todito de ese color. Pero con el tiempo tal vez dejó de serlo, porque cuando Dae tenía trece comenzó a aplicarse un producto que olía mal y convertía su cabello en rubio.

Y no podía salir jamás porque lo más bonito que tenía Moon Daehyun era algo que existía en su interior.

¿Mi corazón, abuela?, le había preguntado moviendo las manos frente a ella.

—El corazón de Dae es precioso, pero no es lo más bonito. Es algo que está más abajo de tu corazón.

¿Mi estómago, abuela?

—No, bonito, tu estómago no.

Pero tú siempre dices que Dae es bonito si se termina su comida.

—Es algo que está más al sur de tu estómago.

Moon Daehyun empezó a saltar por la habitación como si fuera un conejito, con las manos flexionadas sobre el pecho. Se detuvo unos segundos solo para señalar:

Yo sé, abuela, ¡Dae sabe! ¡Son mis piernas!

Pero no alcanzó a leer lo que le respondía su abuela, porque sus saltos continuaron y lo llevaron hasta el otro lado de la habitación. Y al ser afirmado por los hombros, se asustó muchísimo.

Abuela, susto, se quejó encogido.

Tomó asiento en su cama para mirarla otra vez en la silla frente a él.

—Lo siento, Dae, pero no me estabas mirando —ella se apuntó los labios para que Daehyun no se perdiera lo que iba a decir—. Y no, tampoco son las piernas de Dae.

Pero mis piernas me hacen saltar altísimo, *abuela,* expresó modulando «altísimo» con bastante exageración.

Lo detuvo antes de que se pusiera a saltar otra vez.

—Es algo que está más arriba de tus piernas.

Daehyun hizo un puchero profundo.

No hay nada más, abuela. No es mi corazón, no es mi estómago y no son mis piernas, no hay nada más en Dae.

Se levantó la camiseta, examinándose con el entrecejo fruncido. Luego la dejó caer.

¿Es el ombligo de Dae? Pero es feo, y mi dedo huele mal cuando me lo rasco.

Eso le sacó una carcajada a su abuela que Daehyun no podía escuchar, pero sus ojos se curvaban en las esquinas de la misma manera como lo recordaba Daehyun al hacerla reír.

—No, bonito, tampoco es tu ombligo.

Moon Daehyun se cruzó de brazos, ya no feliz con ese juego.

Ya no quiero jugar, me aburro.

La abuela lo agarró y lo sentó en su regazo, acomodándolo en el borde de las rodillas para que tuviera espacio suficiente para seguir observando su rostro. Lo sujetó por la cintura para hacerle cosquillas.

—¿No quieres saber?

Daehyun lo meditó.

No, ya no.

—Ah, pero la abuela podría darle helado a Dae si adivina.

Pero no de chocolate y menta, a Dae no le gusta.

En la cocina, la abuela lo sentó sobre la encimera, justo al lado del lavaplatos y le entregó un bol con helado que comió con rapidez. Al terminarlo, manchándose de paso la camiseta blanca, sonrió con los dientes negros por el chocolate.

¿Lo bonito para la abuela es el helado en el estómago de Dae?, quiso saber.

Su abuela le pasó la mano por el cabello, desordenándole esas ondas claras. Le quitó el bol y lo dejó a un lado. Después, una mano arrugada se había posicionado en Daehyun, un tanto más debajo de su estómago pero también un tanto más arriba que ese lugar por donde Daehyun orinaba.

Ahí no hay nada, la abuela se equivocó.

—Tu papá te llevó ahí durante nueve meses.

Los ojos de Daehyun se abrieron de par en par.

Pero no hay espacio ahí.

—Cuando dos personas se aman mucho, tienen bebés, ¿recuerdas que te conté?

La pequeña frente se arrugó.

Pero la abuela no entiende, los bebés los trae el señor que reparte las cartas.

—¿Por qué dices eso?

Daehyun desvió la mirada fingiendo no haber leído la pregunta, no podía decirle que eso se lo había contado el niño que conoció en el parque; mencionar esa salida siempre hacía enfurecer a su abuela.

Su abuela le tocó la rodilla dos veces, Daehyun sabía lo que significaba, así que volvió a observarla.

—Tu papá te amaba muchísimo y por eso él te llevó durante nueve meses aquí —volvió a tocar ese punto en Daehyun que lo hizo sobresaltarse—. Son poquísimos los hombres que pueden hacer eso.

¿Llevarme dentro de ellos? Obvio, abuela, Dae solo es de papá.

—De tener bebés, Daehyun —lo corrigió—. Muy poquitos hombres pueden tener bebés, como tu padre.

Lo cierto era que Daehyun no se enteraba de mucho, pero su abuela seguía esperando una respuesta de él. Soltó un «ah» mudo que alargó estirando el brazo, esperando que con eso pudiera convencerla.

Su abuela le revolvió el cabello.

—Tú también podrás llevar en tu interior a un bebé, bonito.

Daehyun abrió los ojos de par en par.

Pero soy muy chiquito, moduló, tal vez un susurro débil escapó de sus labios temblorosos.

Ella sonreía.

—Cuando grande, bonito, por eso no puedes salir.

¿Pero y cuando Dae sea supergrande?

—Solo cuando Dae sea mayor de edad.

Quería protestar y hacer pucheros, pero Daehyun no quería volver a enfermarse como esa vez que se escapó y ya nunca más escuchó.

Ok.

Daehyun recibió un beso en la frente que lo hizo sonreír.

—Y eso es lo más bonito que tienes en ti.

12

Desde que Jong Sungguk llegó al cuerpo policial de Daegu, cada vez que existía algún problema que involucrase a un animal le encargaban el caso. Por eso, por mucho que deseó permanecer al lado del chico en el hospital, los días se fueron acumulando y finalmente fue obligado a regresar a la rutina, con una promesa vacía: sería avisado si el muchacho despertaba. Pero Sungguk no era tonto —tampoco brillante— y sabía que nadie le avisaría, Seojun había dado la orden de desvincularlo del caso.

Por eso, tras cuatro días del suceso, a Sungguk le encargaron ir al exreformatorio de Daegu: habían dado el aviso de una camada de cachorros lanzados dentro de una bolsa.

—¿Sabes lo que más odio de haber sido asignado como tu compañero?

Sungguk ignoró a su amigo mientras examinaba el enorme candado con el que las rejas del exreformatorio de Daegu permanecían cerradas.

—Que rescatamos más animales que personas —continuó Minki—. Si hubiera querido ser veterinario habría estudiado eso. Pero no, soy policía y los policías rescatan a personas.

—Rescatan a todo ser que lo necesite —corrigió Sungguk.

—Mira, no me malinterpretes, amo a los animales y en serio me hace feliz ir a dormir con Jaebyu sabiendo que los ayudé.

—¿Pero? —lo apremió Sungguk soltando el candado oxidado.

—Que hace nada terminé mi tratamiento contra la sarna, que se me pegó porque insististe en que cargara a ese perro hace un mes, ¿y quieres que tome a otro perro otra vez?

—Puedes empezar otro tratamiento, tu novio es enfermero.

Minki dio una patada al suelo y lo apuntó con el dedo, clavándoselo en el pecho.

—Jaebyu me hizo dormir en un colchón inflable en medio del living por dos semanas, ¿sabes lo incómodo que es eso? Te hace sudar y suena cada vez que te mueves. Vivo en un departamento con paredes de papel y estoy acogiendo a mi hermano por unos meses, por lo que no hubo *ñaca ñaca* con Jaebyu por culpa de ese ruido infernal.

—¿*Ñaca ñaca*? —se burló Sungguk caminando por alrededor de las rejas intentando buscar algún fierro suelto para colarse dentro. Si alguien pudo entrar para tirar a esos perros, él también debería poder—. ¿Y en tu cama no podían hacer su *ñaca ñaca*?

—No me dejó entrar a nuestro dormitorio.

—Mira, si ni siquiera te dejaba entrar al dormitorio, créeme que tampoco se habría metido en el tuyo.

—La otra pieza la ocupa mi hermano —replicó sin entender—. ¿No escuchaste la parte donde conté que dormí en el living?

Sungguk le apoyó una mano en el hombro.

—Me refería a tu «habitación» trasera, oficial Lee Minki.

Con un Minki sonrojado hasta las orejas, Sungguk terminó de recorrer toda la cuadra del reformatorio sin encontrar una abertura para colarse.

—Minki, dijiste que en la escuela fuiste bailarín, ¿cierto? —preguntó Sungguk observando la altura de la reja.

—Contemporáneo —especificó.

Sungguk flectó las rodillas y unió las manos frente a él.

—Vamos, súbete. Necesito que escales la reja, creo que yo puedo saltarla.

—Soy bailarín, no acróbata.

Sungguk permaneció en la misma posición, alzándole las cejas de manera provocativa.

—Minki, súbete.

Y así lo hizo. Posicionó un pie en las manos de Sungguk mientras se afirmaba de la cabeza de su amigo con total falta de delicadeza.

—Llevo solo cinco meses contigo de compañero y ya me mordieron en la pantorrilla, tuve sarna y encontramos a un chico en un ático, ¿ahora quieres que me entierre un fierro?

—La reja ni siquiera tiene pinchos.

Y solo dándole un precario aviso de advertencia, lo impulsó. Minki se aferró a la parte superior.

—¡Te odio! —gritó afirmándose.

Sungguk lo levantó más; por su estatura y contextura, Minki era incluso más liviano que el chico del ático.

El chico.

Era inevitable pensar en él, ¿estaría bien? Pasaría a verlo al hospital, le autorizaran o no a entrar a su habitación.

Minki logró sentarse a ahorcajadas en la reja.

—¿Ahora cómo bajo?

—Tirándote, Minki.

Su amigo apretó los dientes.

—Te juro que te odio tanto.

En respuesta, le dio una sonrisa de conejito. Luego, con una velocidad y agilidad que enfurruñó a Minki, Sungguk saltó la reja a su lado y aterrizó dentro del recinto.

—Si quieres te tiras y te atajo —ofreció Sungguk estirando los brazos.

Temblando, Minki terminó de pasar el otro pie y se afirmó a los fierros, dejándose caer con lentitud y cuidado.

—Ya, ahí voy —dijo Minki.

Y se tiró.

Sin embargo, nunca fue recogido por Sungguk porque en ese momento la radio en su cinturón sonó.

—Oficial Jong, responda.

Sungguk se distrajo contestando el llamado mientras Minki caía al suelo de manera pesada; su trasero recibió la mayor parte del impacto.

—Oficial Jong al habla.

—¡Dijiste que ibas a…!

Sungguk le pidió silencio llevándose un dedo a los labios. Enfurruñado y doliéndole el coxis, Minki se levantó.

—Sungguk, soy Eunjin.

El corazón se le aceleró de inmediato.

—Sí, Eunjin, dime, ¿qué sucede? ¿Es el chico?

—Sí, Seojun me pidió que te llamara. Ellos lo han despertado, pero me dijeron que no estaba bien y tuvieron que volver a sedarlo.

Antes incluso de responder, Sungguk estaba encaramándose a la reja con una mano.

—Voy para allá.

—Seojun dice que estará durmiendo como una media hora, ¿alcanzas a llegar?

—Estoy a diez minutos del hospital.

Que Sungguk podría reducir a cinco.

Se guardó la radio en el cinturón y terminó de escalar. Había saltado al otro lado, quedando frente a su amigo todavía encerrado dentro del exreformatorio. Ahí recordó a los cachorritos y que no estaba solo.

—Minki, necesito ir al hospital. ¿Puedes buscar a los cachorros tú?

—Pero, Sungguk.

Pero Sungguk ya se dirigía al automóvil.

—La vecina que llamó dijo que el llanto provenía del patio trasero, el cual conecta con el suyo. Solo debes ir a verificarlo y llevarlos a la veterinaria de la doctora Wheein. Ponlos a mi cuenta, ¿ok?

—Sungguk.

—Me llevaré el auto, puedes regresar a pie, ¿cierto?

—¡Sungguk!

—Estarás bien.

Se subió al automóvil y encendió el motor. A pesar del ruido, pudo escuchar el quejido de Lee Minki.

—¡¿Y cómo salgo de aquí después?!

Asomó la cabeza por la ventana.

—Salta la reja. ¡Suerte!

Y aceleró.

Los diez minutos que le prometió a Eunjin, tal como lo pensó, se convirtieron en cinco. Estacionó no demasiado bien y se bajó corriendo. Ni siquiera recordaba si le puso la alarma al auto o no. Se movió por los pasillos del hospital hasta llegar a la puerta que estaba buscando. Seojun se encontraba fuera con los brazos cruzados y apoyado contra la pared; parecía esperarlo.

—Me prometiste que me avisarías cuando fueran a despertarlo —lo recriminó.

—Ambos sabíamos que eso no iba a ocurrir a menos que fuera estrictamente necesario.

Y al parecer así había sido.

—¿Qué sucedió?

—Hemos intentado despertarlo un par de veces, pero no está reaccionando muy bien.

—¿Cuántas veces?

—Tres.

—Seojun, podrían haberme llamado antes.

—No, ¿no lo ves? Él ya generó un apego emocional hacia a ti, y tú no estás muy lejos de lo mismo.

—Pero no me importa, ¿he dicho que me molesta?

—Te desmayaste el otro día. No estás preparado para asumir una responsabilidad así.

—*Hyung*, está bien.

—No está bien, Sungguk, y necesito que eso lo tengas claro.

Seojun se quedó unos segundos en silencio.

—Está bien —aceptó Sungguk—, puedo manejarlo por ahora y te avisaré cuando ya no pueda.

Entonces la puerta se abrió y por ella salió un residente de Medicina con gafas, quien también era uno de los compañeros de vivienda de Sungguk: Choi Namsoo.

—Sungguk —lo saludó, a pesar de que esa madrugada ambos habían tomado desayuno juntos. Más bien, Sungguk se devoró una banana mientras Namsoo corría del primero al segundo piso buscando sus gafas favoritas; Sungguk no tuvo corazón para contarle que sus lentes los había encontrado destruidos en la casa de Roko, uno de los tres perros que componía la manada personal de Sungguk y que sus compañeros de piso supieron aceptar.

—Al final te pusiste tus otras gafas —bromeó Sungguk.

Namsoo lo apuntó con un dedo.

—¿Sabes dónde encontré mis gafas favoritas? En el hocico de Roko. Debemos poner límites, Sungguk, te he dicho que los perros no pueden entrar a mi habitación, ese es el límite.

Puede que a Sungguk se le hubiera colado Roko dentro de la pieza de Namsoo cuando se metió a robarle una camiseta limpia, porque ninguno en la casa había lavado y la ropa sucia ya tenía una altura preocupante.

—Créeme que no sé cómo Roko te robó los lentes —mintió.

Namsoo empequeñeció la mirada, después suspiró y apuntó hacia el cuarto.

—El chico va a despertar pronto, creo que mejor esperan dentro.

No necesitó más autorización que esa, ingresó al cuarto de inmediato. Era una habitación doble que había sido adaptada a una personal por obvias razones. En el centro de ella se encontraba el muchacho todavía durmiendo. Estaba un tanto desarmado sobre la camilla, su cuerpo ladeado y un puchero parecía formársele en los labios. El cabello desordenado, los brazos por sobre las sábanas que lo cubrían. Los cables y tubos salían por debajo de su camisa de hospital y del dorso derecho, donde tenía conectada una aguja subcutánea. Si bien seguía delgado, tenía mejor color, los labios mojados y sonrojados, al igual que las mejillas.

—Se ve bien —comentó Sungguk siendo optimista.

—Mejor de cuando lo encontraste, aunque todavía mal —informó Namsoo, que comenzó a explicarle de manera reducida los tratamientos que le estaban dando.

El golpe en la puerta desconcertó a Sungguk, ¿a quién más esperaban?

—Debe ser el intérprete —comentó Seojun yendo a ver—. Si bien él puede entendernos, nosotros a él no.

En ese momento ingresó un chico alto y, a consideración de Sungguk, demasiado joven para ser un intérprete de la lengua de señas.

—Bae Jihoon, a su servicio —se presentó.

Seojun le hizo tomar asiento en el sofá a un costado del chico. Sungguk de inmediato se movió para ocupar su lugar a los pies de la cama. Ambos se miraron unos segundos, pero ninguno de los dos dijo nada.

Namsoo pasó por alrededor del suero comprobando niveles y ajustando otros.

—Hace unos minutos que se le quitaron los sedantes, debería despertar en…

Como si se enterara que estaban hablando de él, bajo sus párpados las pupilas se movieron de derecha a izquierda, reaccionando. Se quejó casi sin sonido, estirando los brazos. Al levantar la cabeza, continuaba viéndose torpe y desorientado, como un oso saliendo de hibernación. Al terminar de despertar, el raciocinio vino de golpe y con ello la comprensión.

Tiró de las sábanas para intentar cubrirse. No logró subir las cubiertas más allá del cuello, porque Sungguk continuaba sentado sobre ellas. Moviendo la mano en la dirección donde su mirada apuntaba, Sungguk intentó captar su atención. Los ojos del chico se abrieron de par en par y por fin Sungguk notó su color. Eran oscuros, que contrastaban con su cabello más claro.

—Hola —lo saludó Sungguk.

El siguiente movimiento nadie se lo esperaba, Seojun volteó la silla que ocupaba en un afán por ponerse de pie. El chico se lanzó hacia adelante con los brazos rodeando el cuello de Sungguk. Por el impacto del movimiento, Sungguk cayó de espaldas en la camilla con el muchacho sobre él.

—No se muevan —les pidió Sungguk a los demás, sintiendo la respiración del chico contra su piel—. Estoy bien, solo me está… saludando, creo.

Por el rabillo del ojo Sungguk pudo divisar la desaprobación de Seojun, que salía como olas de energía negativa. Riendo nervioso, le dio al muchacho un golpecito en la espalda para captar su atención. Al verlo alzar el mentón, habló:

—¿Sentémonos?

Sus mejillas tomaron color y luego, lenta y de manera reticente, soltó el cuello de Sungguk para dejarlo ir. Se sentó sobre sus talones, todavía demasiado cerca. Pero aún parecía ser mucha distancia para él, porque enredó sus brazos con el de Sungguk para sujetarlo contra su pecho. Sungguk debía parecer un oso de peluche gigante. *Un conejo de peluche gigante*, se corrigió, porque digamos que Sungguk tenía la manía de sonreír mordiéndose un poco el labio inferior dejando al descubierto los dientes superiores.

—Él nos entiende —explicó Sungguk al intérprete—, puede leer los labios.

Cuando Bae Jihoon se puso de pie para acercarse, el chico volvió a encogerse a un costado de Sungguk, apretando su brazo con fuerza, enterrando los dedos en el músculo.

—Creo que es mejor que te sientes, Jihoon —pidió Seojun.

Otra vez en su asiento, Jihoon movió los brazos para que los demás entendieran.

—Hola, mi nombre es Bae Jihoon. Soy intérprete de lengua de signos. ¿Cuál es tu nombre?

Sungguk volteó el rostro para observar al chico de mirada grande y atenta, un poco temerosa.

—No tengas miedo, solo queremos saber tu nombre.

Entonces, soltándose con lentitud pero manteniéndose pegado a él, el chico hizo lo que parecía un dos acostado y alzó solo el dedo índice y meñique.

—¿Dea? —preguntó el intérprete.

—¿*Tea* como el té? —cuestionó Nam—. Pero es coreano.

—Dea dijo —corrigió Sungguk.

El muchacho se lamió los labios. Le dirigió otra mirada insegura a Sungguk y negó, su expresión se volvió triste. Intentó una vez más, moviendo las manos de manera insistente.

—¿Dae? —preguntó Jihoon. El muchacho asintió tan rápida y fehacientemente que se tuvo que afirmar de la cama para no perder el equilibrio.

—Debe ser un diminutivo —comentó Seojun—. ¿Será Dae por Daehyeon?

—¿Moon Dae? —le preguntó Sungguk para confirmar.

Dae volvió a asentir de manera feroz y animada, una pequeña sonrisa movía sus mejillas.

—¿Moon Daehyeon? —insistió Sungguk. Dae pareció ofendido por unos segundos y negó. Sungguk se rio—. Solo intentamos adivinar.

Jihoon y Seojun se quedaron pensativos.

—¿Será Daehyun? —preguntó Seojun.

Sungguk lo intentó.

—¿Moon Daehyun?

Los ojos de Dae se abrieron, su expresión brillaba de felicidad. Con una sonrisa, mientras sus dedos volvían a aferrarse a su bíceps, asintió una y otra vez.

—Eres Moon Daehyun. Daehyun. Me gusta.

—Moon, como «luna» en inglés —habló Namsoo con voz distraída—. Es lindo.

Mientras Sungguk se sonrojaba ante la mirada y sonrisa de Dae, la puerta se abrió.

—Oye, mocoso —dijo Jaebyu con el entrecejo fruncido—, ¿dejaste a mi novio abandonado y encerrado en el exreformatorio?

13

Moon Daehyun estaba llorando. El último tiempo lloraba muchísimo, algunas veces con excusas perfectamente razonables; el resto de las veces lloraba porque no sabía de qué otra manera sentirse aparte de estar profunda e indudablemente triste.

No era feliz, hace muchos años que había dejado de ser ese niño obediente y alegre que solo buscaba la aprobación de su abuela y se consolaba con su amor.

Y con la misma frecuencia que lloraba, miraba por la ventana del tercer piso. Horas enteras detrás del visillo observando a la gente vivir mientras él continuaba en casa sin amigos, sin padres, sin hermanos, sin poder amar a alguien y ser amado. Tenía a su abuela, claro que la tenía, pero hace tiempo que ella había dejado de ser suficiente para él. Ahora la odiaba más que la amaba, y ese sentimiento podrido y oscuro era el que lo hacía llorar.

Tóxico, se sentía tóxico y enfermo al observarla pasear por la cocina, preguntándose, solo preguntándose y soñando, que si su abuela moría, él podría salir de ahí.

Él podría ser libre.

Solo si su abuela moría, él lo sería.

Porque Daehyun ya no podía más.

No quería seguir viviendo.

No así.

No en esa casa.

No en esa vida que no era vida.

14

Sungguk no debería estar haciendo eso, pero se había pasado media hora de su vida escuchando al intérprete Bae Jihoon explicar lo difícil que sería llegar a entender a Moon Daehyun, pues utilizaba una mezcla de lengua de señas, movimiento de labios y señales personales para comunicarse. Moon Daehyun nunca se vio en la necesidad de que lo entendiese alguien más que su abuela, así que no era de extrañar que ambos hubieran compuesto un lenguaje propio difícil de seguir. Así que Sungguk se dijo, *ey, ¿no sería acaso más fácil si le pudiésemos enviar mensajes?*

Solo que no tenía muy claro si Daehyun sabía leer y escribir, pero de las esperanzas se vivía y, *ey*, se dijo (porque esa tarde estaba repleto de optimismo), el chico sabía leer los labios y había creado una nueva forma de comunicación con su abuela, por lo que leer y escribir debía ser un mero trámite.

Así que, tras ir a rescatar a Minki y los cachorros al exreformatorio, se dirigió a una tienda de celulares. Todavía ni siquiera sabía cómo lograría entregarle el regalo, y mucho menos cómo iba a explicarle al resto del equipo cuando lo descubrieran sin embargo, ahí estaba Sungguk siendo bombardeado por modelos de teléfonos. El celular que tenía Sungguk dejaba mucho que desear, apenas resistía la app de mensajería, pero ahí estaba, no solo en esa tienda viendo modelos, sino comprando uno morado de última generación, con chorrocientos millones en espacio y una cámara con otros chorrocientos megapíxeles.

Lo compró a seis cómodas cuotas sin intereses, todo gracias a la amabilidad de su banco.

Mientras se dirigía a casa con la caja morada envuelta en cinta del mismo tono, Sungguk se cuestionó qué estaba haciendo con su vida. Todavía tenía que pagar la cuenta del veterinario del último perro que rescató; eso sin contar que debía alimentarse hasta final de mes y que su cuenta estaba en números negativos, y que sobrevivía solo gracias a su línea de crédito. Tal vez fuese buena idea hacer un lavado de autos, como propuso Eunjin en broma, todo con tal de recibir más ingresos.

Al estacionar fuera de la casa de dos pisos, modesta y un tanto envejecida que compartía con Namsoo y Eunjin, los tres perros empezaron a ladrar para recibirlo: Roko, alias alma perruna de Namsoo por su capacidad de destrucción; Tocino, nombre puesto por Eunjin; y Mantequilla, ya adivinarían quién lo nombró así. Además de los tres canes, Sungguk tenía dos gatitas: Betsy, la más pequeña; y Pequeña, quien era la gata más pequeña antes de ser destronada.

Sungguk amaba a sus animales, pero más amaba jugarle bromas infantiles a Namsoo cuando este se encontraba demasiado cansado tras un interminable turno de cuarenta y ocho horas en el hospital, pidiéndole que fuese a buscar a Tocino y Mantequilla para darles de comer. Jamás se cansaría de escuchar a Namsoo gritar por el patio: «Tocino, Mantequilla, ¿dónde están?». Si estaba de suerte su vecino molesto de siete años se asomaba por la ventana y le respondía: «En tu refrigerador, idiota». Idiota, el tipo que tenía un IQ de casi ciento cincuenta. Definitivamente Sungguk no se aburría jamás de esa historia.

De buen humor otra vez, ingresó a casa.

—Roko, abajo —ordenó, aunque Roko no destacaba por ser obediente.

Sungguk tuvo que afirmar un vaso sobre la mesa de centro cuando Roko pasó moviendo la cola y lo golpeó.

Solo cuando dejó el regalo en lo más alto de una estantería, para que Roko no lo alcanzara, se percató de las dos personas que estaban sentadas en el sofá: Namsoo y Eunjin. Y ambos parecían estarlo esperando. Es más, ¿qué hacían ahí? Que dos de ellos coincidieran en casa era de por sí un milagro; que estuvieran los tres significaba un ataque organizado.

—¿Qué es eso, Sungguk? —preguntó Eunjin a su compañero de casa, apuntando el regalo que de pronto se veía demasiado morado en una sala desastrosa por culpa de tres seres humanos sin tiempo.

—Es para mí —mintió.

—A ti no te gusta otro color que no sea el negro —le recordó Eunjin.

Se rascó el costado de la nariz.

—Sí, bueno, no había otro envoltorio en la tienda.

—¿Y pediste que te envolvieran algo que compraste para ti mismo? —cuestionó Namsoo.

Sungguk no podía jugar al intelecto contra tanto IQ.

—¿Y qué? —balbuceó—. Me gusta pensar que alguien me lo regaló y desenvolverlo y fingir sorpresa. La vida es más interesante así.

Ambos se quedaron observándolo con expresión seria, estaba claro que ninguno se creía la mentira y es que, vamos, era pésima. Sungguk jamás se compraba nada para él. Se gastaba siempre su sueldo en otros. Llevaba trabajando solo unos meses como policía y ya arrastraba deudas que empezaron en su adolescencia, porque Sungguk no sabía negarse, no sabía negar la ayuda, no sabía pensar algunas veces de forma egoísta.

Era una suerte que recibiera cierto ingreso extra con el subarriendo de la casa que le había pertenecido a su abuela, que por cierto su padre le había entregado para que pudiese vivir en ella tras marcharse a Seúl. Con diecinueve años, apenas en la mitad de su formación para ser policía, Sungguk descubrió lo costoso que era mantener una casa con el sueldo de medio tiempo que obtenía como vendedor, por lo que puso dos de las cuatro habitaciones en arriendo. Primero llegó Eunjin, quien sería un futuro compañero en la estación de policías, y a los pocos meses apareció

Namsoo, un estudiante de Medicina recién llegado a Daegu tras su asignación de residente interno en el hospital de Daegu por dos años.

La cuarta habitación, que era utilizada para amontonar la ropa sucia, seguía vacía porque nadie más aceptaba vivir con ellos. Primero, porque ninguno destacaba por ser el más ordenado del universo; la última vez que alguien fue a visitar la habitación en arriendo, se había encontrado a Namsoo corriendo por la casa en toalla mientras perseguía a Roko, que había robado su ropa interior. Segundo, solo seres necesitados y desesperados aceptarían compartir sofá con la manada de Sungguk.

Al ir a su habitación para buscar una muda de ropa y bañarse, los dos forasteros de Daegu lo detuvieron.

—Tenemos que hablar, Sungguk —dijo Eunjin.

—Apruebo la solicitud de Eunjin y la reitero con la mía —continuó Namsoo.

—*Ok*.

Sungguk sacó a Betsy del sofá recibiendo un gruñido como protesta. La cola blanca de la gata se perdió en la escalera.

—Tenemos que hablar del chico.

—Daehyun —corrigió Sungguk a Eunjin.

—¿Cómo?

—Que no es un chico. O sea, sí es un chico. Pero tiene nombre. Se llama Daehyun, Moon Daehyun.

Eunjin y Namsoo se miraron en silencio.

—¿Tienes claro en lo que te estás metiendo? —cuestionó Namsoo sin delicadeza.

Sungguk se llevó la mano al borde de su camisa y se la tiró, sintiéndose de pronto acorralado.

—Sí.

—A lo que voy, Sungguk —comenzó Namsoo otra vez, aunque fue interrumpido por Eunjin.

—Él no es tu último acto de caridad.

—Lo sé —balbuceó, un poco desconcertado y herido—. Él no es… lo sé… por qué dices eso… él no es un acto de caridad.

—Lo digo, Sungguk —continuó Eunjin—, porque luego no puedes darlo en adopción como a los perritos que recoges. ¿Le tomas el peso a la situación? El chico… Moon Daehyun es una víctima, posiblemente lleva encerrado desde pequeño y apenas es capaz de comunicarse. El intérprete dijo que llegar a comprenderlo en su totalidad será un trabajo de meses. Meses, Sungguk.

—Lo sé, yo…

—No solo eso. Él es humano, Sungguk, uno lleno de carencias y defectos que tú no podrás llenar.

—*Hyung*.

—Con él no podrás, ah, ¿cómo decirlo para que no suene mal? —tomó aire—. No podrás ayudarlo y después apartarlo porque encontraste otro acto de caridad o, peor, te cansaste y aburriste de cargar con una responsabilidad tan grande, porque lo es, lo será, Moon Daehyun es una responsabilidad que no sabrás cómo asumir sin ahogarte en el proceso. Él ya depende emocionalmente de ti, y tal vez después mejore, como también puede que no. Necesitamos que pienses en las consecuencias.

Eunjin finalizó y los tres quedaron sumidos en un silencio pesado y triste, cargado de tensión. Jugueteando con las manos sobre el regazo, Sungguk tragó saliva con un enorme nudo en la garganta.

—Solo lo quiero ayudar —susurró.

La expresión de Eunjin se ablandó.

—Sé que solo quieres ayudarlo, pero, Sungguk, algo que he aprendido de ti en estos dos años es que eres uno de los hombres más sensibles y afectivos que he conocido y sé, sabemos cuánto te afecta algo y lo mal que puedes quedar por eso.

—Eunjin tiene razón, Sungguk —continuó Namsoo—. Solo tienes veintiún años, eres demasiado joven para estar tomando una responsabilidad así, ¿por qué no se lo dejas a Seojun? Él está preparado para esto.

—Pero no se siente como una.

—¿Qué cosa?

Tragó saliva.

—Que Moon Daehyun no se siente como una responsabilidad —replicó bajito.

—Ahora, Sungguk —refutó Eunjin—. Ahora no se siente como una porque es novedad.

—Moon Daehyun no es eso.

—No quise —Eunjin frenó, luego clavó la mirada en el regalo que continuaba sobre la estantería a las espaldas de Sungguk—. Ese regalo es para Daehyun, ¿cierto?

Sungguk quedó consternado. Eunjin se puso de pie, tomó asiento a su lado y le pasó una mano por los hombros, abrazándolo.

—No queremos hacerte daño, pero te conocemos y vemos tu mirada cuando hablas de él.

—No queremos que salgas herido —añadió Namsoo.

—Porque sabemos cuánto te aferras a las cosas y lo mucho que podría afectarte si no resultan como piensas.

Esa noche Jong Sungguk se fue a dormir tras llevarse el regalo consigo. Y al observar el regalo brillar por la luz de la luna que entraba por la ventana, cerró los ojos sin saber si su decisión lo haría arrepentirse más adelante, en ese tiempo futuro donde el fervor de sus emociones confundidas ya se hubiese extinguido.

15

Desde que Moon Daehyun tenía doce años, la puerta trampilla del ático se podía abrir solo desde el segundo piso por una razón: su abuela de alguna manera debió ingeniárselas para mantener dentro de casa a una persona que únicamente buscaba salir. Pero no siempre fue así. Al principio, cuando luchaba con la mente blanda y receptiva debido a la niñez, lo hizo apelando a las emociones de su nieto.

—No vas a verme nunca más —le decía.

—Te llevarán lejos.

—Yo moriré de pena.

Luego, cuando el chico creció y no pudo convencerlo con tanta facilidad, tuvo que aplicar nuevas medidas para mantenerlo dentro: cambiar la puerta del ático, por ejemplo. Por eso, mientras un Daehyun de doce años se encontraba encerrado en su habitación con llave, como rara vez ocurría en esa casa, un desconocido ingresó. Un maestro.

—Lara, ¿no crees que es muy peligroso? Te puedes quedar encerrada si solo abre desde el segundo piso —había insistido el maestro.

Pero la anciana, que ya había mandado a sellar todas las ventanas de la casa, no podía retroceder ahora, cuando su pequeño estaba creciendo y comenzaba a cuestionarse cosas que antes no le habían importado, como por qué no asistía a la escuela, por qué no tenía más familiares, por qué no podía conocer a nadie, por qué no podía jugar afuera con el resto.

Muchas preguntas para las que Lara solo tenía una respuesta:

—Porque no.

Porque ella lo decía, porque en algún momento de su vida se había enfermado, estaba mal, sabía que lo estaba porque no podía estarle haciendo eso a su bebé, pero ahí se sorprendía de sí misma una y otra vez al seguir en esa rueda interminable, girando y girando en esa espiral de mentiras.

Y es que no era capaz, no podía ponerle fin y arriesgarlo todo.

Pero se había aprobado la Ley en el 2001, su pequeño podría ser libre y feliz allí afuera.

Podría, claro que podría.

Como también estaba la posibilidad de que no.

Y ante las estadísticas, no podía arriesgarse.

Los laboratorios todavía existían, a pesar de que el gobierno afirmaba que desde el 2007 se encontraban todos clausurados. Y ella no quería que su pequeño pasase lo mismo que su hijo, no podía repetir dos veces la misma historia. Se había esforzado tanto, tanto para que no lo hicieran, que no podía rendirse ahora. Porque si ella estaba viva, si ella continuaba protegiéndolo, su pequeño estaría bien.

No sería violado como su hijo.

Torturado.

Usado.

Embarazado.

Si ella lo protegía, así, tal cual lo estaba haciendo, no tendría que revivir la historia de ver a su hijo siendo abierto en medio de la cocina para dar a luz un bebé que nunca quiso. No se vería en la desesperación de poner todos sus ahorros en las manos de un doctor que pudiese guardar su pequeño secreto.

No tendría que revivir nada de eso.

Por eso lo hacía.

Porque tal vez, solo tal vez, amaba a Moon Daehyun demasiado, con mucha intensidad y también con mucho daño.

16

El paquete morado, impecablemente envuelto, que dejaba traslucir una caja rectangular mediana, estaba sobre el centro del escritorio. Jong Sungguk, sentado en la punta de la silla giratoria, apoyaba el mentón sobre las palmas de sus manos contemplando el regalo, preguntándose si acaso tendría que devolverlo, idea que venía dándole vueltas desde que se llevó el obsequio a la oficina.

Era uno de esos días lentos donde todo lo que se tenía que hacer estaba listo, a excepción del papeleo, porque eso siempre podía esperar otro día.

Igual de aburrido que él, Lee Minki deambulaba por la comisaría. Primero pasó con un paquete de papas fritas, luego con un helado, ahora devoraba un chocolate. Todo porque la ansiedad lo consumía. Llevaba ya seis horas sin cruzar palabras con Sungguk, y esa pelea al único que le estaba afectando era a él; Sungguk, por otro lado, seguía con la mente en las nubes observando el paquete.

Minki admitía que se moría de curiosidad por saber lo que había comprado, mas no iba a preguntar, no iba a ser el primero en hablar cuando ese idiota todavía le debía una disculpa por haberlo dejado abandonado y encerrado en el exreformatorio y no haber ido por él hasta tres horas después, ¡tres!

«Es que estaba con el chico», recordó a su amigo dientón diciéndole, «se llama Moon Daehyun».

Para cuando Lee Minki pasó con un paquete de galleta, Sungguk habló:

—¿Estás embarazado que comes tanto?

Una galleta se estrelló contra la frente de Sungguk.

—No soy un m-preg, idiota.

Pero le hubiera gustado serlo. Tal vez por eso no era capaz de simpatizar mucho con Moon Daehyun, a pesar de que entendía, en serio que sí, que solo era una víctima. Sin embargo, existían emociones primarias más fuertes, y lo que sintió Minki al enterarse de que ese chico del ático era un m-preg, era uno de esos sentimientos detestables.

Porque desde que Minki se enteró que existían hombres con la capacidad de embarazarse, él quiso ser uno de ellos. En su infantil mente alejada de todo mal, un m-preg era algo que siempre deseó ser. Por eso, aunque sonase ridículo, demasiado ridículo, existía una parte de él que no podía dejar de sentir envidia por Moon Daehyun.

Y tristeza, una demasiado grande al descubrirlo encerrado en un ático por la misma cualidad que Minki envidiaba.

—Entonces, ¿por qué estás comiendo tanto? —preguntó Sungguk sacándolo de sus pensamientos.

—No te voy a responder.

—Ya lo hiciste, Minki.

—Pues ya no más.

—Lo sigues haciendo, Minki —cantó Sungguk.

Minki se cruzó de brazos y se acercó al escritorio de su amigo, fijándose, cómo no, en el regalo.

—¿Tú piensas pedirme disculpas por lo de ayer?

Sungguk le mostró su sonrisa de conejito, era demasiado guapo y simpático para que Minki lo odiase por mucho tiempo.

—Lo siento, Minki, pero había algo más importante.

—¿Me estás diciendo que yo no soy importante?

—¿Debo recalcar el «más»?

Minki se estiró por sobre la mesa y lo agarró por la chaqueta para sacudirlo, Sungguk reía como un idiota.

Un carraspeo los interrumpió, ambos se giraron hacia la puerta de la comisaría donde estaba un señor que rondaba los cincuenta años. Se quitó la gorra, dejando entrever una prominente calva, y la retorció con sus dedos robustos. Su ropa estaba repleta de manchas de pintura y yeso. Parecía ser un obrero.

—¿Disculpen? —interrumpió con voz insegura—. ¿Ustedes son policías?

Sungguk se alejó para soltarse del agarre de Minki. Se acomodó la ropa y se puso de pie. Apuntó su placa donde lo identificaba como tal. Además, ¿qué esperaba que fuesen dos personas vestidas de policías en una comisaría? ¿Ladrones?

—Sí, dígame, ¿en qué lo podemos ayudar?

El señor carraspeó.

—Vi en las noticias…

—¿Sí? —insistió Minki dándole ánimo.

Por el rabillo del ojo, Sungguk notó que su superior y también compañero de casa Yeo Eunjin se les acercaba.

—Vi en las noticias… —repitió— lo que pasó con Lara y el muchachito en el entretecho.

—¿Lara? —cuestionó Eunjin.

—Moon Sunhee Lara —especificó el señor—, la mujer que murió el domingo.

Los tres se dieron una rápida mirada, de pronto en alerta por lo que aquello podía significar.

—¿Usted la conocía? —quiso saber Sungguk.

—Sí —exhaló el señor.

—Pero la vecina mencionó que no tenía conocidos, solo el grupo de la iglesia y ya hablamos con ellas —contó Eunjin.

Sungguk alzó una ceja desviando la atención hacia su amigo. ¿Cuándo había sucedido y por qué se estaba recién enterando? Lo habían sacado del caso como policía, eso Sungguk lo sabía, pero creía ser amigo de Eunjin antes que subordinado.

—Yo era el maestro, la ayudaba en casa —explicó el señor.

—¿Usted entraba? —cuestionó Sungguk.

Él asintió.

—¿Por qué no nos dice su nombre? Pase por aquí para que hablemos —lo invitó Eunjin a su oficina.

—Lee Son —contestó.

Sungguk se movió tras ellos, Eunjin le bloqueó el paso en la entrada a su despacho.

—No, Sungguk, tú estás fuera del caso.

Y sin agregar más, le cerró la puerta en la cara.

Incrédulo, se giró. Minki mantenía una expresión de lástima.

—Escuchaste al jefe.

—Pero, Minki…

—No te comportes como un niño si no quieres que te traten como uno —advirtió.

Infló las mejillas.

—¿Podrías entrar para escuchar y decirme?

—También me sacaron del caso —Minki se encogió de hombros—. Creen que te pasaría información.

—¿Y sería así?

—No, ¿quién te crees? Ni que fueras Jaebyu para no poder resistirme.

A Sungguk no le quedó más que tomar medidas extremas. Fue a la cocina por un vaso de vidrio y lo posicionó contra la madera, pegó la oreja al fondo del vaso para escuchar.

—Sungguk, ¿qué haces?

—Minki, silencio.

Las voces se oían bajas y un tanto entrecortadas, aunque entendibles, complemente entendibles.

—He pensado mucho esto —estaba diciendo Lee Son—, para recordar cuándo podría haber ocurrido.

—¿Ocurrido qué? —quiso saber Eunjin.

Sungguk vio que Minki se apoyaba a su lado, pegando su oreja directamente a la puerta.

—Cuándo comenzó a tener al muchachito en el ático —aclaró—. Fue antes de 2003.

Hizo rápidos cálculos mentales, Daehyun debía tener cuatro años por ese entonces.

—Ella me llamó, quería que le hiciese un techo —explicó.

—Que le quedó bastante horrible —musitó Minki a su lado—, recuérdame no contratarlo para arreglar mi futura casa con Jaebyu.

Se perdió parte de la conversación por culpa de Minki.

—… y a mí eso me pareció raro —*¿qué cosa?*, pensó Sungguk. Demonios, por culpa de Minki parecía haberse perdido algo importante—. Porque ¿quién querría un techo que cubre la mitad de tu ventana?

—Exacto —puntualizó Minki.

Sungguk lo mandó a callar con una mirada.

—Pero era la solicitud de un cliente y tuvimos que cumplir.

—¿Por qué cree que desde ese tiempo tenía al muchacho en su casa?

Una leve pausa.

—Lara tenía unas reglas extrañas, ¿entiende?

—¿Reglas extrañas? ¿Cuáles?

—No se nos permitía ingresar a la casa hasta ser autorizados por ella, siempre desaparecía unos minutos antes de permitirnos ocupar el baño, por ejemplo.

—¿Unos minutos? ¿Cuántos?

—Algunas veces solo diez, otras veces hasta media hora.

—¿Media hora para dejarlos ocupar el baño?

—Sí, pero vivimos en el lado de Daegu donde nunca pasa nada extraño —se justificó el hombre—, jamás nos podríamos haber imaginado que era porque tenía a un niño encerrado.

—¿Y nunca se percataron de nada más mientras trabajaban?

El señor Lee tardó unos segundos en darle continuidad a su historia.

—Un par de veces escuchábamos el llanto de un niño, sonaban como pataletas. Pero nosotros… ¡nosotros creíamos que lo cuidaba de vez en cuando!

—Y el domingo entendió que no.

—En la zona nunca se reportó un niño perdido —siguió el señor Lee con tono nervioso.

—Está bien, no tenía cómo saberlo —lo tranquilizó Eunjin—. Entonces me dice que en 2003 hizo un arreglo en la casa.

—Exacto. Nació mi hijo menor el año que le construí ese techado en el jardín, con eso pagué el hospital.

Lo que quería decir que desde los cuatro años, al menos, Daehyun estaba encerrado. Sungguk cerró los ojos y apoyó la frente sobre el vaso para tomar aire. Al abrirlos, Minki lo estaba observando con preocupación. Apoyó la oreja otra vez cuando Minki le hizo un gesto.

—… la vi por la calle, ella iba cargando un niño en los brazos.

—Contó que unos años después de ese techado feo vio a Lara en la calle con un niño —le resumió Minki a máxima velocidad.

—¿Qué año fue eso? —le preguntó Eunjin—. ¿Lo recuerda? Hubo unos segundos en silencio.

—No muy bien, aunque recuerdo que el niño se veía de unos cinco o seis años.

—¿Y recuerda cómo era el niño? —dijo Eunjin.

—Algo —confesó Lee Son.

—Descríbamelo, por favor.

—Cabello castaño claro. Ojos y orejas grandes. Creo que no era totalmente asiático.

—Se parecerá a, ¿él? Mire bien la foto, por favor.

Unos segundos de silencio.

—No ha cambiado mucho —se escuchó un ligero golpe contra la madera—. Lo vi un par de veces asomado por la ventana del cuarto de Lara cuando ella me pidió que sellase las ventanas de la casa.

—¿Sellar?

—Con pegamento, especificó que se le formaban corrientes de viento. Hay maneras más eficientes de evitar eso y se lo expliqué, aunque ella insistió en la idea.

—¿Cuándo ocurrió aquello?

—Un tiempo después de verla con el chico en la calle, tal vez unas dos semanas más tarde. A lo mejor el hijo del doctor Jong recuerde algo más.

—¿Jong? —cuestionó Eunjin—. ¿Se refiere a Sungguk?

Minki y Sungguk se miraron.

—¿Tú? —musitó Minki.

¿Qué tenía que ver él ahí?

—Él estaba ese día con el chico y Lara.

—¡¿Yo?! —jadeó Sungguk.

¿Él había estado con Daehyun ese día? Esperen, ¿conocía a Daehyun de esa época? Con la mente hiperventilada, intentó recordar. Pero lo cierto es que no recordaba mucho de esa época, solo que había estado muy enfermo. Tendría que llamar a su padre para preguntarle, él quizás sabía algo.

—Luego nos pidió que construyéramos un baño en el tercer piso que conectara con el del segundo, quería arrendar el ático a turistas. El último trabajo que hice con ella fue hace unos cinco o seis años atrás cuando me solicitó que la puerta trampilla del tercer piso solo se abriese desde abajo, según ella ya no quería arrendar ese espacio.

Si después de eso el maestro contó alguna otra información relevante, Sungguk no se enteró. Despegó el vaso de la puerta y fue hasta su puesto, dejándose caer en la silla y apoyando los codos en el escritorio. Se pasó las manos por el cabello, desordenándolo. El paquete morado delante suyo parecía estarse riendo de él. ¿En serio creyó que sería buena idea regalarle un celular a alguien que había pasado por todo eso? Ahora parecía idiota, simplista, superficial y materialista. Por supuesto que a Daehyun no le iba a interesar un celular cuando pasó por tanto.

—Toda su vida —jadeó Sungguk en desconcierto—. Toda su vida en esa casa. Y yo lo conocía, Minki. Yo lo conocía de antes, ¿por qué no lo recuerdo?

Minki tomó asiento en el borde de la mesa.

—Sungguk, no te tortures. Eras un niño.

Negó con la cabeza y tomó el paquete.

—Voy a dar una vuelta —dijo.

Su amigo lo dejó ir.

Sungguk caminó de manera inconsciente por las calles de Daegu, intentando una y otra vez recordar algo. Seguía tan hundido en su cabeza que no notó que había llegado al hospital hasta que una ambulancia emitió un sonido fuerte y estridente que resonó en sus oídos.

Hizo girar la caja entre sus dedos observando las ventanas del hospital, preguntándose si debía, si entraba, si iba donde él o no.

Sus piernas se movieron solas, ingresando primero al edificio, avanzando por los pasillos y subiendo escaleras hasta llegar al tercer piso.

Con la puerta entreabierta, esa misma que Sungguk abandonó el día anterior con reticencia, Daehyun tenía medio cuerpo asomado al pasillo. A pesar de la distancia, lo veía fruncir el entrecejo y estrechar los ojos, sus labios apenas moviéndose. Estaba observando con atención a una doctora y una enfermera hablar en la recepción central.

¿Estaría fisgoneando?

El tirón en sus entrañas fue doloroso. Verlo así, ajeno al mundo actual, intentando hacer algo tan simple como espiar en un hospital porque se aburría, sensibilizó a Sungguk.

Apretando la caja morada contra sí, se acercó.

Al llegar a su lado, movió una mano sobre su rostro. Daehyun dio un enorme salto, un gemido rasposo escapó de su boca mientras se llevaba la mano al corazón.

Sus ojos se abrieron enormes al verlo, y no tardó en tener los brazos de Daehyun rodeándole cuello para abrazarlo con fuerza.

—Hola —saludó Sungguk al quedar libre.

Daehyun dudó unos segundos, alzando el brazo como respuesta.

—¿Y Jihoon? —quiso saber.

Se suponía que Bae Jihoon iba a estar al lado de Daehyun el tiempo suficiente para ayudarlo a adaptarse.

El chico se encogió de hombros.

—¿Y Seojun?

Otro encogimiento de hombros.

Vaya tratamiento de calidad.

—¿Y Namsoo? —Daehyun no reconoció el nombre—. Tu doctor, el chico con gafas.

Hubo un tercer encogimiento.

Entonces Daehyun se fijó en el paquete morado y Sungguk se sonrojó.

Le pidió que ingresaran al cuarto, porque ni modo que fuese a entregarle el regalo en pleno pasillo. Una vez dentro, Daehyun se sentó en la cama un tanto nervioso, como si supiese que el regalo era para él. Sungguk pidió que no estuviese cometiendo un terrible error.

Carraspeó para llamar su atención.

¿Seré idiota?, pensó, *Daehyun no puede escucharme.*

Se acercó a él, también tomando asiento en la cama.

—Sé que te cuesta comunicarte con nosotros —comenzó diciendo cuando Daehyun lo observaba. ¿Por qué su voz temblaba?—. Y pensé que tal vez con esto se te haría más fácil.

Y le tendió el regalo.

Como había estado concentrado leyendo sus labios, le tomó unos segundos captar el paquete morado que Sungguk le tendía. Lo recogió con el entrecejo fruncido y la cabeza ladeada. Observó a Sungguk y nuevamente el regalo. Entonces, Daehyun lo alzó frente a su rostro y lo sacudió con una fuerza brutal.

Sungguk casi se murió.

Sus preciosas seis cuotas sin intereses que todavía no comenzaba a pagar.

—Ábrelo —dijo tras un rato sin verlo reaccionar—. Es tuyo.

Los dedos largos, que habían estado jugueteando con el moño que rodeaba la caja, se paralizaron. La incredulidad brillaba en el rostro de Daehyun, aunque luego se transformó en un sentimiento peor: dolor y anhelo, todo aquello entremezclándose en esos labios fruncidos, en esos ojos grandes y aguados, en el temblor en su mejilla, incluso en el movimiento casi imperceptible de sus orejas.

Sungguk vio a Daehyun tragar saliva.

—Es tuyo —lo apuntó a él y después a sí mismo—. Un regalo mío para ti.

Daehyun se mordió el labio con fuerza.

Con mucho cuidado desató el moño tirando de la cinta, que se deshizo despacio y de forma elegante, quedando desarmado sobre su regazo. Entonces, agarró una de las puntas del papel y empezó a despegarlo con tranquilidad.

Tras lo que pareció una eternidad para Sungguk, porque conejo impaciente siempre, Daehyun sacó la caja, que era morada, al igual que todo lo demás. La alzó en el aire y la hizo dar vueltas en las manos. Volvió a dejar la caja en sus piernas y le quitó la tapa.

Su expresión se paralizó por unos momentos y se llevó las palmas al rostro, los hombros le temblaban, un chillido rasposo y extraño escapó de su boca, su pecho jadeó para meterle aire a unos pulmones que se negaban a reaccionar.

Daehyun lloró con cada parte de su corazón.

—Daehyun.

La caja quedó a un lado de la cama. Daehyun había extendido ambos brazos, una palma estirada hacia arriba y con la otra mantenía el dedo medio doblado como garra, tocando el centro de su palma y alejándola una y otra vez.

Sungguk no tenía que pensárselo mucho para saber qué significaba, porque su cara manchada con lágrimas, los hombros caídos y el movimiento de labios reiterativo lo expresaban todo:

—Gracias.

Tardaron unos diez minutos para que Daehyun estuviese lo suficientemente tranquilo para que Sungguk pudiese ayudarlo a encender el celular. Con ambas cabezas pegadas y el celular en el medio, observaban la pantalla que Daehyun apretaba una y otra vez, fascinado por la vibración del aparato.

Era un bebé que todavía no entendía el valor de ahorrar batería.

Enseñarle a utilizar las cosas esenciales, tras conectarlo al wifi del hospital, fue mucho más fácil de lo que Sungguk pensó.

—Y así es como se envían y responden los mensajes —le dijo, los ojos de Daehyun atentos en los labios—. Podrás enviarme uno cuando quieras.

Daehyun cabeceó, de nuevo parecía a punto de ponerse a llorar, así que Sungguk sacó su celular y abrió la aplicación de mensajería. El día anterior Sungguk había guardado el número que sería de Daehyun, así que solo tuvo que buscar el contacto.

Sungguk: hola, Daehyun. Soy Sungguk.

Daehyun casi tiró el celular al suelo.

Ave María Purísima, debió haberle comprado un ladrillo.

El chico no supo qué hacer cuando el celular se encendió anunciando una nueva notificación. Sungguk le enseñó a bajar la pestaña de arriba y a abrir el mensaje nuevo.

—Respóndeme —pidió Sungguk cuando Daehyun se giró a verlo, de pronto se puso nervioso porque, ¿y si no sabía escribir?

Daehyun tardó más de diez minutos en responder, en tanto Sungguk se dedicó a reír y animarle mientras lo veía batallar con el teclado. Pero no se rendía, tampoco le pedía ayuda.

Lo escuchó dar un suspiro largo y alzar la mirada expectante. Al instante, el celular de Sungguk vibró por una notificación entrante.

Era un mensaje perfectamente escrito:

Daehyun: hola, Sungguk. Soy Moon Daehyun y me gustas mucho.

17

Hace muchos años Daehyun escapó de casa. Aquella aventura comenzó con sus manitas pequeñas, que apenas rodeaban la manija de la entrada principal, intentando saber si estaba abierta o cerrada. Y por primera vez desde que Dae tenía memoria, el picaporte vibró en sus palmas: estaba sin llave. Con el corazón latiéndole tan fuerte que lo podía sentir en sus oídos, se volteó esperando ver a su abuela salir de la cocina. Sin embargo, por mucho que Daehyun esperó, aquello no ocurrió. De pronto recordó que la abuela estaba lejísimos y que no llegaría hasta que el reloj de la cocina estuviese posicionado sobre el número uno.

Así que solo dudó unos instantes.

Empujó la puerta, que crujió de tan vieja, y divisó el porche, el antejardín que rodeaba la casa, la calle inexplorada y un auto que rompía el silencio de la cuadra.

Secándose las palmas con la ropa, tragó saliva, sus ojitos nerviosos se movieron de un extremo a otro. No sabía qué hacer. El miedo lo paralizó, le decía que debía regresar, que su abuela se pondría furiosa si descubría que había salido. Justo cuando tomó la decisión de volver, un chico pasó corriendo por la calle gritando a todo pulmón:

—¡Amigos, vamos al parque, vamoooooos al parqueeee!

El parque, pensó Dae.

Él nunca había ido al parque, solo una vez escuchó a unos niños discutir fuera de su casa sobre juntarse ahí luego de la escuela.

Pero Dae no iba a la escuela.

Y tampoco tenía amigos.

¿Podría acaso…?

Sus piernas se movieron antes de que hubiese tomado una decisión. Sus pantalones cortos dejaron al descubierto sus rodillas regordetas mientras corría tan rápido como podía. La garganta la sentía seca y rasposa, sus piernas avanzaban lento y el corazón parecía querer escapársele por la boca. Daehyun escuchó a lo lejos un ruido metálico acompañado de risas infantiles.

Afirmándose las costillas que le punzaban, continuó avanzando con cada vez más dificultad. De pronto, tras haber perdido al chico, Dae se encontró en una intersección sin saber a dónde ir.

—A la derecha —alguien respondió a sus pensamientos.

Y al alzar la barbilla, Daehyun se encontró con un hombre alto, delgado y de cabello ondulado.

—Quieres ir al parque, ¿cierto?

Dae se quedó observándolo sin pestañear.

—El parque está detrás de aquella casa roja —continuó el desconocido, como si Dae le hubiese contestado.

Sus piernas se movieron hacia donde el hombre señalaba con el dedo.

—Ve —lo animó—, deben estar esperándote.

Al cruzar la casa roja, se encontró con unos juegos que Daehyun solo había visto en películas que trasmitían por televisión. Y en el medio del parque, saltando bancas y escondiéndose detrás de unos arbustos con lo que parecía una pistola de colores demasiado genial, un chico con sonrisa de conejito gritaba a todo pulmón:

—Soy el oficial Jong, y estoy a su servicio.

Escondiendo una carcajada nerviosa detrás de su puño, Dae finalmente fue hacia los juegos.

Desde lejos, ubicado en la banca más alejada del parque, el hombre alto y de cabello oscuro no apartaba la mirada de Daehyun.

18

El celular de Jong Sungguk vibraba sin parar en el bolsillo de su chaqueta mientras intentaba prestarle atención al reclamo del señor que tenía en frente; este se quejaba contra su vecino porque, a consideración de él, la casa de al lado tenía un jardín horrible y arruinaba la estética de todo el vecindario.

—Como le mencioné, señor —*unas ya veinte veces,* pensó Sungguk—, la policía no puede arrestar a su vecino por lo que me indica.

—Pero podrían ponerle una multa —insistió.

Minki y Sungguk se dieron una mirada exasperada.

—Tendría que ir al Departamento de Aseo y Ornato de Daegu, esto escapa de nuestras funciones —continuó Minki con el último resto de amabilidad que le quedaba en el cuerpo.

—¿Y ellos podrán ponerle una multa? —quiso saber.

—Tendría que revisar con ellos si existe una ordenanza que estipule aquello —explicó Minki—. Solo con eso tendría la potestad de obligar a un vecino a arreglar su jardín o multarlo por negarse a obedecer. Por lo mismo, y como le comentamos, eso debe verlo directo con el Departamento de Aseo y Ornato.

Y para finalizar la conversación, Minki le escribió en un papel la dirección del departamento mientras el celular de Sungguk moría, ¿se le habría acabado la batería?

Se dirigieron hacia el automóvil.

—La gente cree que las multas son un juego de niños —refunfuñó su amigo.

Pero Sungguk no estaba escuchando, había sacado el celular para comprobarlo. Todas sus notificaciones venían de la misma persona: Moon Daehyun.

Hace una hora atrás, al dejarlo en el hospital para acudir al llamado policial, le había insistido en que le escribiera todo lo que quisiera. Tal vez debió poner algunos límites. Cincuenta y siete mensajes no era algo normal.

Sungguk cliqueó la primera notificación y se abrió la aplicación de mensajería. Emojis mandando besos, saludando, riéndose, enojados, desconcertados y bailando se apoderaron de la pantalla. Moon Daehyun había encontrados los emojis y parecía decidido a ocuparlos todos. A Sungguk se le estrujó el corazón.

—¿Por qué te ríes? Te ves idiota y das miedo —dijo Minki, habían llegado hasta la patrulla de policía.

—Y tú te ves ridículo hablando todo el día de tu novio, pero nadie te dice nada.

—No es mi culpa que todo me lo recuerde a él.

Sungguk desbloqueó las puertas.

—Cuando me enamore espero no ser como tú —pidió Sungguk.

—Serás peor, créeme.

—Soy un hombre de ley, rudo y malote. No me pasará eso.

—Moon Daehyun me envió un mensaje —se burló Minki con voz aguda y batiendo las pestañas.

Sungguk lo ignoró y se concentró en la pantalla, cuestionándose qué podría decirle a alguien que no conocía de nada.

Sungguk: jejejeje.

Con eso bastaría. Guardó el celular. Después recordó que el chico posiblemente nunca hubiese leído una risa escrita y no sabría por qué le estaba mandando tantos «je» consecutivos.

Daehyun: no entiendo. ¿Se rompió tu celular?

Sungguk: los «jejejeje» significan que estoy riendo.

Daehyun: eres muy gracioso, Sungguk. Me gustas mucho. Haces que el corazón de Dae brinque.

Sungguk enrojeció de manera violenta y soltó un gemido agonizante. Su cabeza quedó recostada contra la cabecera del asiento, su mano con el celular sobre el volante. Minki, quien también escribía en el teléfono, alzó las cejas con extrañeza:

—¿Y ahora qué te pasó?

—Nada —dijo Sungguk con voz ahogada. Carraspeó, intentó mantener la compostura—. No pasa nada.

—Esa «nada» parece ponerte bastante nervioso.

—Tú síguele enviando mensajes pervertidos a Jaebyu y no me molestes.

Ahora eran las orejas de Minki las que se volvían rojas.

—Yo no… yo no hago eso —balbuceó.

—¿Crees que voy a olvidar cuando te equivocaste y me enviaste a mí «en la noche te lameré el pene hasta dejarte seco»?

—¡Sungguk! —chilló Minki mirando para todos lados—. Alguien podría haberte escuchado y pensarán mal.

—Solo pensarán lo que me tocó sufrir a mí.

—¡No seas exagerado! Además —se tocó con timidez el borde del cuello—, te pedí disculpas.

—Todavía sigo traumado.

—¡Te invité el almuerzo por una semana!

—Solo una lobotomía eliminaría esa imagen perturbadora que implantaste en mi cabecita inocente.

Recibió un golpe en la frente por parte de Minki.

—Claro, inocente —se burló—. No eres más que un conejo pervertido.

—Eso suena como un fetiche sexual terrible, Lee Minki, no sabía que te iban las cosas raritas. Cada día me sorprendes más.

Minki masculló:

—Ya olvídalo, idiota —se quejó, regresando a su celular.

Contento por lograr su cometido de distraerlo, Sungguk volvió a abrir la conversación con Daehyun notando que ya no estaba en línea.

Hizo tamborilear los dedos sobre la pantalla sin saber cómo responder. ¿Qué se le podía decir a alguien sin filtro social que confundía los «me gusta» en plan amoroso y los «me gustas» por ser un humano decente?

Sungguk: me alegro agradarte.

No, no podía enviarle eso. Eliminó el mensaje y comenzó otro.

Sungguk: tú también me gustas.

Enrojeció de vergüenza. No, no, no podía enviarle eso tampoco.

Sungguk: eres tierno.

No, tampoco.

Terminó enviando un conejo riendo, pero no tuvo respuestas de Daehyun.

Al finalizar el turno, Sungguk se fue su casa. Su perro Roko lo recibió mordisqueando el último pedazo de pasto que le quedaba a ese jardín destruido. Menos mal no tenía de vecino al señor de hace un rato, de lo contrario se tendría que tragar un montón de multas.

—¿Mal día? —le preguntó a Namsoo, quien descansaba en el sofá con la gata Betsy sobre su regazo. Se veía agotado tras el turno en el hospital, medio dormido.

—Ni lo menciones —contestó sin ánimo—, el turno estaba tranquilo hasta hace una hora atrás.

—¿Un choque múltiple? —quiso saber, tomando asiento en el otro sofá.

Sungguk meditó medio segundo si debería ponerse a lavar o no, ya que solo le quedaba ropa interior limpia para un día.

—No, nada de eso. Solo fue ese chico.

—¿Daehyun? ¡¿Le pasó algo?!

—No, no —Namsoo se sentó recto en el sofá rascándose la cabeza—. Solo lo tuvieron que sedar.

Eso dejó mucho más intranquilo a Sungguk.

—¿Por qué? Hoy estaba bien.

—¿Lo fuiste a ver? —se enojó Namsoo.

—Solo una hora. Y es mi vida, ¿está bien? Yo sé lo que hago, ayer los escuché y tomé mis decisiones. Mías. Pueden opinar todo lo que quieran, pero seguiré siendo yo quien decida.

Namsoo se quedó en silencio unos segundos.

—Solo que se robó algo —explicó Namsoo.

—¿Robó? —preguntó Sungguk sin entender.

—Una enfermera lo encontró con un celular, y cuando le preguntó de dónde lo había sacado, intentó esconderlo. Le pidieron que regresase el teléfono, pero se descompensó como si fuese lo peor que le estuviese ocurriendo. Lloraba mucho y tuvimos que sedarlo para tranquilizarlo.

Sungguk corrió hacia la entrada de la casa, medio poniéndose un zapato y medio sacándose a Roko de encima, que había tomado su carrera como un juego e intentaba robarle su calzado.

—¿Dónde vas? —lo intentó detener Namsoo afirmándolo por el brazo.

—A verlo.

—Está dormido, Sungguk, y ya pasó el horario de visita.

Exasperado, se soltó del agarre.

—Él no robó nada, Namsoo, yo le regalé ese celular. Era suyo. ¿A ninguno de ustedes se le ocurrió preguntárselo antes de quitárselo?

Namsoo se veía frustrado.

—Se lo preguntamos, ¡pero no habla, Sungguk! ¿Cómo no se te ocurrió dar el aviso en el hospital para que lo supieran?

La culpa se sintió como lava en sus venas.

Salió de la casa con el llamado de Namsoo a lo lejos. Roko lo seguía de cerca. Agarró su camioneta y dejó que Roko se subiera de copiloto, porque de igual forma seguía sosteniendo su zapato derecho en el hocico.

Llegó veloz al hospital. Ni siquiera le pidió el calzado a Roko, a quien dejó sentado de copiloto con la ventana abierta. Corrió hasta el pabellón donde estaba internado Daehyun.

En la conexión de los pasillos donde estaba el puesto de vigilancia del personal médico, se encontraba una enfermera y un enfermero hablando. Ella tenía un celular morado en la mano y lo observaba con el entrecejo fruncido. Al notar que Sungguk se acercaba, lo guardó en una gaveta.

—Oficial Jong, buenas noches —dijo la enfermera—. ¿Sucede algo? Ey, oficial, ¿y su zapato?

Tuvo que tomar aire para controlarse porque sabía que, en efecto, el culpable de la situación había sido él y nada más que él.

—Ustedes tienen un celular morado —explicó—. Se lo quitaron al paciente de la habitación 307.

La enfermera se puso nerviosa.

—Debe haber sido un malentendido, oficial, nuestro paciente no se comunica demasiado bien y es difícil entenderle, pero estoy segura de que no fue un robo intencionado como para que la policía se haga cargo del caso.

Cierto, todavía vestía de policía. Podía faltarle un zapato, pero seguía viéndose como un policía.

—Vine a aclarar que ese celular le pertenece a Moon Dae-hyun.

—Pero él…

—Se lo regalé… se lo regaló hoy el Departamento de Policías —mintió.

Bien, a ese ritmo iba a quedar sin trabajo y con seis cuotas pendientes de pago.

—No sabíamos —aclaró el enfermero—. El hospital no fue notificado, como tampoco su médico de cabecera.

—Mi error, olvidé notificarlo —extendió la mano—. Ahora, ¿me lo entrega? Debo regresárselo a su dueño.

La enfermera se lo pasó con reticencia.

—Tendrá que firmar un acuerdo, oficial —avisó.

Tras lo solicitado, y con el celular en su bolsillo, se dirigió a la habitación 307. Dentro estaba Seojun sentado en el sofá, tenía una expresión pensativa y un cuaderno amarillo reposaba sobre su regazo, observaba a Daehyun dormir.

—¿Qué haces aquí, Sungguk? —quiso saber Seojun con tono cansado—. Estás fuera del caso y… —comprobó la hora—. También fuera de turno.

—Me enteré de lo que pasó.

—Sí, yo también, por eso es que estoy aquí como su psicólogo. Yo, no tú. Solo yo debería estar aquí —lo reprendió.

—Fue mi culpa —confesó Sungguk, dirigiéndose hacia Daehyun, quien tenía las mejillas manchadas y el labio roto.

—Casi fue amarrado por esto, Sungguk. Pareces no entender que no puedes comportarte como si fuese alguien corriente. Moon Daehyun no creció en sociedad, entiéndelo.

Sungguk tragó saliva, bajó la cabeza.

—Lo siento.

—Aunque lo cierto es que me alivia descubrir que fue solo una confusión. Se me hacía extraño que lo hubiese robado, no es el comportamiento que le atribuiría a alguien como él.

—Era un regalo.

—Ahora lo sé —entonces se tocó el mentón con aire pensativo—. Daehyun es como un rompecabezas de cinco mil piezas sin instrucciones: no sabes por dónde comenzar ni cómo hacerlas encajar en este gran desorden —su mirada ahora estaba sobre Sungguk—. No puedo comunicarme con él. No responde a ninguna de mis preguntas, como tampoco a Bae Jihoon.

—Pero...

—¿Sí, Sungguk?

—¿Por qué? —quiso saber—. ¿Por qué no habla? Se supone...

—Se supone que solo es sordo —completó Seojun por él—. Es mutismo selectivo.

—Habla en mi idioma, *hyung*.

Seojun se acomodó en el asiento.

—¿Has intentado hablar con audífonos y música puesta a todo volumen? Tu primer instinto es intentar escucharte porque parte del habla es oír, pero no puedes hacerlo. ¿Qué haces entonces? Alzas la voz, sin embargo, de igual forma eres incapaz de seguirle el hilo a lo que estás diciendo ya que no te estás escuchando. Y como no puedes corroborar lo que estás diciendo ni cómo, poco a poco empiezas a perder la forma de comunicarte. A balbucear las palabras en vez de pronunciarlas, a repetir otras, a perderte y volverte ininteligible. Hablar no es solo hacerlo, implica muchas variables que pierdes de no poder escucharte. ¿De qué sirve intentar hablar si no sabes lo que estás diciendo? Es por esto que la mayoría decide dejar de hacerlo por decisión propia, aunque a veces...

—¿A veces?

—A veces te lo imponen. ¿Y qué si a su abuela no le gustaba escuchar sus balbuceos? Tal vez era muy escandaloso, o no lograba entenderle, por lo que lo instó a callar. Sin embargo, eso no lo sé, no puedo comunicarme con él. No sé cuándo perdió la audición ni cómo. No sé nada de él y no puedo ayudarlo porque no podemos comunicarnos —terminó frustrado.

—Sabe leer y escribir —confesó Sungguk.

Seojun le observó frunciendo el entrecejo.

—Sé que sabe leer, pero simplemente se niega a responderme —dijo apuntando una pizarra que estaba a un costado de sus piernas.

—He estado hablando con él por mensajes —aclaró Sungguk—. Aunque no escribe mucho, le gustan los *emojis*. Podrías... si me dejases devolverle el celular, podrías escribirte con él, le pediré que te responda.

—Eso sería de mucha ayuda, Sungguk —dijo Seojun con voz aliviada—. Podría averiguar... —dudó—. Los médicos necesitan respuestas sobre su hipoacusia.

—¿Todavía no saben qué podría haberla causado? —tragó saliva, doliéndole la garganta al continuar—. ¿Habrá sido un golpe?

—Creen que fue una enfermedad. Por eso necesitamos averiguar su historial médico. Si enfermó cuando era pequeño o después, si alguna vez tuvo fiebre alta o algo que pudiese ocasionar su pérdida de audición.

Sungguk dejó el celular sobre la mesita de noche.

—No sabía que la fiebre podía ocasionar eso.

—Pero sí enfermedades que ocasionan fiebre —él se encogió de hombros—. No sé bien, la verdad solo repito lo que me explicaron, soy psicólogo, no médico general. Mis competencias son otras.

Sungguk se quedó en silencio unos segundos con aire pensativo.

—Sí, tú eres su psicólogo...

—¿Sucede algo?

Se movió intranquilo.

—Es que lo he pensado mucho, *hyung*, y solo no puedo entenderlo.

—¿Qué cosa?

—Que su abuela, su propia abuela lo encerró toda su vida. ¿Qué clase de amor es ese?

—Uno, Sungguk, al cual no se le podría llamar amor.

—Yo lo sé, solo que… no dejo de pensar… ¿no todos hacemos eso? ¿Aferrarnos mucho a alguien hasta hacerle daño?

—No es lo mismo, Gukkie.

Sungguk se retorció las manos ahora vacías.

—Me da miedo, *hyung*.

—Todos tenemos miedo.

—¿También tienes miedo de amar a alguien con tanta intensidad?

—Sungguk, son cosas y circunstancias diferentes. Solo entendemos parte de lo que podría haber motivado a Lara a hacer eso, pero no la historia completa.

Calló al distraerse por el movimiento casi imperceptible de Daehyun. El chico siguió durmiendo.

—Seojun —dijo Sungguk al mismo tiempo que la enfermera de la recepción ingresaba para chequear a Daehyun—, ¿qué enfermedad te podría hacer perder la audición?

Si bien el padre de Sungguk se desempeñó como doctor hasta su jubilación, Sungguk no tenía mucha idea de medicina.

—Algunas enfermedades infecciosas —respondió la enfermera en vez de su cuñado—. Como el sarampión, aunque que en Daegu nunca se han dado brotes de sarampión. Si preguntas por él —dijo apuntando a Daehyun—, es extraño. Solo conoció a su abuela y Moon Sunhee no registra enfermedades infecciosas como sarampión, parotiditis o meningitis. No podría habérsela contagiado.

Sungguk se paralizó.

—¿Meningitis?

—Si la meningitis no es tratada correctamente puede causar amputaciones, problemas de memoria, daño cerebral y pérdida de audición, incluso la muerte.

Pero Sungguk, con ironía, no la siguió oyendo. Salió de la habitación tras balbucear una despedida apresurada, de pronto se sintió mareado. Fue hasta los baños y se encerró en una cabina.

No entres en pánico, se dijo, *no entres en pánico*.

Llamó a su papá y comenzó a hablar apenas escuchó su voz.

—Papá, soy Sungguk. Necesito saber algo.

—¿Pasa algo? —preguntó preocupado—. ¿Estás bien?

Tragó saliva, boqueó sin aliento.

—Cuando yo era pequeño estuve muy enfermo, ¿cierto?

—Sí —contestó con cierta duda—. ¿Por qué? ¿Te sientes mal?

—No, o sea… —balbuceó.

—¿Estás seguro? Porque estás balbuceando. ¿Estás en el hospital?

—Sí, pero por otras razones, papá.

—Dile a tu doctor que quiero hablar con él, yo le explicaré tu historial médico.

—Papá, solo quiero saber si recuerdas algo.

—¿Qué cosa?

—¿Yo tuve meningitis?

—Ah, sí, cuando tenías como siete u ocho años.

Sungguk se estremeció de dolor y se abrazó para entrar en calor, el frío repentino lo zarandeó.

—¿Y sabes si tuve contacto con alguien cuando estuve enfermo?

—Contagiaste a un grupo de niños. Te escapaste un día de casa a jugar al parque, Sungguk. Tuve que atender a seis niños por ti.

Enfermo, apoyó la espalda contra la pared del baño y se fue deslizando por ella hasta quedar sentado sobre la baldosa. Con el celular afirmado en su hombro, se llevó las manos a la cabeza y apoyó la frente en sus rodillas.

—Papá, ¿la meningitis puede ocasionar pérdida de audición? —preguntó con la boca pastosa, su lengua estaba torpe.

—Sí, pero, hijo, te dije, yo atendí a todos esos niños y todos son ahora hombres sanos como tú.

—No todos, papá.

—¿Sungguk?

—¿Podrías regresar a Daegu, por favor?

—Sungguk, ¿qué sucede?

—No atendiste a todos, papá.

Y encerrado en la cabina de baño, comenzó a llorar.

Daehyun había perdido la audición por su culpa.

19

El frasco de pastillas cayó de sus manos, las píldoras se dispersaron por la cocina. Temblando, se puso de rodillas. Recogió una a una, por alrededor de la mesa, por el refrigerador, por al lado de la pierna helada y por el costado de ese brazo igual de frío. Finalmente encontró la última en esa cabellera mal tinturada.

Parecía estar durmiendo.

Si se esforzaba un poco, casi podía convencerse de que ella solo estaba descansando. Pero no era así, Daehyun sabía, oh, claro que él sabía lo que acababa de pasar en esa cocina. Lo tenía claro de la misma manera que entendía que ella no estaba durmiendo, que ella no iba a despertar otra vez; eso era algo que Daehyun entendía de la misma manera que sabía que el culpable era él.

Todita de Moon Daehyun.

De ese Daehyun tonto, sordo, inútil y malo. Él era malo por haberlo deseado, por habérselo pedido, por habérselo gritado. Daehyun era malo porque nunca pudo ser un chico bueno, ese muchacho que su abuela siempre le pidió que fuese.

«Sé bueno, Daehyun, sé bonito por mí».

Pero no pudo serlo, nunca pudo porque cosas terribles pasaban por su cabeza. Y ahora una de ellas se había hecho real.

Se dio un golpe en la cabeza.

Tonto, inútil.

Otro golpe.

Imbécil.

Imperfecto.

Roto, tan roto.

Él ya no era bonito.

No lo era y por eso nadie lo quería.

Y estaba solo.

Por eso se merecía eso, lo sabía.

Todo era su culpa.

Su culpa.

Recostado en medio de la cocina llorando, gimiendo y sudando, se sintió sucio mientras intentaba buscar el calor de un cuerpo que ya no lo tenía. Intentó abrazar a ese cuerpo que una vez le perteneció a la persona que más amó en su vida, y a la que también más odió porque, en definitiva, fue la única persona que conoció realmente.

Malo.

Era malo e hizo cosas peores.

20

Sungguk se despertó cuando el celular vibró en la mesita de noche. Asustado y desorientado, prendió la luz y agarró el teléfono. ¿Qué habría ocurrido? ¿Una emergencia? ¿Un accidente en la carretera? Estaba levantándose para ponerse el uniforme a máxima velocidad, cuando notó la notificación.

Era de Moon Daehyun.

Daehyun: hola, Sungguk.

Sungguk comprobó la hora en su reloj, eran las 2:05 de la madrugada. ¿Por qué le estaba escribiendo a esa hora?

Sungguk: hola, Daehyun. Estás despierto.

Daehyun: jejeje, por supuesto, bobo. Dae no podría escribirte si estuviese dormido.

¿Dae? ¿Por qué hablaba en tercera persona algunas veces? ¿Sería un desorden de personalidad? Tendría que hablar con Seojun de eso.

Sungguk: me refería a si te sientes mejor.

Daehyun: solo no te enojes con Dae.

¿Había ocurrido algo?

Sungguk: yo nunca me enojaría contigo, Daehyun. Solo dime.

Daehyun: en la tarde me quitaron el celular. Intenté explicarles que era mío pero nadie entendía a Dae. Nadie me entiende.

Sungguk: supe lo que pasó, Daehyun. Y por eso fui a verte.

Daehyun: ¿viniste a verme? ¿A Dae?

Sungguk: Claro que a ti, ¿a quién más?

Daehyun: ¿por qué?

Sungguk: porque me preocupo por ti.

Daehyun: ¿te preocupas por mí? Pero Dae ya no es bonito. ¿Por qué te preocupas por mí?

¿Bonito? ¿Qué tenía que ver ser bonito con tener amigos? Inquieto por eso, a pesar de la hora le escribió un rápido mensaje a Seojun para que averiguase más. Además le explicó que muchas veces Daehyun se refería a sí mismo en tercera persona.

Sungguk: porque eres mi amigo.

Daehyun: ¿amigo?

Sungguk: sí, somos amigos, ¿o no quieres serlo?

Daehyun: Dae nunca ha tenido un amigo.

Sungguk: ahora lo tienes. Además, tú y yo somos amigos desde pequeños, ¿lo recuerdas? En el parque.

Daehyun: claro que lo recuerdo, bobo. Dae recuerda todo.

Sungguk se recostó contra sus almohadas. Lo recordaba, era un hecho. Daehyun lo recordaba, por lo que ya no eran hipótesis sin fundamentos. Sungguk efectivamente estuvo con él ese día en el parque. Él lo había contagiado de meningitis.

Sungguk: Seojun también quiere ser tu amigo.

Daehyun: él está aquí con Dae.

Sungguk: ¿y has hablado con él? Seojun quiere mucho conocerte. ¿Por qué no le respondes?

Daehyun: ¿hablar? Bobo, yo no puedo hablar. Pero él tiene una pizarra y Dae le escribe. Dijo que mi letra es bonita. Me gusta Seojun.

Sungguk: ¿ves? Ahora tienes dos amigos que se preocupan por ti.

Daehyun: pero los amigos se ponen sobrenombres y Dae no tiene uno.

Sungguk: solucionemos eso de inmediato, ¿ya? Que tal… ¿*hyunie*?

Daehyun: a Dae no le gusta pero está bien. Me conformo.

Eso le sacó una risa involuntaria.

Sungguk: ¿y qué tal solo Dae?

Daehyun: está bien, lo acepto.
Daehyun: Sungguk…

Sungguk: ¿sí?

Daehyun: ¿los amigos se quieren?

Sungguk: los amigos se quieren muchísimo.

Daehyun: ¿entonces Sungguk me quiere?

Sungguk se quedó contemplando la pantalla. No supo cómo responderle eso, así que lo evitó.

Sungguk: Sungguk se preocupa muchísimo por Dae.

Daehyun: ¿Sungguk?

Sungguk: ¿sí?

Daehyun: ya no quiero estar más enfermo. Dae solo quiere ser bonito otra vez.

Sungguk: Daehyun, eres precioso.

Daehyun: no, antes lo era. Ahora no. Dae ya no es bonito.

Sungguk: Dae, no pienses eso, por favor.

Daehyun: ¿Sungguk?

Sungguk: ¿sí?

Daehyun: si vuelvo a ser bonito, ¿me vas a querer?

Sungguk: no tienes que ser bonito para ser querido, Dae-hyun. Te vamos a querer por como eres y no por cómo te ves.

Daehyun: pero yo deseé algo malo. Soy malo.

Entonces el «en línea» desapareció.

21

Antes de ir a dormir, su abuela siempre le contaba alguna historia. Esa noche, mientras le ordenaba las cobijas alrededor suyo y le pedía que leyese sus labios, comenzó a contarle sobre cómo el cielo estaba compuesto por una serie de reinos que vivían en armonía. Hasta que un día el rey de las tinieblas, conocido como el reino de Gamangnara, se aburrió de la oscuridad y envió a uno de sus perros de fuego llamados Bulgae a que atrapase al sol. Pero cuando el Bulgae logró alcanzarlo y morderlo para llevárselo a su amo, terminó con unas quemaduras terribles en el hocico.

—Unas de tercer grado —agregó la abuela tras una pausa.

Así que cuando el rey se enteró, se puso furiosísimo y mandó a otro de sus Bulgae a cazar esta vez a la luna. Pero la luna era demasiado fría y el pobre perrito de fuego terminó sufriendo unos dolores horribles de muela.

Como cuando Daehyun come demasiado rápido su helado, la abuela rio.

Sin poder aceptar su derrota, el rey de Gamangnara envió a otro de sus Bulgae. Y a otro. Y así durante siglos completos sin rendirse y sin ser capaz de poseer lo que tanto anhelaba.

—Por eso cuando un Bulgae logra morder al sol o la luna, se le llama eclipse —finalizó su abuela el relato—. Pero la enseñanza de esta historia, bonito, no es la de intentar alcanzar lo que deseamos, es aceptar que no debemos codiciar algo que no podemos tener.

¿Entonces por qué el rey de Gamangnara no escucha a la abuela y se rinde?, pensaba Dae ese 22 de julio de 2009, mientras en la televisión anunciaban que acababa de iniciar el único eclipse solar que habría ese año.

Bulgae, pensó Dae observando a su pequeño perrito Moonmon correteando entre sus piernas.

Tal vez lo incorrecto no era que el rey de Gamangnara no debiese codiciar algo que no le perteneciese, tal vez solo necesitaba ayuda para cumplir sus sueños.

Ayuda.

Él solo necesitaba ayuda, como Daehyun.

Con su abuela distraída en la cocina preparando el desayuno, Dae arrastró una silla hasta el patio trasero y la ubicó debajo de ese rectángulo donde ingresaba un haz de luz. Sin embargo, al subir con Moonie en brazos, con la idea de ir a ayudar al Bulgae a cazar el sol, le faltó por lo menos un metro para llegar al techo.

Frustrado, se bajó de la silla y recorrió el jardín trasero con la mirada. Y así encontró una escalera metálica que su abuela estuvo utilizando el día anterior para pintar unos fierros del tejado.

Dejando a Moon en el suelo, jadeando y sudando por el esfuerzo, logró arrastrar la escalera hasta debajo del agujero. Volvió a subir los escalones con Moonmon en brazos y, al llegar hasta el borde y asomar la cabeza fuera del techo, se encontró con un mundo increíble en el cual podía divisar hasta la casa vecina. ¡Y tenía una piscina! ¿Podría Daehyun pedirle a su abuela que lo dejase ir a bañarse en ella?

Esperen, ¿y si el niño del parque vivía ahí? Podría llamarlo.

¿Y para qué?, pensó Dae con tristeza. Él ya no podía hablar y mucho menos escuchar, de nada serviría volver a verlo.

Por la potencia del sol que comenzaba a mostrar la mordedura del Bulgae, Daehyun no se percató de que su abuela se había acercado con pánico. Solo sintió el tirón en el tobillo que lo hizo chillar. Sosteniendo a Moonmon contra su pecho, Dae perdió el equilibrio.

Sintió los dedos desesperados de su abuela jalando de su ropa para evitar la caída. El dolor de tobillo apareció a la misma vez que Dae chocaba contra el suelo. Moonmon se resbaló de sus brazos.

Sin aliento, Daehyun observó a su abuela mover los brazos alterada. Parecía estarle gritando algo, pero sus labios se movían con tanta rapidez que Daehyun no podía leerlos.

Como castigo, se quedó sin videojuegos durante una semana completa. ¡Y eso que estaba en cama con el tobillo vendado! Sin embargo, ni ese dolor ni el aburrimiento se sintieron tan horribles como saber que no volvería a jugar nunca más con el niño en el parque.

Porque, en definitiva, querer salir de esa casa era semejante a la misión interminable de los Bulgae.

Era estúpido y sin esperanzas.

Sungguk, moduló con tristeza.

Y esa fue la penúltima vez que Dae musitó aquel nombre en esa casa. La última, cuando unos ojitos bonitos se asomaron por la trampilla del tercer piso.

22

Puede que Sungguk estuviese violando mil códigos, pero cuando se trataba de Moon Daehyun romper las reglas era lo menos importante. En casa de su hermana Kim Suni fue recibido con abrazos y comida. Siempre era bueno ir a visitarla, pues lo mimaba y alimentaba como el glotón que era. Tras tomar desayuno y pedirle a Seojun, su cuñado y psicólogo de Daehyun, si podían hablar, se encerraron en la oficina de la casa. Sungguk, un tanto reticente, le mostró la conversación que mantuvo con Moon Daehyun por la madrugada.

—¿Tú crees que se siente culpable por la muerte de su abuela? —quiso saber Sungguk cuando Seojun dejó el celular a un lado.

Seojun hizo unas anotaciones en su cuaderno y le agradeció por haberle mostrado eso.

—¿No vas a contestarme? —cuestionó Sungguk.

—Sungguk, ya lo hablamos, es mi paciente y es un deber profesional no contarle a nadie sobre él.

—*Hyung*, creo que ya he dejado claro que mi única intención es ayudarlo. ¿Acaso no puedes confiar en mí? Si unimos cabezas, más pronto podremos ayudarlo.

Seojun frunció los labios mientras lo meditaba otro segundo más.

—Moon Daehyun tiene una constante sensación de culpabilidad —contó a regañadientes y con expresión preocupada—. Estaba todavía con él cuando ustedes se escribieron. Y...

—¡¿Y?!

—Se puso a llorar. Intenté hablar con él. O sea, he logrado comunicarme mediante con una pizarra, pero no quiso usarla para responderme, solo se golpeaba el pecho y hacía esto —Seojun se pasó la mano por la cara—. El intérprete me dijo que esa señal significa culpa, y que se estuviese golpeando el pecho…

—«Mi culpa».

—Sí.

—Pero —Sungguk dudó, de pronto sintió un ataque de ansiedad— no es su culpa, ¿no? El examen forense decía que la abuela murió de un ataque al corazón.

—El examen forense —Seojun jugó con el lápiz sobre el cuaderno—. Eunjin me comentó… Ah, no debería estar hablando de esto contigo.

—*Hyung*, de todas formas terminaré averiguándolo. Sabes cómo soy.

Sungguk sería capaz, incluso, de asaltar la oficina de Eunjin para leer algo más sobre el caso.

—Encontraron rastros de pastillas en el estómago de Moon Sunhee Lara.

A Sungguk se le puso la piel de gallina.

—¿Pastillas? ¿Qué clase de pastillas?

—Placebo.

De pronto Sungguk ya no estaba entendiendo el hilo de la historia.

—Pero los placebos son un tratamiento para engañar al cuerpo, haciéndole creer que está tomando medicación… no entiendo.

—Yo tampoco, eso es lo extraño del caso. Moon Sunhee sufría de presión arterial alta y recibía un tratamiento adecuado. Sin embargo, el frasco de pastillas que encontraron en la casa solo contenía placebo.

La cabeza de Sungguk iba a máxima velocidad.

—Pero Daehyun no podía salir de casa. ¿Cómo podría haberse conseguido esas pastillas para cambiarlas?

—Ese es el punto que necesitamos averiguar.

—¿Para qué necesitas saberlo? ¿En serio crees que él las cambió?

Seojun hizo rebotar el lápiz contra la madera.

—En mi caso, lo necesito para terminar de confeccionar su perfil psicológico.

—A ver, espérate —Sungguk movió los brazos en negación—. ¿No estarás pensando que Daehyun es un sociópata? Porque ese chico no podría matar ni a una mosca.

—¿Y eso cómo lo sabes? No sabes nada de él.

—Un sociópata —comenzó hilando su idea repentina—, ¿habría planificado una muerte y luego cometido el error de encerrarse en un ático? Él habría muerto si yo no lo hubiese encontrado.

—Lo sé —dijo Seojun—. Lo he pensado más que tú, Sungguk.

—Pero sigues creyendo en esa posibilidad.

—De hecho, su remordimiento dice mucho más de lo que crees. No, no, no me abras esos ojos de Bambi. Lo digo en el sentido positivo.

Frustrado, se apoyó contra el escritorio.

—¿Y qué podemos hacer?

—Conversar con él por mensajes.

—¿En serio puedo hacerlo?

—Pero si ya lo estás haciendo.

—No realmente, ayer no hacía más que darle vuelta a todas mis palabras. Yo no converso así contigo.

—Tú no hablas con nadie, Sungguk, tú solo envías videos y te ríes. Y los memes, no podemos olvidar tu adicción a los memes.

—Pero a él no le puedo enviar videos graciosos ni memes... no los entendería.

—Entonces tendrás que pensar en algo.

Sungguk de pronto recordó otro de los temas que necesitaba conversar con Seojun.

—Daehyun habla reiteradamente en tercera persona.

Su cuñado asintió antes de que terminase la idea.

—Lo noté —comenzó diciendo—. Debemos prestarle atención, pero no alarmarnos. Que se refiera a sí mismo en tercera persona podría significar un trastorno de despersonalización, como también podría solo ser su forma de comunicarse. Y si tenemos suerte es lo segundo. Su abuela debe haberle enseñado a referirse a sí mismo como Daehyun en vez de utilizar el «yo». Y al no vivir en sociedad, no tuvo la capacidad de aprender de alguien más.

Del largo monólogo, Sungguk solo captó una cosa.

—¿Qué es un «trastorno de despersonalización»?

—Es una sensación persistente de sentirse separado de los propios procesos mentales o del cuerpo.

—¿Es como estar disociado?

—Algo así —Seojun se tocó el mentón, pensativo—. Por ahora Daehyun no presenta síntomas conclusivos. Pero tendremos que seguir averiguándolo.

—Pero…

—Ya no te podré mantener alejado, ¿cierto? —lo interrumpió Seojun.

—¿Eso es una pregunta trampa? No emplees tus juegos psicológicos conmigo, *hyung*, mi hermana ya te lo advirtió.

Su cuñado puso los ojos en blanco.

—¿Estás en turno hoy?

—Libre, ¿por qué? —silencio—. Oye, Seojun, te digo que nada de esos juegos.

—¿Vamos entonces?

—¿A dónde?

—Al hospital.

—¿A ver a Daehyun?

—¿Dónde más estaría tu chico?

—Daehyun no es mi chico —titubeó.

—Ajá.

Seojun se subió a la camioneta de Sungguk, que estaba repleta de pelos de perro.

—Lo siento, es que ayer fui con Roko al hospital —se disculpó Sungguk luego de que Seojun se quejara por sus pantalones recién lavados y planchados.

—Ahora que lo mencionas, me gustaría verlo interactuar con un animal.

—¿A quién?

—A Daehyun.

Sungguk se golpeó el pecho.

—Estás hablando con el rescatista animal. Dime cuántos necesitas y te los traigo. Tengo una manada en casa. Roko podría servir, aunque es desobediente y podría abrumarlo. Además intentaría romperle los pantalones, tiene la manía de morder la ropa de la gente que recién conoce. Ah, y también es muy grande, no es buena idea que un perro de treinta kilos interactúe con alguien tan delgado como Daehyun. Y da besos babosos.

—Sungguk.

—Roko no sería de gran ayuda —continuó, doblando en la siguiente esquina—. Podríamos llevar a Pequeña, es una gatita tan diminuta y linda. Siempre está tranquila, ronronea tan lindo cuando la acaricias.

—Sungguk, respira. Tranquilízate.

Pero Sungguk no podía detener el hilo de sus pensamientos ahora que los había activado.

—*Hyung*, ¿y si brindarle normalidad es lo que necesita? Lo que menos ha tenido es eso.

—¿Qué estás pensando?

—Que cuando salga del hospital, ¿dónde va a ir? No tiene parientes ni puede regresar a casa, así que yo estaba pensando…

—No, Sungguk, detente ahí.

—Pero ni siquiera me has dejado terminar.

—No necesito hacerlo, puedo leer ese cerebro de roedor.

—Pero, *hyung*, tengo una habitación libre en casa.

—No, Sungguk.

—Y tengo animales. Cinco. Y sabes que los tratamientos con animales traen excelentes resultados.

—Sí, pero…

—Y viviría con Nam, un residente de Medicina, y dos policías. Imposible estar mejor.

—Te recuerdo que los cuidados excesivos de su abuela lo llevaron a donde estaba.

Sungguk frenó en el estacionamiento del hospital.

—Eso fue innecesario, *hyung*, no sería lo mismo. Debes admitir que mi idea no es mala.

Seojun no contestó. Ambos bajaron del coche y se dirigieron al hospital.

—Lo pensaré —al final aceptó.

La sorpresa hizo que Sungguk tropezara con sus propios pies. Seojun continuó subiendo sin importarle nada.

—¿En serio, *hyung*?

—Las cosas pueden cambiar de aquí a cuando tenga el alta médica, pero lo pensaré.

Cuando ingresaron a la habitación de Moon Daehyun se encontraron al chico encogido en la cama, con las piernas apegadas a su pecho y la manta subida hasta el cuello. Sus ojos, grandes y asustados, seguían el movimiento de una persona que instalaba lo que parecía ser un computador. Al lado de Daehyun, estaba Namsoo vigilando la operación.

—¿Qué está pasando? —quiso saber Sungguk.

—Seojun pidió ayer que le instalaran un computador a Daehyun —explicó Namsoo, colocando un teclado inalámbrico en la mesa movible—. Para ayudarlo a comunicarse. Le configuraron una plantilla de escritura.

—¿Y cómo utilizará un computador si nunca ha interactuado con uno?

—No tendrá que ocuparlo realmente —explicó Seojun—. Solo podrá escribir y borrar, nada más.

Sungguk se apresuró hacia Daehyun, quien había dejado de mirar al técnico en computación para observarlo a él. Parecía un poco desanimado. No le sonrió ni lo saludó. Sungguk casi extrañó sus saludos efusivos.

—Hola.

Daehyun asintió con la cabeza y bajó la mirada, apretando las piernas más cerca de su pecho. *¿Será por lo de ayer?*, pensó Sungguk.

Le tocó la frente con el dedo, golpeándolo con ligereza como diciéndole «¿hay alguien ahí?». De inmediato la mirada de Daehyun se alzó insegura.

—¿Qué sucede?

Abrió los labios y soltó un suspiro frustrado.

Sungguk alzó el celular.

—Respóndeme con un mensaje, ¿*ok*?

Dudó unos segundos. Sungguk se preguntó si le había entendido. Entonces se movió y sacó los brazos de debajo de la sábana, agarrando el teléfono que tenía escondido en ese nido. Sungguk lo notó escribir lento, aunque más rápido que el día anterior.

Daehyun: bobo, no me diste los buenos días.

Solo era la pataleta de un niño consentido. Sungguk lo estaba malcriando. Debería sentirse mal. Debería.

—Por eso vine hoy.

Daehyun se apuntó la muñeca y después hacia afuera, donde ya se mostraba un sol de mediodía. ¿Le estaría recriminando la hora?

—¿Estás enojado porque no te di los buenos días?

Lo vio fruncir los labios y después dar una afirmación.

Namsoo comenzó a reírse.

—Es demandante como Lee Minki con Jaebyu —se burló su amigo.

Sungguk, todavía sonrojado, le dirigió una pregunta muda a Seojun. Quería saber si el comportamiento consentido de Daehyun era aceptable.

—Por lo menos significa que está confiando en ti —aclaró Seojun.

—Lo siento —se disculpó Sungguk, sonriendo nervioso y tocándose la nuca—. ¿Quieres que te envíe un mensaje de buenos días por las mañanas?

Daehyun se mordió el labio, dio otra afirmación con la cabeza y unió las manos frente a él: «Sí, por favor».

Sungguk notó que en la televisión de la habitación estaba puesto un dorama con subtítulos activados.

—¿Te gustan los doramas? —quiso saber Sungguk.

La respuesta fue rápida y fehaciente. Asintió.

—¿Y las películas?

Otra afirmación.

—Podría instalarle alguna plataforma de *streaming* —propuso Sungguk—. Lo puedo vincular a la cuenta de la casa.

Antes de recibir aprobación tomó asiento en la cama de Daehyun, quien por cierto no se enteraba de nada. Sungguk estiró la mano para que le entregase el celular, pero Daehyun se lo llevó contra el pecho y lo apretó fuerte.

—Quiero mostrarte algo —le aclaró Sungguk.

Los ojos de Daehyun recorrieron todo su rostro como si buscase algo.

—Ah, se ven tan lindos —bromeó Namsoo.

—Pensé que tú estabas de mi lado —reprendió Seojun.

—Me rendí ante el amor. ¿Qué puedo hacer?

Daehyun ladeó la cabeza al notar que Sungguk tenía las mejillas sonrojadas.

Finalmente, Dae entregó el celular con expresión triste. Para tranquilizarlo, Sungguk lo puso entre ambos. Y comenzó a explicar, pero, claro, Daehyun estaba concentrado en la pantalla. Sungguk se detuvo y frunció el ceño. Él era un bobo. Le tocó con suavidad la barbilla a Daehyun para alzársela, sobresaltándolo un poco. Sus miradas se encontraron y ambos se sonrojaron.

—No digo yo que son muy adorables —canturreó Namsoo.

Haciéndose el lindo, Daehyun se llevó las manos a las mejillas aplastándolas con sus palmas. El chico se concentró en los labios de Sungguk.

—Te voy a enseñar esta aplicación para ver películas —dijo Sungguk con voz ahogada. No había sido buena idea acercarse tanto cuando Daehyun debía leer sus labios para entenderle.

—¿Qué pasa, Sungguk, los nervios te atacan?

—Namsoo, déjalo —intervino Seojun—. Que esto me está ayudando para escribir un perfil de comportamiento ante un enamoramiento.

Sungguk los fulminó con la mirada. Seojun estaba sentado en el sofá tomando nota como si fuesen parte de un estudio, en tanto Namsoo estaba muerto de risa apoyado en el reposabrazos.

Sungguk explicó con palabras sencillas el uso de la aplicación. Daehyun, moviéndose a su lado, colocó las piernas dobladas entre ambos. Sungguk lo cubrió con la manta al notar que el camisón se le había subido.

Al posicionar el celular a un costado de su rostro, para mostrarle que su foto de perfil en la aplicación era un oso, Daehyun sonrió enternecido. De inmediato el chico intentó cubrir aquella expresión con su mano. Sungguk le dirigió una mirada curiosa a Seojun para ver si él también lo había visto.

—Tu sonrisa es... —no quiso decirle «bonita», porque había notado que Daehyun tenía alguna clase de complejo con esa palabra—. Muy linda.

Daehyun se tocó el pecho como si dijera «¿yo?».

—Sí, tu sonrisa es linda, Daehyun —aclaró Sungguk—. Muy linda, me gusta verla.

Sungguk vio al chico bajar la mirada y jugar con las sábanas, haciendo círculos con el dedo índice.

La escena fue interrumpida por el técnico en enfermería, que traía la comida de Daehyun.

—Hoy empieza con los sólidos —aclaró Namsoo.

Sungguk se iba a poner de pie para darle espacio, porque ya había seis personas en la habitación, cuando la mano de Daehyun lo afirmó.

—Es solo para que puedas comer —aclaró Sungguk.

Pero el niño consentido le estaba poniendo un puchero en ese labio roto. Sungguk se tuvo que quedar ahí.

—Deja el plato en la mesa, nosotros lo veremos, gracias —ordenó Seojun cuando el auxiliar no supo qué hacer.

Haciendo lo solicitado, salió del cuarto a la misma vez que el técnico en computación terminaba de probar la plantilla de textos. Seojun también le pidió que se retirara.

Acercándose a ayudar, Namsoo acomodó la bandeja en la mesa quitándole el envoltorio. Daehyun observaba disgustado su comida. Sungguk no pudo culparlo. Lo escuchó soltar un suspiro bajito y agarrar los palillos, jugueteando con el pollo cocido que parecía lavado en agua unas tres veces.

—Tienes que comer para que mejores —insistió Sungguk ante el puchero persistente de Daehyun.

Luego de un nuevo suspiro por fin se llevó un pedazo de pollo a la boca. Mascó dos veces y tragó con dificultad. Su expresión de disgusto lo decía todo.

—Pensé que iba a ser una batalla —comentó Namsoo—, con los batidos ya lo era.

A los minutos terminó de comer, alzando la mirada hacia Sungguk para que le dijera algo. Sungguk llevó una mano a la cabeza del chico y le apartó el flequillo de la frente.

—¿Viste que podías? Felicidades.

Daehyun se dejó caer hacia un lado, recostándose contra el pecho de Sungguk. Dio un suspiro exagerado, fingiendo de pronto somnolencia.

No era más que un bebé consentido.

23

A Sungguk jamás le gustó la escuela ni mucho menos estudiar. Fue de esos alumnos que estaban más cerca de la parte inferior de la lista cuando entregaban las calificaciones ordenadas de sobresalientes a desastres, que de los que la lideraban. Y al terminar el colegio, fue partícipe del grupo de estudiantes que corrieron por los pasillos como animales enjaulados, quitándose la corbata y bailando sobre una mesa porque no tenían que estudiar más.

Luego, tocó la escuela de policía y aprender una infinidad de leyes que lo hacían quejarse una y otra vez. Pero hace seis meses había egresado de la academia y, por fin, pudo decir adiós al estudio… o eso creía él.

Al ingresar a trabajar se dio cuenta de que leer era una de las principales actividades que realizaba. Esa vida imaginaria, en donde se la pasaba resolviendo crímenes y deteniendo a villanos, era ficticia porque pasaba la mayor parte de su tiempo haciendo papeleo. Y todavía no se había acostumbrado a eso cuando llegó lo último.

Moon Daehyun.

Si alguien le hubiese comentado hace un par de años que iba a pasarse una tarde de domingo estudiando lengua de señas en YouTube, se habría reído. Pero ahí estaba, haciendo lo mejor que podía para comunicarse de manera más fluida con Daehyun. En cierto punto, lo hacía por culpa. Consideraba que lo mínimo que podía hacer, tras ser el culpable de su dificultad para comunicarse, era aprender lengua de señas. Aunque en el fondo también lo hacía porque quería saber más de Daehyun y entenderlo a fondo.

Sin embargo, el estudio nunca fue su fuerte. Tras dos horas de estar metiendo información a su cerebro, se rindió. Pensó que lo mejor sería lavar ropa porque, de hecho, no había podido quitarse el pijama ante la escasez total de prendas limpias. Estaba en eso cuando el celular vibró en el bolsillo de su pantalón.

Era una videollamada.

Y de Moon Daehyun.

¿Sería un error?

Todavía en el cuarto de lavado con su canasto de ropa sucia a los pies, se acomodó el cabello, carraspeó y aceptó. De inmediato apareció el rostro de Moon Daehyun. Lucía concentrado, aunque luego sonrió sorprendido. Por detrás de la cabeza del chico estaba Seojun.

—Hola —Sungguk pronunció despacio, no teniendo idea si con la conexión a internet que tenía Daehyun sería capaz de leer sus labios.

Con su mano libre, Daehyun movió la muñeca al costado de su cabeza.

Ah, le entendía. Bien.

Entonces la pantalla quedó en blanco.

—Está buscando su pizarra —comentó Seojun—. Para escribirte.

—Ah.

Se rascó la nuca, no sabía qué más agregar. La videollamada lo había pillado desprevenido. Todavía tenía lagañas en los ojos.

—Esta mañana estuvimos hablando… Bueno, ya me entiendes. Y pensé que sería una buena idea hacer algo así para ir adaptándolo a la vida actual.

—*Hyung*, estoy en pijama —se quejó Sungguk—. Podrías haberme avisado para lavarme los dientes.

—Daehyun no puede oler tu mal aliento, Sungguk.

—Pero podría haberme peinado.

Seojun no logró contestar porque alejó la cámara para dar un mejor ángulo de visión. Apareció Daehyun con su pizarrita. Tenía una letra preciosa, cada hangul hecho a la perfección, como un estudiante practicando caligrafía. Se sonrojó al leer el texto.

¿Y los buenos días para Dae? Lo prometiste y fallaste :c

Era cierto, Sungguk había fallado... otra vez. Pero esa mañana despertó por el escándalo de Roko, que ladraba fuerte ante las visitas inesperadas, ya que Eunjin, Namsoo, Jaebyu y Minki habían coincidido en sus días libres y quedaron en ver el partido de fútbol de sus equipos favoritos. Sungguk se les sumó en el desayuno y después prepararon almuerzo para ver posteriormente el juego. Y debido a la mañana agitada, Sungguk olvidó por completo saludar al chico.

Era el peor.

—Lo siento —dijo, esperando que Daehyun no solo leyera la disculpa en sus labios, sino que notara su expresión arrepentida.

Daehyun golpeó con el plumón la palabra «fallaste».

Sungguk tenía que reconocer que el chico era exigente. Y valiente por ser capaz de tener ese tipo de comportamiento. Aunque, si lo meditaba, no era extraña esa actitud. Daehyun había vivido toda su vida con una persona que se dedicó solo a su cuidado; estaba, en cierto punto, acostumbrado a ser el centro del universo.

—Explícale lo que estás haciendo, Sungguk —pidió Seojun.

—Solo estoy lavando mi ropa.

Daehyun alcanzó a captar el comentario. La pizarra desapareció y comenzó a escribir con la cabeza inclinada.

Sungguk es sucio jejeje... un cerdito.

Y en el extremo superior de la pizarra, dibujó un muy acertado cerdo.

Sungguk enrojeció. Él era la persona más limpia del universo, solo que se había quedado sin tiempo. Entre pasar al hospital, andar rescatando animales, comprando celulares, papeleo y las patrullas, el día se le hacía nada.

Seojun continuaba riéndose.

—Daehyun te descubrió, sucio Sungguk.

Daehyun volvió a escribir algo, no alcanzó a levantar la pizarra porque Seojun lo leyó antes.

—Dice que quiere verte lavar la ropa —silencio incómodo—. Parece que a tu chico le gustan las cosas poco fascinantes… con razón le atraes.

Sungguk ignoró el último comentario y pensó qué había de fascinante en ver a otra persona lavar la ropa. Tal vez solo eso: le interesaba una escena absolutamente aburrida y normal.

Asintió, buscando un lugar que le sirviera para apoyar el celular. Terminó metiéndolo en un vaso de detergente y lo puso en la estantería donde guardaban herramientas. Concentrado en su tarea, empezó a meter la ropa en la lavadora, intentando ocultar la ropa interior.

—Eh, eh, Sungguk —desconcertado, alzó la vista hacia la pantalla del celular—. Aquí tu chico está horrorizado por tu forma de lavar la ropa.

Daehyun alzó su pizarra golpeando cada palabra con el plumón.

La ropa blanca no va junto a la de color.

Y en una esquina.

Bobo.

Eso él lo sabía, no era estúpido, pero si se ponía a separar la ropa en colores, no iba a terminar nunca y necesitaba urgentemente ropa limpia. Sin embargo, Daehyun lo esperaba con expectación y ansiedad. Así que Sungguk sacó la ropa de la lavadora y la lanzó al suelo para formar dos montones con ella.

Daehyun mostró otra vez su pizarrita.

No deberías lavar la ropa interior junto a la otra ropa, bobo.

Sungguk separó su ropa interior, preguntándose si lograría tener ropa seca para ponerse.

Y entonces otro golpe.

Tus calcetines no deberían ir con tus calzoncillos.

Santa virgen de la papaya, iba a terminar robándole ropa otra vez a Namsoo.

Sungguk metía sus calzoncillos en la lavadora cuando escuchó las uñas de Roko correteando por el pasillo e ingresar al cuarto. Se puso a ladrar como un loco, agarrando la ropa que Sungguk había dividido en el suelo, y tirándola por todas partes. Se acostó sobre ella, la desordenó, se la llevó al hocico y, finalmente, se sentó sobre ella mientras sacaba la lengua con un calcetín atascado en un colmillo. Movía la cola con felicidad.

—Fuera, Roko —dijo Sungguk empujando los treinta kilos por la espalda para sacarlo de ahí.

Había alcanzado a moverlo un metro cuando fue interrumpido por un sonido que le puso los pelos de punta: gastado, oxidado, forzado y desgarrador, olvidado por el tiempo.

—¡NO!

Se enderezó hacia la cámara para encontrarse con la misma expresión de conmoción de Seojun. A su lado, con la mirada brillante y la pizarra apretada con fuerza contra su pecho, estaba Daehyun observando. Anhelo y dolor, ambos sentimientos se entrelazaron y formaron una pintura de confusión en sus labios, cejas y ojos.

—¿No? —repitió Sungguk.

Daehyun negó suavemente con la cabeza. Luego…

—No —dijo.

Sungguk agarró a Roko por las patas delanteras. Se escuchó un golpe y después otro.

—No.

El segundo fue un tanto más desesperado. Daehyun se había acercado tanto a la cámara que Sungguk solo era capaz de divisar sus ojos.

—¿Quieres que lo deje aquí? —preguntó Sungguk.

Pareció asentir porque la imagen se desestabilizó. Teniendo claro que podría golpear los botones incorrectos con eso, insistió.

—No te escuché, Daehyun. ¿Me lo llevo?

Daehyun se alejó lo suficiente para mostrar nuevamente el rostro.

—No —su boca se abrió e intentó añadir algo más—. Poooo… faaa…

Bien, ya lo había presionado lo suficiente.

Todavía con el corazón acelerado y sintiendo ese escalofrío recorrerle la espalda, alzó una de las patas de Roko, que le estuvo mordiendo la muñeca para que lo soltase, y la movió como si el perro estuviera saludando.

—Se llama Roko y hasta él desconoce sus orígenes. Puedes venir a verlo a mi casa cuando mejores y salgas del hospital, Daehyun.

No recibió respuesta.

Daehyun dejó caer el celular contra la cama.

La videollamada había terminado.

24

Moon Daehyun había mentido.

No, mentir no era la palabra.

Omitido información, ese era el término correcto.

Cuando contó que solo habló con tres personas en su vida, incluyéndose a sí mismo en la ecuación, era cierto. Con la cuarta, jamás lo hizo.

Entonces, cuando el amigo de Sungguk le preguntó con cuántas personas había hablado en su vida, él dijo dos.

Por tanto, no había mentido.

Solo omitido.

Porque Moon Daehyun era una persona literal.

25

Sungguk observaba el pequeño movimiento que hacía el labio inferior de Minki al curvarse en cada palabra. Se acercó unos centímetros más y empequeñeció la mirada, concentrado. No, no entendía. Se acercó otro centímetro, nada. De pronto recibió un golpe en la frente que lo mandó hacia atrás. La espalda de Sungguk se golpeó contra la puerta y su costado chocó con el manubrio.

—¡No te me acerques así, animal! —protestó Minki.

Sungguk hizo un puchero, gimiendo.

—Podrías haberme advertido… con palabras —se quejó Sungguk.

—Invadiste mi espacio personal. ¿Y qué si luego una de estas señoras chismosas nos ve y le va con el cuento a mi Jaebyu?

—Ay, no seas ridículo. Jaebyu es la persona menos celosa que he conocido.

—Eso es porque yo le he brindado esa seguridad como novio.

Sungguk puso los ojos en blanco y dio un largo suspiro cansado.

—No sé cómo lo hace Moon Daehyun para leer los labios, es imposible.

—Lleva toda una vida de práctica y tú, ¿diez minutos? —Minki intentó animarlo—. Si te sigues esforzando, mejorarás.

—Ayer me pasé dos horas viendo videos, ¿y sabes lo único que recuerdo? Cómo saludarlo. Al ritmo que voy, es más probable que tú dejes de hablar de tu novio antes de que yo a comunicarme con Dae.

—Si lo pones así… ya ríndete.

Sungguk refunfuñó por lo bajo.

—¿No estabas dándome ánimo?

Minki le dio un empujón por el hombro.

—Es que estás mal enfocado, no es tan difícil.

Sungguk alzó las cejas y movió los labios para pronunciar una palabra muda.

—¿*Lachimolala*? —preguntó Minki—. ¿Qué es eso?

—Dije carbonada, idiota. ¿Ves que es imposible?

Sungguk recostó la frente en el manubrio, activando la bocina por error. Asustado por el ruido, se volvió a acomodar en el asiento colocándose el cinturón.

Esa semana a ambos les tocaba el turno nocturno, que empezaba a las cuatro de la madrugada y terminaba al mediodía. Recién estaba saliendo el sol en Daegu, lo que indicaba que era alrededor de las siete.

Sungguk creía que ya era una hora prudente para enviar un mensaje.

Sungguk: buenos días, Dae.

Porque podría haber olvidado dos veces una promesa, pero Jong Sungguk jamás olvidaría una tercera.

De inmediato apareció el «en línea».

Daehyun: SUNGGUK, BUEN DÍA.

Sungguk: Dae, tienes activada la mayúscula.

Daehyun: yo sé, Seojun-*hyung* me enseñó que la mayúscula sirve para expresar emoción. Y Dae lo está, hoy no lo olvidaste.

Sungguk: ¿olvidar?

A esa hora Sungguk no terminaba por enterarse de nada. Tenía hambre y sueño, sus neuronas protestaban negándose a trabajar hasta que recibiese comida u horas de siesta.

Daehyun: saludarme, bobo.

Sungguk: lo siento, todavía estoy medio dormido. Las mañanas no son lo mío. Y tú, ¿qué haces despierto tan temprano?

Daehyun: el desayuno es a las seis.

Sungguk: ¿ya comiste?

Daehyun: por supuesto. El desayuno es a las seis y son las siete, bobo.

Sungguk: yo todavía no como nada. :c

Daehyun: ¿por qué no?

Sungguk: estoy trabajando en el turno nocturno. Con Minki esperamos a que abran una cafetería.

Daehyun: ¿y Sungguk tiene mucha hambre?

Sungguk: muchísima. Sungguk está triste. :c

Daehyun: no estés triste, por favor.

Sungguk: siempre traigo una banana cuando tengo este turno, pero Roko me la robó hoy :c

Daehyun: tengo una banana aquí. Puedes venir a buscarla si quieres.

Sungguk: ¿me regalarías algo tan preciado?

Daehyun: Sungguk me gusta mucho y quiero que esté contento. Tú me haces feliz.

Sungguk sintió un escalofrío agradable, que comenzó como un cosquilleo en el corazón y se ramificó por su cuerpo hasta llegar a la punta de los dedos.

Sungguk: iré para allá, espera por mí.

Dejó el celular escondido bajo su pierna, a la vez que notaba que Minki estaba intentando leer el chat. Sus rostros se encontraron tan cerca que Sungguk le dio un golpe en el costado de la cabeza para mandarlo a su asiento.

—¿Qué haces, idiota? —le recriminó—. Mantén tu espacio personal alejado del mío.

—Oye, si a mí tampoco me gustó.

—¿Entonces?

—«¿Espera por mí?» —se burló como respuesta.

Sungguk sintió las orejas calientes, por lo que se llevó a ellas sus puños.

—¿Estabas leyendo mi conversación?

—Sí, ¿y qué?

—Eres terrible, hay algo que se llama vida privada.

—Y también otra que se llama enamoramiento. Además estamos en horario laboral.

Ahora las mejillas de Sungguk también estaban sonrojadas.

—Solo estoy ayudándolo a adaptarse.

—Claro —los ojos de párpados caídos de Minki lo recorrieron con expresión calculadora—. Estás cambiado, Jong Sungguk.

—¿De qué estás hablando? —balbuceó mientras encendía el motor y emprendía ruta.

—Sé que siempre has sido limpio y ordenado, pero nunca has separado tu ropa por color. Por eso la otra vez teñiste dos camisas de azul. Y ayer…

—Olvida lo que viste ayer.

—… estabas muy decidido a lavar tu ropa interior separada de tus calcetines. ¿Estás enfermo? ¿Fiebre o algo que me puedas contagiar y yo contagiar a Jaebyu?

—No es ninguna enfermedad.

—Ah, entonces solo es amor.

—De qué estás hablando —se rio forzadamente.

—Oh, nada, ignórame. Solo pienso en voz alta… o tal vez no y solo estoy diciendo la verdad.

Sungguk decidió que su mejor respuesta era no contestar.

Minki bostezó sonoramente.

—¿Vamos a tomar desayuno? Me muero de hambre.

—De hecho, tengo que pasar a otra parte antes —dijo intentando sonar desinteresado.

—¿Dónde?

—Por ahí.

—En vista de que también tengo que ir a ese «por ahí», necesito saberlo.

Se aclaró la garganta, de igual manera su voz salió ahogada:

—Al hospital.

Hubo una pausa.

—Ay, sus hijos serán tan bonitos cuando los tengan. ¿Puedo ser el padrino?

—Deja de decir tonterías.

—Ojalá que salgan más parecidos a él que a ti. Ambos sabemos que él es el guapo y simpático de la relación.

—No bromees con eso —insistió Sungguk, nervioso.

—¿Te imaginas una niña parecida a él y un niño a ti?

—Minki…

—Podrían ponerle Daeggukie, ya sabes, por Daehyun y Sungguk. ¿Acaso habrá un hombre más brillante que yo?

Por suerte, Sungguk no tuvo que escucharlo más. Ya estacionado en el hospital, se bajó a toda velocidad soltando un simple:

—Te veo en media hora.

Los pasillos del hospital estaban muy transitados a esas horas. Enfermeros, doctores y auxiliares entraban y salían de habitaciones realizando las rutinas de mañana. Sungguk logró abrirse camino sin que nadie lo detuviera, por suerte siempre podría hacer pasar su visita como una inspección de rutina.

Al llegar al pabellón de Daehyun, se coló en el cuarto casi como un ladrón. Lo encontró terminándose una colación, debía ser su segunda comida del día.

—Hola —lo saludó cerrando la puerta tras suyo.

Daehyun se apresuró a tomar la banana de la mesa para mostrársela. Sungguk había olvidado su excusa para pasar por ahí. Dejando la fruta a un costado, Daehyun agarró el teclado inalámbrico. Para Sungguk no existía imagen más bonita que verlo teclear a velocidad de tortuga, utilizando solo los dedos índices y levantando mucho los codos cada vez que apretaba una tecla. Era un abuelito intentando entender la tecnología.

Al finalizar parecía muy orgulloso y le apuntó la otra pantalla de la habitación.

Cumpliste.

—Te dije que vendría —le respondió.

Daehyun asintió con docilidad, intentando contener una diminuta sonrisa de felicidad. Sungguk se le acercó, agarrando de paso la banana de la cama y comiéndosela en dos mascadas.

Se encogió de hombros al observar la cara de consternación de Daehyun.

—Te dije que tenía hambre.

Sungguk tomó asiento tan cerca de Daehyun que este tuvo que encoger las piernas para no ser aplastado. Quedaron separados solo por las sábanas desordenadas y el teclado que tenía en el regazo, que ahora nuevamente estaba siendo azotado por los dedos bruscos y emocionados de su dueño. Al concluir, hizo girar su dedo índice para que Sungguk se voltease.

¿Lavaste tu ropa como te enseñé?

El día anterior, Sungguk terminó de poner la última tanda de ropa a las diez de la noche. El uniforme que andaba trayendo ese día, lo había sacado directo de la secadora a las tres de la mañana para ponérselo. Por esa razón estaba tan arrugado.

—Tengo toda mi ropa limpia ahora —aseguró.

Daehyun arrugó la nariz, su mirada recorrió el cuerpo del policía con expresión crítica.

—Sé que está arrugada, no alcancé a planchar —se excusó.

Dae soltó un suspiro y sacudió la cabeza incrédulo. Sungguk le tocó el dorso de la mano para captar su atención, cambiando de paso el tema de conversación:

—Ayer quedé preocupado. ¿Por qué cortaste?

Daehyun bajó la barbilla y jugó con sus dedos manteniendo una expresión triste. Sungguk afirmó su barbilla y esperó con paciencia que el chico, que se mordía el labio inferior, se concentrara en su boca.

—¿Por qué? ¿Qué pasó ayer?

Volvió a desviar su vista, negando con la cabeza.

—¿No quieres decirme?

Los labios del chico se curvaron en un puchero triste. Pareció dudarlo unos segundos, pero finalmente se golpeó el pecho y formó un puño sobre su mejilla.

—¿Estabas llorando? —preguntó Sungguk para asegurarse.

Daehyun jugueteó una vez más con sus dedos, nervioso y tímido. Asintió suavecito.

—¿Por qué? ¿No te gustan los perritos?

Su boca se abrió en indignación.

—Lo siento, lo siento, solo estaba preguntando. Así que, ¿amas a los perritos?

Su afirmación fue segura y certera.

—¿Y te gustaría conocer a Roko?

Otra afirmación, esta vez más entusiasta.

—Tengo otros dos perritos —contó—. Y dos gatitos.

Su nariz se frunció en disgusto y tal vez algo de miedo.

—¿No te gustan los gatitos?

Las manos de Daehyun empezaban a temblar sobre su regazo. Tragó saliva, sus pestañas intentaron contener el llanto. Entonces negó. Sungguk decidió cambiar de conversación, ya habría otro momento para indagar sobre eso.

—He estado aprendiendo a leer los labios —le informó. Daehyun alzó las cejas, incrédulo—. Soy un gran estudiante, así que no pongas esa cara.

Una sonrisa bajita se coló entre los labios de Daehyun. Y al hacer el amague para esconderla tras un puño, Sungguk le agarró la muñeca de manera disimulada y entrelazó sus dedos con los del chico.

Se quedaron así hasta que Sungguk quiso desenredar sus manos entrelazadas.

—No —se quejó Daehyun tirando de la unión hasta que Sungguk estuvo inclinado hacia adelante.

—¿No?

—No.

—¿No qué?

—Noooo.

—No entiendo, ¿no qué?

Daehyun soltó un débil y ronco gemido frustrado, su puchero se hizo más pronunciado. Sus ojos se dirigieron hacia el teclado inalámbrico, y otra vez a sus dedos entrelazados.

—Puedes hablarme para explicarme —insistió Sungguk. Luego observó al chico mover la mandíbula como si algo le supiese mal. Entonces su lengua torpe intentó hablar.

—S-su-su... no...

El pánico brilló de manera repentina en su expresión. Soltando las manos de Sungguk, tiró de las mantas y se cubrió con ellas hasta la cabeza. Sus fuertes y desesperados jadeos se oían a través de la tela.

Con miedo de que estuviese teniendo otro ataque de pánico, Sungguk tocó el timbre para solicitar ayuda. Jaebyu apareció a los pocos segundos, sus cejas alzándose al verlo ahí.

—¿Qué haces aquí? —cuestionó.

—Yo solo...

—Olvídalo —y se movió hacia Daehyun—. Está bien, Sungguk, no es el primero que tiene ni será el último. Es un largo camino para mejorar.

Sungguk se levantó de la cama con torpeza, mientras Jaebyu se colocaba los guantes, sacaba una jeringa y un frasco de un carrito con insumos que un auxiliar le trajo. Daehyun ahora temblaba con violencia bajo las sábanas, el gemido era cada vez más alto.

—¿Es necesario? —Sungguk quiso saber con lástima—. No mejorará si lo siguen durmiendo.

—Lo sabemos, pero Seojun no se encuentra en el hospital y Daehyun puede lastimarse de no intervenir pronto.

Con la aguja lista, inyectó su contenido al gotero del suero.

—Tarda más pero es menos agresivo para él —explicó Jaebyu—. Borra esa cara de cachorro sin dueño, no es una dosis alta.

A Sungguk le parecieron horas la espera hasta que finalmente Daehyun dejó de temblar. Los músculos del chico perdieron fuerza y soltaron la tela dejando al descubierto unos párpados caídos en un rostro todavía muy delgado.

Moon Daehyun bostezó, Sungguk notó que entre sus dedos tenía mechones de cabello.

—Es su ancla a la realidad, ese dolor físico lo ayuda a no perderse en sí mismo.

Sungguk solo pudo aceptarlo, sin entender realmente lo que ocurría en la cabeza de Moon Daehyun, temiendo si algún día podría hacerlo.

26

Escondido en la escalera fue la primera vez que Moon Daehyun creyó verlo. Cuando notó que su abuela alzaba la cabeza de su tejido y observaba la puerta, él supo que alguien estaba afuera.

—Ve a tu cuarto —leyó la orden en sus labios arrugados.

Daehyun, como el niño obediente que se enorgullecía ser, se fue a su habitación intentando no hacer demasiado ruido. Cuando estuvo ahí, se quedó unos segundos observando su cama y luego volvió a salir. La abuela solo le había ordenado irse a su cuarto, no era culpa suya que ella no hubiese especificado que debía quedarse ahí hasta que fuese a buscarlo.

Daehyun, con el tiempo, comenzó a tomar demasiado literalmente las órdenes de su abuela si así le convenía. Y en ese mismo periodo, aprendió a ser un fantasma cuando se movía por la casa. Si giraba el cerrojo y lo mantenía sostenido en sus manitas para soltarlo de apoco, su abuela no subía a ver qué estaba haciendo. Si abría su puerta solo hasta la mitad, su abuela tampoco iba. Y si caminaba sobre sus rodillas y manos, su abuela ni siquiera apartaba la mirada del tejido.

Así que, deslizándose en sus rodillas y manos, salió del cuarto abriendo solo la mitad de la puerta. Y al llegar al borde de la escalera, observó con precaución hacia abajo.

Nadie en la sala de estar.

Armándose de valentía, se colgó de la escalera. Después metió la cabeza entre las rejas de la baranda y espió el comedor.

Su abuela estaba sentada con alguien en la mesa.

Volvió a esconderse, cerrando los ojos con miedo y esperando a que su abuela fuese por él para reprenderlo.

Nada ocurrió.

¿Debería arriesgarse una vez más?

Sí, debería.

Colgando nuevamente del borde de la escalera, metió la cabeza entre las rejas de la baranda. Por sobre la coronilla de su abuela, que le daba la espalda, su mirada se encontró con la de un desconocido. Era el mismo hombre que lo ayudó el día que escapó.

Contándose a él mismo, esa fue la cuarta persona que Daehyun conoció en toda su vida de encierro.

27

Sungguk apartó a Tocino cuando la alarma sonó. Si bien Tocino era muy pequeño, no era bonito despertarse con un perro sobre el pecho. Todavía con aire adormilado, se quedó haciéndole cariño a su pelaje largo.

Tocino no destacaba por ser muy amistoso y, ante su negatividad de que alguien lo tocase, terminó siendo parte de la manada de Sungguk cuando este no logró ponerlo en adopción. Y a pesar de que ya lo tenía hace dos años, tras encontrarlo medio muerto de hambre cerca de la carretera con dirección a Busan, Tocino seguía siendo desconfiado.

Mientras Sungguk observaba la cara pequeñita de Tocino, se preguntó si a Daehyun le agradaría su mascota. Él quería pensar que sí, después de todo Tocino era muy bonito con ese pelaje largo, oscuro y café. Solo era un poco mandón y consentido, aunque en eso se asemejaba bastante a Daehyun. Sí, se llevarían bien.

—¿Te gustaría conocer a alguien muy agradable? —Sungguk le preguntó a su perro mientras lo tomaba en brazos—. Podrías incluso irte con él si se agradan —Tocino le ladró como si le entendiese. Una ironía que se comunicase mejor con un animal que con un humano—. Solo decía, no te enojes tanto. De igual manera, si te fueras con él te cambiaría el nombre. Sé que a ti tampoco te gusta ser conocido como Tocino, es un poco indigno para tu porte real, ¿no? Pero Eunjin te nombró así y en la vida no se tiene todo lo que uno quiere.

Luego de la conversación, Sungguk se fue a bañar.

A las seis, mientras atendían un accidente de tráfico en la carretera que unía a Daegu con Busan, recordó enviarle a Daehyun su mensaje de buenos días.

No fue sino hasta pasada las nueve de la mañana que se logró despejar la carretera.

—Estoy destruido y me duele la cabeza —Minki se quejó sentado a su lado tras subirse al coche patrulla—. ¿Podemos ir a tomar desayuno? Moriré en los próximos minutos si no como nada.

Sungguk también comenzaba a sentirse mareado, por lo que condujo hasta la primera cafetería que le aparecía disponible en el mapa. Al llegar tomaron asiento en la mesa, con cara de muertos. Sungguk pidió leche caliente y se tomó la mitad del vaso dando un enorme trago. Bien, ya se sentía más recompuesto.

Sacó su celular, tenía dos notificaciones. Abrió primero la conversación con Daehyun a la vez que le daba otro sorbo a su leche. Escupió un poco sobre la mesa cuando observó aquella *selfie* enviada por el chico.

—¿Qué te pasa, idiota? —protestó Minki—. Me escupiste.

Sungguk se limpió la boca mientras observaba la foto. Parecía sacada por otra persona porque, si bien tenía un enfoque cercano, Daehyun salía haciendo dos deformes corazones con su pulgar y dedo índice.

Daehyun: buen día, Sungguk. Seojun me enseñó a hacer corazones.

—¿Estás bien? —quiso saber Minki—. Te pusiste rojo.

Llegaron unas tostadas de Nutella con banana para Sungguk y cereal sin azúcar para Minki. Como Sungguk no respondía, Minki se estiró sobre la mesa y le arrebató el teléfono. Sus cejas se alzaron tanto que se escondieron bajo el flequillo rubio tinturado.

—Vaya, veo mucha clavícula en una foto de buenos días —se burló. Sungguk también había notado ese detalle.

Minki se comió una cucharada de leche con cereales y habló con la boca llena mientras apuntaba a su amigo.

—Es tierno, en cierto punto —dijo—. Pero él tiene un gran enamoramiento por ti y puede resultar complicado de no ser correspondido. No sé si alguien como él sea capaz de lidiar con un rechazo.

—Lo sé.

Su amigo se encogió de hombros.

—Igual no creo que eso sea un problema, ¿no?

Eso le sacó un gruñido bajito a Sungguk.

—Pueden todos… no sé, ¿dejar de decir eso?

—¿Qué cosa?

—Que estoy enamorado de él.

Minki pestañeó con inocencia.

—¿Y es mentira?

Sungguk se rascó el puente de la nariz.

—Pues sí, ni siquiera me gustan los hombres, nunca me han gustado.

—Ah, pero eso también me lo dijo Jaebyu cuando me confesé y míranos ahora, llevamos cuatro años felices de noviazgo.

—Es diferente —balbuceó.

Minki dejó caer la cuchara contra su bol de cereales.

—Deja de darle tanta vuelta al asunto. Si te empieza a gustar, ¿qué? Y si es hombre, ¿qué? El amor es un sentimiento que no debería venir atado a conflictos sociales.

Frustrado consigo mismo, Sungguk se sacó la gorra de policía y se pasó las manos por el cabello.

—Creo que es incluso ridículo pensarlo ahora —respondió Sungguk—. Lo conocemos hace, ¿dos semanas? Y todos ustedes sacan conclusiones por el simple hecho de que quiero ayudarlo.

Minki alzó las manos:

—*Ok*, solo bromeaba. No creí que te estuviese afectando tanto.

Sungguk se quedó observando a su amigo continuar con su desayuno. Instantes después revisó su celular para leer el otro mensaje pendiente.

Era su papá.

Papá: hijo, voy en el tren, llego a las diez.

Comprobó la hora, quedaban diez minutos.

Le dio un largo trago a su leche y sacó su billetera llamando a la mesera.

—¿Qué se está incendiando? —quiso saber Minki.

—Mi papá llega de Seúl en diez minutos.

—Oh, ve, ve, yo pago. Me quedaré dando una ronda por el sector.

Tras agradecerle le pasó unos billetes y partió al coche.

Quince minutos más tarde estaba corriendo por la estación de Daegu, buscando una cabellera blanca. Sus padres lo habían tenido a avanzada edad, más rozando los cincuenta que los cuarenta. Apoyado contra un pilar de la estación y una maleta a su lado, encontró a su padre esperándolo. Era esbelto y mantenía una buena forma, pero insistía en utilizar suspensores para afirmar sus pantalones, lo que acentuaba la clara diferencia de edad entre padre e hijo.

Sungguk se acercó saltando de emoción. ¿Qué podía decir? Era un niñito de papá.

—Papá —lo llamó.

Se abrazaron a medio camino.

—Pero mira lo enorme que te has puesto —comentó su padre con buen humor y orgullo.

—¿Cómo está la ciudad? —se interesó Sungguk, agarrando su maleta.

—Caótica como siempre, algunas veces extraño este lado de Daegu.

Su papá lo tomó por la cintura y caminaron así hasta fuera de la estación. Sungguk se sentía otra vez como un niño que solo busca la aprobación del padre.

—No pensé que fueses a venir —comentó Sungguk bajito.

—Te escuchabas muy afectado, ¿cómo no iba a venir?

Sungguk bajó la barbilla sin responder. Ambos llegaron por fin al coche patrulla.

—Lo siento, estaba en turno —se excusó.

Su padre hizo un movimiento con la mano para restarle importancia.

—¿Y cómo ha ido el trabajo?

—Bien —se limitó a responder.

Emprendieron rumbo con la idea de llevarlo a su casa.

—¿No vas a contarme sobre ese chico? —preguntó su padre tras unas cuadras de conversaciones triviales.

—Podemos hablar por la noche…

—Tiene que ser ahora si quieres que lo conozca hoy.

Sungguk dobló en la siguiente calle.

—¿Quieres ir a verlo ahora?

—¿Para qué perder tiempo?

Padre e hijo eran una copia del otro.

De camino al hospital, Sungguk le explicó con rapidez lo más importante del caso.

—Hace dos semanas hubo una denuncia por malos olores… —comenzó, y le pareció que ese día habría transcurrido hace meses.

Y terminó de contar la historia.

—Dios mío —susurró su padre, conmocionado—, pobre criatura. ¿Estaba muy mal?

—Bajo en peso y en un estado mental delicado.

—Pero ¿cómo no apareció en las noticias nacionales?

—Están intentando mantener el caso bajo perfil —dijo Sungguk.

—¿Y por qué?

Sungguk meditó si contarle que Daehyun era un m-preg no registrado. Por alguna razón no quiso hacerlo, así que solo se encogió de hombros.

—¿Así que la mujer muerta se llamaba Moon Sunhee?

—¿La conoces?

Su padre asintió con aire distraído.

—Lara fue nuestra compañera de escuela.

Tenía sentido, sus padres debían permanecer a una generación cercana a la de Moon Sunhee.

—¿Y ella tenía encerrado a este muchachito? —ante la respuesta positiva de Sungguk, frunció todavía más el ceño—. ¿Y saben el motivo?

—No hemos podido averiguar mucho porque… él es el chico sordo que te comenté, papá.

Su padre volteó la barbilla hacia él.

—¿Pueden comunicarse con él?

—No. Esa información la obtuvimos de un testigo —explicó Sungguk—. Es una larga historia, pa. Solo sé que lo contagié de meningitis y eso le ocasionó la hipoacusia. Si te llamé no fue por ausencia de doctores, es porque tú manejaste mi caso y el de los demás chicos infectados. Tal vez podrías aportar información a su historial médico. No sabemos mucho de él.

—¿No habla?

—No, y el intérprete dijo que sería complicado llegar a entenderlo en su totalidad porque básicamente creó su propio lenguaje. Pero por suerte sabe leer y escribir. Así hemos logrado comunicarnos con él.

Al llegar al hospital bajaron del auto.

El padre de Sungguk fue recibido como una celebridad. Se había jubilado hace apenas dos años y, tras toda una vida de servicio en el lugar, el doctor Jong Sehun era recordado por el personal.

Tras hablar con la nueva directora del hospital y ser autorizados para que su padre pudiese revisar a Daehyun, se dirigieron hacia el tercer nivel. Al llegar hasta la puerta de la habitación, Sungguk afirmó el pomo quedándose de pronto congelado.

—¿Qué sucede, hijo?

Se aclaró la garganta para eliminar ese nudo apretado.

—Solo ten cuidado con Daehyun, por favor —pidió.

Su padre lo analizó unos instantes y finalmente asintió con cuidado. Tras eso, ingresaron.

Se encontraron con Daehyun destapado y con sus largas piernas extendidas a un costado de la cama. Estaba un tanto enfadado concentrado en el celular. Tardó unos segundos en percatarse de las visitas. Dejó el teléfono a un lado y se cruzó de brazos al ver a Sungguk.

—Es un poco consentido —explicó Sungguk con risa nerviosa.

—¿Consentido tuyo? —se burló su padre, colocándose los guantes de goma que le habían facilitado.

—Algo así.

Sungguk se acercó buscando la mirada esquiva de Daehyun. ¿Y ahora qué había hecho?

—Hola —lo saludó inclinándose hacia él—. ¿Por qué estás enojado conmigo? Hoy no olvidé nuestro saludo matutino.

Ignorando todavía la presencia del padre de Sungguk, Daehyun agarró el teclado y azotó las teclas sin mucha delicadeza.

—Pues así se comunican —el padre musitó a un costado de Daehyun, intentaba ver qué escribía el chico en la pantalla del computador—. Te escribió: «No respondiste mi mensaje y esperé horas».

Sungguk se sonrojó.

—Estaba ocupado —se excusó, luego apuntó a su padre para que Daehyun lo notase. Y entonces la expresión del chico se paralizó. Se encogió en la camilla llevando sus piernas contra su pecho.

—Él es mi padre, Dae —le contó.

La boca de Daehyun se abrió un poquito, y giró de Sungguk a Jong Sehun una y otra vez. Sus labios todavía formaban una «o» de sorpresa.

—Mi padre es el mejor doctor de Daegu —Daehyun fruncía las cejas concentrado. Sungguk le tocó la rodilla para captar su atención—. Necesitamos que mi padre te revise. ¿Te parece bien?

Daehyun dudó con los labios fruncidos, después aceptó con un movimiento solemne de cabeza.

—Es un m-preg precioso, Sungguk.

—Sí, es...

Sungguk guardó silencio de golpe. De pronto el comentario le hizo ruido en la cabeza.

—Yo no te conté que era m-preg.

Su padre continuó inmutable mientras afirmaba con delicadeza la barbilla de Daehyun para observarlo de cerca.

—Lo hizo la directora Park, hijo.

Sungguk se le quedó contemplando como si con eso pudiese atravesarle músculo y hueso hasta llegar al cerebro. Por más que hizo memoria, no pudo recordar a la directora Park contándole esa información a su padre.

—¿Estás seguro?

—¿Cómo más lo sabría, hijo?

¿Cómo más lo sabría?, pensó Sungguk.

Iba a discutir cuando su mirada se encontró con la de Daehyun. Tenía la nariz algo fruncida en disgusto, todavía pareciendo dolido y molesto por haber sido ignorado.

El chico era demasiado consentido y demandante. Pero Sungguk no terminaba de entender por qué eso le agradaba más que molestarle.

Sungguk le hizo una mueca para hacerlo reír.

Daehyun frunció los labios aguantándose una carcajada repentina.

Sungguk puso los ojos bizcos.

Daehyun se llevó un puño a la boca para contener el sonido.

—¿Cómo lo hacen para pedirle algo a Daehyun? —los interrumpió su padre.

—Eh —le costó un poco encontrar sus ideas—. Daehyun lee los labios.

—Oh, pero si es un chico muy inteligente —premió con gusto.

Sungguk notó que Daehyun había alcanzado a leer el comentario de su padre, sonrojándose y bajando los párpados con timidez. El chico volvió a juguetear con sus dedos con actitud nerviosa.

Jong Sehun tocó el timbre y solicitó una serie de cosas que llegaron a los pocos minutos. Sosteniendo un palo de madera, le pidió a Daehyun que sacase la lengua. También le revisó los oídos mientras el chico movía los pies en el aire.

—Muy bien, Daehyun —lo felicitó. Y en una costumbre que Sungguk había heredado de él, lo vio sacar una chocolatina de su pantalón y entregársela—. Que este sea nuestro pequeño secreto.

Daehyun se la quitó con ojos brillantes e intentó romper la envoltura con sus manos ansiosas. Y mientras estaba distraído, Jong Sehun se giró hacia su hijo.

—Tiene daños estructurales en los tímpanos —dijo asintiendo con pena—. Tengo un buen amigo en Seúl que podría atenderlo para ver la posibilidad de utilizar un implante coclear.

Eso descuadró a Sungguk.

—¿Significaría que podría volver a oír?

—Es difícil afirmarlo… —aceptó su padre—. Además, debemos saber si tiene la capacidad del habla intacta.

—Habla —se apresuró a asegurar Sungguk—. Solo que no quiere.

—¿Entonces recuerda cómo hablar?

—Sí, eso creo.

—Bien, eso es lo primero. Lo segundo, es que lleva muchos años padeciendo de hipoacusia. Posiblemente sus avances no sean muy significativos porque su cerebro, tal vez, no sea capaz de procesar las estimulaciones eléctricas del implante coclear. A lo mejor intenten primero con audífonos convencionales antes del implante.

—Los tonos agudos los escucha.

Su padre asintió con aire pensativo.

—Voy a contactar a mi amigo. Pero no te hagas ilusiones, Sungguk. Tal vez mejore su calidad de vida, pero Daehyun seguirá sufriendo de hipoacusia, solo que más o menos severa.

—Entiendo —musitó con el ánimo por el suelo.

Para captar la atención de Daehyun, que recién había logrado romper la envoltura y meterse la golosina a la boca, Jong Sehun le acarició con cuidado la barbilla.

—Voy a solicitar una ecografía —informó el doctor.

—¿Por qué? —jadeó Sungguk—. ¿Crees que está…?

—Si lo estuviese, ¿no crees que el hospital ya lo sabría? Solo quiero echarle una mirada, hace años que no atiendo a un m-preg.

Daehyun, que estaba sentado en el borde de la cama con la mejilla izquierda abultada por comerse toda la chocolatina, esperó con paciencia que alguien le explicase mientras ingresaban al cuarto una gran máquina.

—Solo me gustaría revisar tu interior. ¿Está bien? Pero para eso necesito que te recuestes de espalda. Voy a subirte un poquitito el camisón, ¿te molestaría si hiciese eso? —el chico pareció plantearse la pregunta en serio. Se encogió de hombros como respuesta—. Y luego te voy a echar un líquido muy helado que te va a dar escalofríos, ¿ok? ¿Ahora podemos empezar?

Daehyun desvió la mirada hacia a Sungguk, esperando su intervención. Sungguk no se movió, quería que Daehyun comenzase a tomar decisiones sin consultarle. Lo vio dudar con los deditos de los pies recogidos. Finalmente, se recostó en la cama y se levantó la camisola de hospital. Debajo iba con ropa interior que alguien debió conseguirle. Sungguk se vio en la urgencia de voltearse para darle privacidad. Luego pensó, ¿con qué fin? Daehyun no tenía nada que no hubiere visto en él mismo.

Una risita ronca y un tanto atípica distrajo a Sungguk de sus pensamientos. Su padre le había echado al chico un líquido transparente por alrededor del ombligo. Dae llevó sus palmas contra su boca para enmudecer esa risita nerviosa que se filtraba entre sus dedos.

—Los m-preg son fascinantes —empezó diciendo Jong Sehun atento al monitor—. Si bien el hermafroditismo es la presencia de ambos órganos sexuales, en la especie humana no se ha descubierto que ambos órganos estén completamente desarrollados y, por lo demás, fértiles. En el caso de los m-preg, si bien tienen ambos órganos sexuales desarrollados, presentan infertilidad masculina, por lo que solo pueden embarazarse. Pero como siempre han presentado un órgano sexual masculino nada atípicos, por muchas décadas se creyó que eran hombres con una malformación genética que les permitía concebir. De ahí su nombre, *male pregnancy*. Pero tras años de eternas discusiones, finalmente los m-preg pasaron a ser una variante del tercer sexo.

—¿De la intersexualidad? —preguntó Sungguk.

—Así es —afirmó su padre entrecerrando los ojos en el monitor—. Sin embargo, como en sus inicios fueron clasificados como *hombres* con la capacidad de concebir, la gente siguió definiéndolos de esa manera a pesar de que no encajan realmente en el género binario. Es decir, sí, presentan todos los órganos sexuales masculinos, pero a las personas se les olvida que también tienen un útero, y es este órgano el que tiene su capacidad reproductiva. Pero, bien, como su órgano masculino sigue siendo básicamente normal, y como tienen una apariencia más masculina que femenina, la gente continuó clasificándolos solo como m-preg. De hecho, la categorización sobre si son hermafroditas o no, o si es una variante del tercer sexo o no… es algo que todavía están discutiendo muchos científicos.

Daehyun soltó una risita ronca y entrecortada cuando el cabezal del aparato rozó el borde inferior de su ombligo. Al finalizar con el examen, Jong Sehun le limpió la piel con una toalla de papel. Mientras, Daehyun observaba con interés los suspensores que afirmaban los pantalones del doctor.

—¿Te gustan? —preguntó.

Se hizo el interesante, encogiéndose de hombros, aunque continuaba haciendo círculos en las sábanas con el dedo.

—¿Los quieres? Sería un regalo de mí para ti.

Daehyun asintió con felicidad y estiró los brazos uniéndolos por delante del pecho como si dijera «por favor». Riendo, Jong Sehun se quitó las tiras de elástico y se los puso a Daehyun en los hombros, enganchándolos en la camisola de hospital dejándola recogida de manera extraña. Pero a Daehyun le encantaban. Se puso de pie y dio una vuelta mirándose a sí mismo. De paso se enredó en los cables del suero.

—Es un m-preg muy bonito, Sungguk —susurró su padre mirándolo.

Lo era.

Y Sungguk, a pesar de que intentó dejarlo estar, todavía se seguía preguntando lo mismo. ¿Por qué su padre sabía desde antes que Moon Daehyun era un m-preg?

28

Si Moon Sunhee Lara había solicitado que el ático terminase a la mitad del ventanal de su cuarto, era por algo.

Sentada en el escritorio ubicado frente a la ventana de su habitación, observaba a Daehyun tomar sol en el patio gracias al tragaluz, que era lo suficientemente grande para que ingresasen unos rayos de sol, aunque lo suficientemente pequeño para que los vecinos no viesen a la criatura que descansaba sobre una manta.

Daehyun, con esa expresión de ojos grandes y curiosos, acariciaba a un gatito romeo que dormía entre sus piernas abiertas. Moon Sunhee nunca había sido amante de los animales, pero su pequeño se lo había rogado tanto que, cuando se lo trajeron la noche anterior, no fue capaz de regresarlo.

Pero había tomado una buena decisión, Daehyun se veía feliz observando al minino perseguir un hilo suelto de su camiseta. Estaba bien, muy bien. Su pequeño era obediente, tanto que muchas veces se cuestionaba lo aprensiva que era con él. Solo que ella lo quería demasiado, tanto que le dolía el corazón la sola idea de que algún día pudiese ocurrirle algo.

Pero ella lo estaba haciendo bien, no iba a pasarle nada. Su pequeño no podía salir de esa casa, estaba protegido, seguro, iba a crecer bonito y sin preocupaciones.

Decidida, se levantó para ir a ordenar su cuarto.

Lo perdió de vista solo media hora, por eso ella no entendió cuando bajó al primer piso y encontró a Daehyun apretando al gatito contra su pecho.

Gatito que colgaba sin fuerzas.

Daehyun parecía no notarlo, todavía paseando con aquel cuerpecito que oscilaba sin vida.

El impacto le nubló el juicio.

Y es que ella no entendía.

—¿Qué hiciste, Daehyun? —exigió saber agarrándolo por el brazo.

El cuerpo del gatito cayó al suelo.

—¿Qué hiciste? —le volvió a preguntar sacudiéndolo—. ¡Lo mataste!

Daehyun no reaccionó. La observaba con sus enormes ojos casi sin expresión. La mujer volvió a sacudirlo una tercera, cuarta y quinta vez, buscando una respuesta.

Y entonces Moon Sunhee lo entendió. Tal vez no estaba criando a un niño obediente. Tal vez estaba criando a un pequeño monstruo ante su incapacidad de enseñarle el mundo.

29

El miércoles 21 de marzo comenzaba oficialmente la primavera, por lo que los productos de *sakura* inundaron los mercados de ese rosa pálido como pétalos de cerezo. Esa mañana, mientras Minki y Sungguk compraban desayuno en una tienda de conveniencia, Sungguk se preguntó si Daehyun alguna vez había tenido la oportunidad de probar uno de esos dulces de *sakura*. Lo dudaba, puesto que solo se vendían en una única semana en el año y no se imaginaba a Moon Sunhee dejando solo a su nieto para ir a comprar aquello.

—Deja de ser tan goloso, conejo glotón. Vamos, solo tenemos diez minutos.

Apresurado, Sungguk agarró una variedad de productos y fue a pagar. Hace un rato su papá le había enviado un mensaje contándole que se encontraba en el hospital con Daehyun, por lo que Sungguk sentía la urgencia de ir a comprobar que todo estuviese bien.

Con la bolsa repleta de dulces en la mano derecha y llevando su desayuno en la izquierda, Sungguk fue corriendo a la patrulla donde Minki lo esperaba con expresión cansada y ojerosa.

De camino a otro accidente de tráfico, Sungguk le preguntó:

—¿Estás bien, Minki? Te ves enfermo.

Su amigo apenas le había dado una mascada a la manzana que compró.

—No me siento bien —admitió.

—¿Qué te duele?

—El estómago.

—Oye, si estás con diarrea, me avisas y estaciono a un lado de la carretera —ofreció de broma.

—Ojalá fuese gracioso.

Mientras doblaba en la siguiente esquina, lo comprobó de reojo. Minki estaba sudoroso y con expresión contraída. Un rictus se le formaba en los labios.

—Lo siento, te ves terrible.

—Estoy con escalofríos.

—Uf, la muerte te espera al otro lado, amigo —hablando más serio, agregó—. Puedo ir a dejarte a tu departamento. De paso le aviso al jefe Eunjin lo que pasó.

Minki se encogió un poco más en el asiento. Sus músculos temblaban bajo el uniforme.

—¿En serio podrías?

Sungguk lo observó con preocupación.

—¿Y si vamos mejor al hospital, Minki?

Negó con los ojos cerrados.

—Son solo retorcijones, con un baño estaré bien.

—Pero…

—No quiero preocupar a Jaebyu por un dolor de estómago —Minki dio un pequeño suspiro—. Jaebyu está en turno desde ayer y me dio pereza hacer la cena anoche y preferí comer unas sobras del refrigerador. Simplemente me enfermé.

Preocupado por Minki, Sungguk cambió el rumbo dándole un aviso a Eunjin por radio. Pasó por una farmacia para comprar remedios y continuaron. Minki se encogía cada vez más en el asiento.

Al llegar al departamento, Sungguk se alivió al encontrar al hermano de Minki ahí. Le dejó los remedios y su número de teléfono para que lo llamase si sucedía algo.

Las siguientes horas, Sungguk se la pasó de un accidente a otro. No fue sino hasta mucho después de finalizar su turno, con un hambre terrible por no haber alcanzado a almorzar, que pudo dirigirse al hospital mientras leía los mensajes que había estado intercambiando con Minki durante la tarde. Hizo una primera parada en el casino para comprarse un emparedado y subió al cuarto de Daehyun.

—Hola —lo saludó.

Con sus largas piernas estiradas frente a él, Sungguk lo encontró observando la pantalla del teléfono. Le daba gracia ver al chico sacando la lengua de la boca cuando se concentraba. Daehyun le respondió con un saludo entusiasta, apuntándole de paso su celular.

—¿Qué sucede?

Daehyun le hizo una seña a Sungguk para que se le acercase, dejándole un espacio vacío a un costado suyo. Sungguk dejó la bolsa con dulces de primavera en el sofá y se le acercó tomando asiento a su lado. El chico estaba jugando a Granjita, una de esas aplicaciones donde subías de nivel a medida que administrabas una granja. Iba en el nivel 10, debía llevar horas jugando.

—Eres bueno con los juegos —dijo Sungguk.

Dae solo se encogió un poquito ante el cumplido.

—¿Y mi padre? Pensé que estaba contigo.

Daehyun ladeó la cabeza confundido, luego apuntó la puerta e hizo caminar en el aire a dos de sus dedos.

—¿Se fue? —recibió una afirmación. Vaya, por fin mejoraba su comunicación—. ¿Y Seojun? —Daehyun formó un puño que se llevó a la boca mascando teatralmente—. ¿Comiendo?

Otra respuesta positiva. Ambos parecían muy orgullosos por estar entendiéndose.

Sungguk cerró los ojos cuando la luz de la habitación le pareció demasiado brillante. Estaba despierto desde las tres de la mañana y ya eran pasadas las seis de la tarde. Estaba muerto.

El toque suave de unos dedos sobre su frente lo asustó. Dio un brinco y se encontró con la expresión temerosa de Daehyun, que había encogido el brazo contra su pecho y se lo afirmaba como si estuviese lastimado.

¿Daehyun acababa de tocarlo?

—Lo siento, solo me sorprendiste —dijo Sungguk. El chico permaneció encogido a su lado, el celular quedó olvidado entre las sábanas—. No hiciste nada malo, solo me asusté.

Como continuó observándolo casi sin pestañear, Sungguk dejó caer las piernas por un costado de la camilla y se recostó contra las almohadas. Demonios, los párpados le pesaban una tonelada.

—Solo tengo sueño, no te preocupes por mí —musitó medio dormido—. Mejor muéstrame cómo juegas, yo estoy bien.

Daehyun dudó unos segundos. Todavía sentado, agarró el celular y lo movió hacia la derecha para que Sungguk pudiese observar la pantalla desde su posición.

Sungguk intentó luchar contra el sueño. Lo estaba logrando. Su mirada se distrajo con el perfil de tabique alto de Daehyun, con la forma natural en la que su cabello castaño caía alrededor de su rostro, con su cuello largo y la piel de su espalda, que quedaba expuesta ante los nudos sueltos de la camisola, dejando al descubierto algunas de las vértebras que todavía se marcaban demasiado.

Los párpados de Sungguk pesaron más.

Comenzó a jugar con uno de los nudos de la bata de Dae, asintiendo a duras penas cuando Daehyun le apuntaba algo en la pantalla para que lo felicitara. Parecía que al chico le encantaba eso, sus mejillas ahora se volvían gorditas al sonreír.

Era agradable.

No se sentía mal.

Ni incorrecto.

Ni inadecuado.

Sungguk había conocido a Daehyun hace dos semanas, pero sentía una vida entera entre ellos. Tal vez, pensó mientras se le cerraban los ojos sin poder contenerse, los años transcurridos desde su primer encuentro no habían quedado congelados y…

Se despertó con un portazo. Dio un salto tan grande que estrelló su coronilla contra la cabecera plástica de la cama. Desorientado, comprobó los alrededores con los ojos inyectados en sangre.

Daehyun había dejado de jugar y se ubicaba al medio de la camilla con las piernas cruzadas y un brazo sosteniendo su barbilla. Lo observaba.

—¿Qué haces durmiendo en la cama de mi paciente? —dijo Seojun regresando de su tardía hora de almuerzo.

Sungguk se sentó, aquel movimiento alertó a Daehyun sobre la nueva visita y se giró.

—Solo vine a visitarlo y me quedé dormido.

—Lo noté, ahora que estás despierto puedes salir de ahí.

Empeorando la situación, ingresó Jaebyu acompañado por un auxiliar; traían la cena.

—¿Qué haces aquí? —cuestionó también.

—Visita —se excusó.

—La hora de visita ya terminó, son las ocho de la noche —anunció Jaebyu.

¿Se había dormido una hora completa en la cama de Daehyun? Y no solo eso, tenía una manta de hospital cubriendo la parte inferior de su cuerpo. ¿Daehyun lo había tapado? Esperaba no haber babeado su almohada.

Sungguk se puso de pie y Daehyun volvió a la cabecera de la camilla.

—Por cierto, Jaebyu, ¿has sabido algo de tu prometido?

—Hablé con Minki hace media hora. Todavía sigue enfermo, aunque va mejorando —Jaebyu le hizo un gesto al auxiliar para que dejase la bandeja en la mesa—. Le dije a Minki que no se comiera esos restos, llevaban días esperando ser tirados a la basura.

Sin querer, Seojun aplastó la bolsa con dulces que Sungguk dejó en el sofá.

—Son para Daehyun —admitió con vergüenza.

Jaebyu analizó el contenido de la bolsa y dio un suspiro.

—Solo un chocolate por hoy —aceptó—. El más pequeño.

Sungguk se apresuró en ir por la bolsa y entregársela a Daehyun.

—Es un regalo —explicó. Las cejas de Daehyun se escondieron tras su flequillo claro—. Son dulces de primavera. Tu enfermero preferido permitió que hoy te comieras solo uno.

Seojun interfirió agitando lo brazos para captar la atención del chico.

—Daehyun, hoy, miércoles, solo te puedes comer un chocolate y nada más. Mañana, jueves, tampoco podrás comer ninguno de estos dulces hasta que tu doctor te lo autorice. ¿Está bien?

Dae se lamió los labios con expresión ansiosa y después asintió con decisión. Entonces Sungguk le entregó la bolsa. El chico toqueteó los paquetes rosados con inseguridad, aplaudiendo un par de veces emocionado.

—He aprendido que Daehyun es demasiado literal para seguir órdenes —explicó Seojun mientras Dae se mantenía distraído—. Es muy obediente pero también muy astuto. Al parecer, «desobedecer» una orden directa de su abuela le daba cierta seguridad y control sobre sí mismo. Así que debes ser como un abogado redactando un contrato si quieres que no haga algo, de lo contrario se saldrá con la suya. Como le dijiste que hoy solo se podía comer uno, el resto se los habría devorado a las doce de la noche. Por eso hay que especificar días.

Sungguk se despidió de Daehyun tras verlo escoger una barrita de chocolate rosa.

—Vendré mañana —prometió a su expresión ansiosa.

Al otro día, Minki no apareció a trabajar. Y por mucho que Sungguk lo esperó, hasta pasadas las cinco de la mañana, su amigo no llegó.

30

Sungguk lo había prometido, y era una promesa que no esperaba romper. Solo que nunca se imaginó que realmente tuviese que cumplirla cuando, en broma, Minki le solicitó ir por él a su departamento si un día no aparecía a trabajar. Y ese día había llegado. Sungguk habría deseado no tener que preocupar a Jaebyu, quien estaba por finalizar su interminable turno de enfermero, pero tuvo que hacerlo.

Mientras le marcaba a su número, estacionó fuera del edificio donde vivía Lee Minki. Todavía era muy temprano, por lo que estaban todas las luces de los departamentos apagadas, incluyendo la de Minki en el quinto piso.

Tras el sexto tono, Jaebyu contestó:

—¿Sungguk?

—Jaebyu, lo siento por llamarte en turno.

Su voz de inmediato sonó preocupada y cansada.

—¿Qué sucede?

—Minki no fue a trabajar hoy.

Hubo una pausa, un ruido metálico de su lado de la línea.

—Hablé ayer con él como a las once de la noche, me dijo que se iba a dormir porque tenía turno.

—Lo sé, a mí también me dijo que vendría a trabajar. Y ya lo llamé, pero no contesta.

—Minki tiene el sueño ligero, debería haberte contestado.

—Lo sé, por eso… estoy fuera de su departamento.

Otro silencio que pareció eterno.

—¿Sungguk?

—¿Sí?

—Puedes romper la chapa del departamento si Minki no abre la puerta —con una voz ahogada, agregó—. Por favor.

—Pero ayer dejé a Minki con su hermano.

—Discutieron. Minki se sentía mal y su hermano llevó a unos amigos al departamento, así que lo echó. Minki está solo.

Sungguk se tocó el cuello con ansiedad.

—Te llamaré cuando sepa algo —dijo.

—Solo rompe la maldita puerta, Sungguk.

Tras eso, cortó.

Con la cabeza dándole vueltas por la preocupación, Sungguk sacó de inmediato sus herramientas en caso de tener que romper el cerrojo. Con una sensación de incredulidad por estar viviendo eso cuando fue una broma entre ellos hace semanas, se dirigió al edificio. Por suerte al conserje del turno nocturno lo conocía.

—Minki no responde —le contó al hombre—. Ayer estaba muy enfermo y ahora no contesta el teléfono. Tampoco llegó a trabajar, ¿usted sabe algo?

El conserje llamó al departamento por el citófono. Los dedos nerviosos de Sungguk tamborileaban sobre el mesón. Al verlo colgar por tercera vez y negar con decepción, volvió a hablar.

—Subiré a verlo. Si es necesario romperé el cerrojo.

—Avisaré a los residentes por si llama alguno.

El edificio donde vivía Minki eran unidades antiguas de departamentos que no contaban con ascensor, por lo que subió de dos en dos los escalones hasta el quinto piso.

Fuera de la puerta 501, tocó el timbre.

Una vez.

Dos veces.

Tres.

Cuatro.

Cinco.

Mantuvo el dedo sobre el interruptor para que no dejase de sonar.

Oh, no, no, no, no.

Realmente iba a tener que entrar a la fuerza.

Agarrando el martillo y el cincel, le pegó con todas sus fuerzas a la unión de la puerta astillando el marco. Con una patada, la terminó por abrir.

Ingresó tomando una larga inspiración. Solo se olía el aromatizante de ambiente que Minki utilizaba en el departamento. Estaba oscuro, las cortinas cerradas dejaban apenas una franja de luz visible.

—¿Minki? —lo llamó.

Nadie contestó.

Fue directo a una de las habitaciones, que permanecía con la puerta entrecerrada. La empujó. En medio de la cama se encontraba Lee Minki. Su piel estaba sudada y muy pálida. Sus ojos apenas se abrieron cuando Sungguk lo movió para hacerlo reaccionar.

—Viniste —lo escuchó jadear muy, muy bajito—. No... quería... estar solo.

Sungguk pensó en llamar a una ambulancia, pero solo estaban a diez minutos del hospital en auto. Agarró a su amigo por debajo de las rodillas y la cintura, y lo alzó como a un niño. Corrió por el departamento y luego por las escaleras. El conserje le abrió la puerta del edificio mientras lo perseguía haciéndole preguntas.

Sentando a Minki en el asiento de copiloto, le puso el cinturón de seguridad con las manos temblándole de los nervios. Su piel se sentía caliente bajo sus nudillos. ¿Qué tan descompuesta estaba esa cena que comió?

Sungguk condujo encendiendo las luces rojas y azules de la sirena, así podría saltarse los semáforos que lo separaban del hospital. Afirmando el celular con una mano, marcó a Jaebyu. Contestó al primer timbre.

—Reventé la puerta. Está conmigo, pero medio inconsciente por el dolor. Lo llevo a Urgencias, llego en menos de cinco —Jaebyu no contestó—. Jaebyu, necesito que me respondas si entendiste.

—S-sí.

Cuando ingresó por la puerta de emergencias, Jaebyu, y lo que parecía todo el personal médico de turno, se encontraban esperándolo. Aparcó en la entrada y bajó corriendo mientras un grupo pequeño deslizaba una camilla hacia Minki. Lo trasladaron sobre ella, su brazo colgaba por uno de los bordes. Jaebyu estaba paralizado en la entrada.

—Y-yo… n-no sabía…

Sungguk lo empujó por la cintura para que avanzara.

—Vamos, Jaebyu, él te necesitará bien cuando despierte.

Al acercarse a la sala privada de Urgencias, Sungguk divisó a su padre correr hacia la misma habitación.

—¿Papá?

¿Qué hacía ahí y a esa hora?

—No es el momento, hijo.

Al intentar abrir la puerta del cuarto, Sungguk lo detuvo interponiéndose en medio.

—¿Qué haces aquí? ¿Y por qué no es el momento? Tú ya no eres doctor, no puedes ingresar a esa sala.

Ambos se quedaron observando, ambos de la misma altura, ambos igual de decididos.

—Es el hijo mayor de los Park, ¿no? —quiso saber.

—¿Cómo sabes?

—Soy su médico de cabecera.

—Eras —lo corrigió Sungguk.

Notó que Jaebyu se les acercaba.

—Sungguk, necesito entrar —pidió su papá otra vez—. No hay nadie en este hospital que conozca su historial médico mejor que yo.

—No eres médico general desde hace dos años —insistió Sungguk—. Jubilaste.

Su padre intentó apartarlo. Sungguk no se movió.

—¿Qué está sucediendo? —cuestionó Jaebyu, su rostro estaba demacrado por la preocupación y la falta de descanso—. Señor Jong Sehun, entiendo que usted haya sido su médico durante muchos años, pero Minki tiene un historial clínico que cualquier doctor con licencia vigente podría leer.

Los ojos de su padre, que por primera vez en su vida le parecieron tan desconocidos, giraron de Sungguk hacia Jaebyu.

—¿Sudor, palidez, dolor, calambres, fiebre? —enumeró Jong Sehun los síntomas de Minki.

—¿Cómo sabe...?

—No lo sé, te estoy preguntando si tiene eso —respondió con voz cortante.

Sungguk se encontró asintiendo.

—Es una infección estom...

—No —respondió Jong Sehun—. Es un aborto, que podría llegar a ser un aborto séptico de no reaccionar de inmediato.

—Imposible —balbuceó Jaebyu—. Minki no es un m-preg.

—Lo es.

—No, no, no lo es —Jaebyu sacudió la cabeza—. Usted no está entendiendo, Lee Minki es mi novio y sé que no es un m-preg.

Los hombros decididos de Jong Sehun cayeron con tristeza.

—Lo es. Lee Minki es un m-preg. Yo escondí su condición cuando nació, fui el director del hospital de Daegu entre 1994 y 2007.

La puerta de la sala privada de Urgencias se abrió y una doctora sacó a Sungguk de en medio. Jong Sehun se acercó a la doctora del caso y habló con rapidez, pidiendo una ecografía y que el paciente fuese llevado a pabellón para remover quirúrgicamente los restos de un aborto en un útero que era imposible que Lee Minki tuviese.

Sungguk una vez más intentó retener a su padre.

—Ahora no, hijo. Después, por favor.

Entonces su padre se encerró en esa habitación con Lee Min-ki. A los minutos, lo estaban preparando para cirugía mientras Jaebyu, sentado en una de las camillas desocupadas, se observaba sus manos temblorosas.

—No entiendo —repetía una y otra vez—. Solo era un dolor estomacal. Él… él me dijo que estaba bien.

—No quería que te preocuparas —intentó tranquilizarlo Sungguk.

—¿No quería? —se cubrió el rostro con las manos y los hombros le temblaron.

Sungguk no sabía qué hacer. Desde que conoció a Yoon Jaebyu hace unos años, nunca creyó que el enfermero fuese una persona de lágrimas. Eso lo pensó hasta esa mañana porque, ahora, cuando el reloj anunciaba las seis y quince de la mañana, Jaebyu lloraba desconsolado.

31

No se necesitaba anestesia general para realizar un aborto quirúrgico. En el caso de una mujer, solo se aplicaba anestesia local en el cuello uterino; en el caso de un m-preg se aplicaba la epidural para realizar un procedimiento similar a una cesárea pero menos invasiva, solo una pequeña incisión sobre el útero para extraer los restos del aborto espontáneo. Por tanto, mientras esperaba en el quirófano, Lee Minki lloraba observando la tela que dividía su parte superior e inferior.

Continuó llorando mientras le explicaban que era un m-preg no registrado. Lloró todavía más cuando le dijeron qué era lo que estaban haciendo. Lloró y negó cuando le preguntaron si quería que Jaebyu estuviese con él. Y lloró mucho, mucho más cuando procedieron a retirar los restos de lo que hubiese sido un bebé, cuando escuchó el ruido de succión, cuando perdió lo que siempre deseó y nunca supo que existió hasta que fue demasiado tarde.

Su bebé.

Que ya no estaba.

Para cuando salió de pabellón, el primer rostro que vio fue el de su novio Jaebyu.

—Lo siento —susurró—. Perdí a nuestro bebé.

Jaebyu se acercó para abrazarlo.

Ambos lloraron compartiendo un dolor que hace una hora ninguno de los dos imaginó que sentirían ese día.

32

La habitación de Moon Daehyun en el hospital era un cuarto doble que fue modificado para que fuese individual. Cuando Dae despertó en la habitación blanca demasiado iluminada del hospital de Daegu, dos personas ingresaron a su cuarto empujando una camilla. Él no se inmutó, seguía afirmando sus piernas contra el pecho y apoyando la barbilla en las rodillas flexionadas mientras notaba que, tapado bajo sábanas ordenadas, dormía un joven de cabello rubio.

Detrás de los desconocidos, ingresó su amigo Seojun, quien se sentó en su cama y le pidió que lo observase, algo que a Dae realmente le costó porque los desconocidos le parecían más interesantes en ese momento. De reojo, Dae leyó que el joven rubio se llamaba Lee Minki, que estarían juntos unos días y que debía ser comprensivo porque Lee Minki estaba triste.

Triste.

Esa palabra desconcertó a Dae.

Triste.

Dae había estado triste, muy triste, tan triste que lloraba siempre. Sin embargo, esos días encerrado en el ático esperando a que esa tristeza se extinguiera parecían tremendamente lejanos.

Pero recordaba.

Sabía lo que se sentía estar triste.

Y él no quería que nadie más estuviese así.

Así que prestó atención cuando Seojun le explicó que Minki acababa de perder a su bebé.

¿Perder?, se preguntó Daehyun, ¿a qué se refería con «perder»? ¿Acaso el bebé se había escondido en alguna parte y no lo encontraban? ¿Ese perder? Pero si a ese perder se referían, ¿por qué Lee Minki estaba triste? Dae se había escondido de su abuela un montón de veces de pequeño y ella nunca estuvo triste por eso. ¿Sería que Lee Minki no lograba encontrar el escondite de su bebé?

Seojun continuó explicándole:

—Lee Minki es un amigo de Sungguk y también puede ser tu amigo.

Lee Minki es amigo de Sungguk, pensó. Entonces, ¿podría ser su amigo también? Dae quería, definitivamente quería. Si Lee Minki era amigo de Sungguk, él sería su amigo, porque a Dae le gustaba Sungguk, quien era amable y siempre le traía regalos que lo hacían muy feliz.

Regalos.

Dae podría compartir uno de sus chocolates con Minki porque ayer, cuando se comió uno de esos dulces color rosa, podría jurar que así sabía la felicidad.

Cuando todos abandonaron el cuarto y lo dejaron solo con Lee Minki, sacó su bolsa de chocolates del cajón y derramó todo sobre el colchón. Escogió uno de envoltorio rosa pálido que tenía un árbol de cerezo y ponía: «Sentirás la felicidad de la primavera en tu boca».

Felicidad.

Sí, Dae iba a darle ese chocolate, encontraría al bebé y así Lee Minki sería bonito otra vez.

Dejó la barra de chocolate a un lado de la cabeza de Minki y volvió a guardar el resto en la bolsa. Agarrando su celular por si recibía un mensaje de Sungguk, se puso las pantuflas y, tal como le enseñaron a moverse para ir al baño, descolgó la bolsa de suero del gancho y se la afirmó contra el hombro con la ayuda de los suspensores que Jong Sehun le regaló.

Al llegar a la puerta, giró el picaporte con cuidado como lo hacía en casa y asomó la cabeza fuera del cuarto. Si Dae tuviese que esconderse en un hospital, ¿dónde lo haría? Lo meditó por unos segundos, pero no llegó a ninguna respuesta. Tal vez él no fuese el indicado para encontrar al bebé de Lee Minki, después de todo era la primera vez que se encontraba fuera de casa.

Pero no podía rendirse sin al menos intentarlo.

Comprobó el pasillo, solo había una persona en la recepción. Esperó a que la mujer de celeste estuviese distraída para salir corriendo hacia la primera puerta que encontró.

Cuarto de aseo
Ingreso solo a personal autorizado

Oh, sí, ese era un gran lugar para empezar. Si Dae se quisiese esconder en el hospital, ese sería un sitio que definitivamente escogería. Se metió en la bodega antes de que lo descubrieran, y se encontró con una habitación repleta de estantes y cajas. ¿Dónde estaría el bebé de Lee Minki? ¿Y de qué porte sería? Dae solo había visto bebés en la televisión y no eran más grandes que los brazos que los sostenían. Así que comprobó los suyos y luego el lugar. El bebé de Lee Minki podía caber a la perfección en una de las tantas cajas que se guardaban ahí.

Tenía mucho trabajo.

Sacó la primera, después la segunda, la tercera e iba en la quinta cuando la puerta se abrió. Con las manos metidas dentro de un montón de bolsas con mascarillas, se quedó paralizado.

Era Sungguk.

Y se veía acelerado.

Dae le sonrió y le hizo una seña para que se le acercara, apuntándole la caja. Si recibía ayuda, más pronto lograría encontrar al bebé perdido de Lee Minki. Sungguk no se movió de la entrada. Notó que le decía algo a alguien en el pasillo, entonces ingresó y se arrodilló frente a él.

—¿Qué haces aquí? Pensamos…

Dae ladeó la cabeza. ¿Pensaron qué?

Buscó su celular con la mirada, ¿dónde lo había dejado? Ah, cierto, lo recogió de la estantería. Al agarrarlo, Sungguk le sujetó la barbilla con cuidado, pidiéndole en silencio su atención.

—Estábamos preocupados.

¿Preocupados? ¿Preocupados por Dae?

—Te estuvimos buscando. ¿Por qué estás escondido aquí?

Dae se apresuró a apuntarle el celular porque no podía explicarle de otra manera. Sungguk lo soltó mientras la barbilla de Daehyun todavía picaba por el contacto. Nervioso, escondió un mechón detrás de su oreja y comenzó a escribir con torpeza, todavía no acostumbrado a la unión de los hangul cada vez que apretaba el teclado de la pantalla.

Daehyun: Dae no está escondido, bobo. Lee Minki perdió a su bebé. Lo estoy buscando, debe estar escondido en alguna parte.

Pero si Daehyun dio una explicación clara, ¿por qué Sungguk se veía triste? ¿Dae había escrito algo malo?

—El bebé de Lee Minki no está perdido —Dae ladeó la cabeza sin entender, él recordaba a Seojun diciéndole que Lee Minki había perdido a su bebé. Dae no había entendido mal, ¿o sí?—. Minki estaba embarazado de su bebé, pero lo perdió. Y con eso, Dae, nos referimos a que... su bebé murió.

Dae abrió la boca. De pronto sintió un nudo en la garganta.

Muerte.

Su abuela había muerto.

Sacudió la cabeza.

No, no, Dae no podía pensar en eso. No podía porque la recordaba en el suelo, recordaba lo que había hecho, y no podía, porque él estaba bien ahora, o al menos se esforzaba en estarlo.

Dae se puso de pie con las piernas entumecidas. Iba a ordenar una de las tantas cajas que dejó en el suelo, cuando sintió que los dedos de Sungguk acariciaban su palma. Asustado por el revoloteo en su corazón, se encogió un poquito. Y es que a Dae le gustaba la mano de Sungguk; tenía los dedos algo más cortos que los de él, pero era cálida y confiable, un poco áspera en algunas partes.

Regresaron a la habitación. Dae se sintió observado en aquel pasillo de pronto repleto de gente. Corrió temeroso a su camilla y se subió a ella, agarrando las mantas y tapándose hasta el cuello tras colgar otra vez el suero. De reojo notó que la cama contigua mantenía las cortinas corridas, por lo que Dae no podía divisar a Lee Minki.

A los pocos segundos, Sungguk dejó de conversar con Seojun y se acercó a Dae tomando asiento a su lado. Con sus labios bonitos le pidió que por favor no volviese a salir del cuarto sin avisar, porque era muy querido en el hospital y asustó a mucha gente con su desaparición.

Querido.

Dae era querido.

A la siguiente mañana, antes de que Dae fuese buscado por el entrenador físico que le hacía mover el tobillo que se fracturó de pequeño, rebuscó en su bolsa de chocolates y escogió uno. Moviendo las cortinas de la cama de al lado, espió con cuidado.

Hecho un ovillo sobre el centro de la camilla, dormía Lee Minki. En el sofá de al lado, doblado en una extraña posición, se encontraba el enfermero preferido de Dae, Yoon Jaebyu. Aprovechando que estaban durmiendo, dejó el dulce en la almohada de Lee Minki.

Las tardes que siguieron Sungguk continuó visitado con regularidad a Dae. Y cuando finalmente el celular de Daehyun indicó que estaban a domingo 25, al chico se le acabaron casi todos los chocolates rosas. Quedándole solo uno, pensó si comérselo o no. Finalmente decidió que él estaba bien, que Lee Minki lo necesitaba más.

Como se había acostumbrado esos días, espió entre las nuevas cortinas vecinas para comprobar si su compañero dormía o no. Esa mañana el sofá estaba vacío, Dae había visto a el enfermero Jaebyu irse temprano. Lee Minki seguía con los ojos cerrados. Con cuidado, se acercó y le dejó el chocolate en la almohada. Estaba retrocediendo cuando sintió unos dedos cerrándose en su muñeca.

El pánico fue repentino y demoledor. Dae no pudo controlar el grito que se le formó en la garganta y que le hizo vibrar el pecho. Entonces las cortinas se abrieron de golpe; Sungguk apareció a su lado. Mientras Lee Minki continuaba afirmándolo, formó con sus labios una única palabra para Dae:

—Gracias.

Y cuando lo soltó, Dae corrió de nuevo a su camilla y se escondió detrás de sus mantas sorbiéndose la nariz para evitar llorar. ¿Él no había hecho nada malo, cierto?

—Dae, estás temblando —dijo Sungguk.

Dae intentó respirar, pero sus pulmones no ayudaban en la tarea. *Inspiraciones de cuatro segundos*, el chico recordó las palabras de Seojun, *y expiraciones de cinco*. Funcionaba. Cuando Dae pudo tranquilizar la respiración, abrió los ojos con timidez y temor. Se encontró con la mirada fija de Lee Minki y Sungguk.

—¿Estás bien? —preguntó Sungguk.

Dae llevó el mentón contra su pecho, sus ojos intentaban esquivar los de Sungguk.

—Minki solo quería agradecerte.

A su lado Lee Minki asentía con la cabeza.

Frunciendo los labios en disgusto contra sí mismo, Dae recordó lo que le enseñó el intérprete Bae Jihoon durante esos días. Sí, sí, Dae podía hacerlo como le enseñaron. Después de todo él era inteligente, Sungguk y Seojun siempre se lo decían.

Sentándose recto en la cama, se giró hacia Minki. Luego alzó las manos.

Hola, mi nombre es Moon Daehyun. Un gusto conocerte, Lee Minki, se presentó en lengua de señas.

Lee Minki pareció no haberle entendido ni la mitad de su presentación, pero le sonreía mientras Sungguk le acariciaba el cabello a Dae. Entonces Dae pensó que no necesitaba nada más en el mundo que la sonrisa de Lee Minki y la caricia de Sungguk.

33

Se despertó en medio de la noche con ganas de ir al baño. Todavía dormido, se bajó por un costado de la cama, la misma que todavía era algo alta para él. Bostezando y fregándose la cara, salió del cuarto y chocó de bruces contra el cuerpo de una persona.

Asustado, cayó al suelo.

Un hombre de cabello ondulado y oscuro se inclinó sobre Daehyun. Se sentó sobre sus tobillos y se llevó uno de sus dedos a los labios.

Shh, le pidió. Daehyun notó que la puerta del cuarto de su abuela se encontraba entreabierta. Tragó saliva.

El hombre rebuscó algo en el bolsillo de su pantalón y después le tendió una barra de chocolate.

—Este será nuestro pequeño secreto —dijo esa boca sonriente.

Dae recibió una caricia en su cabello. Luego el hombre desapareció por las escaleras. Esa fue la primera vez que Dae fue tocado por la cuarta persona que conoció en su vida, pero no la última.

34

El día que ingresaron a Lee Minki en el hospital, Sungguk esperó por horas que su padre regresase a casa. Ya era pasada la medianoche y, a pesar de que solo le quedaban tres horas de descanso, Sungguk no se rindió. En ese momento existían cosas más importantes que dormir.

Cuando el reloj marcaba las doce de la noche con veintitrés minutos, la puerta principal crujió. La casa se encontraba en silencio, Namsoo en turno y Eunjin visitando a unos amigos. Tomando a Tocino en los brazos, Sungguk se puso de pie y giró hacia la entrada. Su padre, con expresión igual de cansada que la de él, lo saludó:

—Pensé que estarías durmiendo.

—¿Querías que estuviese durmiendo?

Jong Sehun dio un suspiro.

—En este momento, sí.

Se acercó hasta Sungguk y tendió la mano para acariciarle el pelaje esponjoso a Tocino.

—Siempre me ha gustado este perro —comentó su papá.

Sungguk dejó a Tocino en el suelo y le dio una ligera palmada en los cuartos traseros para que se largara.

—Necesitamos hablar, papá.

Su padre comprobó la hora en su reloj de pulsera.

—Creo que no tengo otra opción.

—Sí, tienes la opción de hablar conmigo como hijo o como policía, tú decides.

Su padre se quedó paralizado, casi conteniendo la respiración por la sorpresa. No podía creer que lo estuviese amenazando de esa manera tan descarada. Sungguk tampoco se lo creía. Pero necesitaba respuestas y todo el asunto con su padre comenzaba a oler mal.

—¿Es una amenaza, oficial Jong?

—Ahora solo soy tu hijo Sungguk.

Se evaluaron, su padre rio.

—¿Tienes soju en esta casa? —Sungguk asintió—. Abramos unas botellas, lo necesitaremos.

Fueron a la cocina de la casa, donde había una pequeña mesa vieja y arruinada que la abuela de Sungguk utilizaba con regularidad en el pasado. Su padre tomó asiento palpando la madera bajo su palma. Sungguk buscó las botellas de soju y un par de vasos.

—¿Has sabido de tu madre?

—No —la voz de Sungguk se endureció—. Sabes que no tenemos mucho contacto.

Los padres de Sungguk se habían separado antes del episodio de meningitis. Fue una separación dura y traumática, donde Sungguk, sin la capacidad de hacer algo más, tuvo que ver cómo su madre se mudaba de ciudad. Al principio, ella lo llamaba todas las semanas. Luego una vez al mes, después solo en las ocasiones especiales y finalmente hasta olvidarlo. Ella hizo otra familia y Sungguk, si bien lo respetaba, no lo aceptaba porque dejó en el olvido a un hijo para criar a otro.

Dejando las botellas y los vasos sobre la mesa, Sungguk tomó asiento. Luego sujetó su vaso con ambas manos para que su padre lo llenara. Se tomó el líquido de una sentada. Hizo una mueca con los labios.

—¿Debo empezar con la historia de los m-preg o eso lo sabes?

—No seré brillante como tú, pero tampoco soy un idiota.

Su padre asintió.

—Sabes que nosotros somos de Busan —comenzó con la historia—. Y nos mudamos a Daegu antes de que tú nacieras. De hecho, esa fue una de las razones por la que nos separamos con tu madre. Ella nunca quiso dejar Busan y se vio en la obligación de hacerlo por mí —le dio un trago a su vaso—. Pero en el 94 me ofrecieron ser el director del hospital de Daegu y eso era una oportunidad que no podía desperdiciar. Así que nos vinimos. Tu madre no lo soportó y en el 96 regresó a Busan para estar con su familia por un tiempo. Ninguno sabía que se iba embarazada de ti, pero decidimos que siguiera allá durante el periodo de gestación. Ella no regresó hasta mucho después de tu nacimiento…

—Papá —lo interrumpió Sungguk—. Me parece muy lindo que estés contándome sobre mi pasado, pero esa no es la razón de esta conversación.

Su padre le sirvió otro trago e instó a bebérselo.

—Todo está relacionado —continuó—. Fui escogido para ser el director del hospital por una razón. Yo tenía cuarenta y seis años cuando naciste, tal vez muy viejo para ser padre de un segundo hijo, aunque joven para asumir un cargo tan importante.

»Era el año 75 cuando se descubrieron los ciclos de calor en los m-preg. Por esa época yo tenía unos veinticuatro años y estaba finalizando la carrera de Medicina —su padre apretó el cristal. Casi sin voz, agregó—. No me juzgues, por favor.

—¿Qué pasó, papá?

—En ese tiempo la experimentación con los m-preg no era vista con malos ojos. Y nosotros, como estudiantes de Medicina, debíamos cursar por obligación un semestre en uno de los laboratorios de Daegu —su padre contuvo la respiración y bajó la mirada—. Era horrible. Los m-preg eran usados como contenedores, como objetos que podían ser violados una y otra vez.

Sungguk dejó que su padre agarrase la botella y se sirviera otro trago.

—Hasta el 75 no se entendía por qué existía una diferencia tan grande entre Kim Seungri, el primer m-preg con el que se experimentó, y el resto de los m-preg, que eran casi imposibles de fecundar. Y es que en el 73 un m-preg de estudio se enamoró de uno de los estudiantes de Medicina, y quedó embarazado al mes de comenzar a tener relaciones con esta persona. Yo ingresé a los laboratorios el 75, el año de descubrimiento de la hormona «preg». Gracias a esta persona, se logró descubrir que los m-preg experimentaban ciclos de calor, pero que la mayoría no lo estaban teniendo por sus condiciones de encierro.

El silencio fue tal que Sungguk tuvo que carraspear para encontrar su propia voz.

—¿Y qué pasó con ese m-preg?

—Él murió cuando yo estaba en turno en el laboratorio —abrió otra botella y se sirvió un nuevo vaso, apoyando la espalda contra la pared. Se veía triste y miserable, un hombre viejo recordando sus pecados—. Y yo no... no podía ayudar ni al uno por ciento de los m-preg que estaban en ese lugar, pero con salvar a uno... ya estaba haciendo algo. Entonces, planifiqué todo y logré liberar a uno. Y luego no pude detenerme.

—Papá...

—Pero tu abuela enfermó y tuve que regresar a Busan, eso fue antes de que yo volviese otra vez a Daegu. Así que me la traje conmigo y le compré esta casa. Y apenas estuve otra vez asentado aquí, regresé a los laboratorios. Estuve en ellos desde el 78 al 86. Fue una experiencia horrible, pero sirvió, Sungguk, porque yo tenía información. Sabía cuáles eran las familias que concebían m-preg y falsificaba actas de nacimiento para esconderlos. Pero yo no era el único que intentaba hacer algo en los laboratorios, era un movimiento grande que debía moverse despacio y con cuidado.

»Sin embargo, un día, uno de los directores del laboratorio sospechó de una acta de nacimiento falsificada y le pidió a otro doctor que revisase al recién nacido. Por fortuna ese médico también era parte del movimiento y pudo mantener la farsa y logramos sacar al m-preg del laboratorio.

Sungguk intentó procesar la historia, pero su cerebro alco-holizado no lo permitió.

—No entiendo —aceptó.

—Ese m-preg era Moon Minho.

¿Por qué a Sungguk se le hacía conocido ese nombre? Oh, mierda.

—¡¿El padre de Moon Daehyun?!

—Sí.

—Pero Moon Sunhee es…

—No es la madre de Moon Minho. En la familia de Lara jamás ha existido un m-preg. Genéticamente no es posible, o al menos muy poco probable.

—Entonces…

—Moon Sunhee Lara era una mujer infértil que llevaba mu-cho tiempo intentando ser madre, así que hicimos pasar a Moon Minho como su hijo.

—Pero si el gobierno no sabía que Minho era un m-preg…

—Lo averiguaron con el tiempo. Mientras yo regresaba a Busan en el 86, conocía a tu madre y me casaba con ella, Moon Minho enfermó y fue ingresado al hospital. No fue atendido por ninguno de los doctores de la red, por lo que Moon Minho que-dó registrado como m-preg.

—¿Y luego?

—En el 94 fui escogido por la red para ser el director del hospital de Daegu. Yo llevaba años permaneciendo con un bajo perfil, por lo que estaba lejos de ser un sospechoso. Y necesitaban a uno de nosotros como director para ayudar a ocultar nacimien-tos de m-preg. No podíamos hacerlos con todos, así que escogía-mos. Estudiábamos a las familias y veíamos sus probabilidades de concebir un hijo m-preg. Si eran altas, no podíamos esconder a ese recién nacido. Era altamente sospechoso y nosotros éramos muy cuidadosos.

—¿Y tienes una lista? Deben existir más casos como los de Minki que, en la actualidad, no conocen su condición.

—¿Lista? —se burló su padre, sin humor—. No. Si hacíamos una lista, esta podría ser encontrada. Arruinaría la vida de aquellos m-preg escondidos. No, no, una lista era imposible. Solo intentábamos recordar a los casos. Los padres también eran avisados, por supuesto.

—¿Y cómo lo hacían cuando uno de esos m-preg enfermaba? ¿Siempre eran descubiertos?

—Cuando ingresaban a un m-preg no registrado la familia pedía por mí o por el doctor Kim. Así sabíamos que solo podía ser atendido por uno de los doctores de la red. A finales de los noventa, yo tenía al personal completo en la red, y al que no, solicitaba traslado a otro hospital. Cuando en 2001 se aprobó la Ley, aparecieron muchas inscripciones de m-preg nuevas. Aunque otras tantas familias decidieron mantener escondida la condición de sus hijos al no confiar en el gobierno. Lee Minki fue uno de ellos.

—¿Y Daehyun? ¿Cómo esta historia se liga con el hecho de que supieras que era un m-preg? ¿Lo supiste por pura probabilidad o acaso asististe su nacimiento?

Su padre jugó con la botella de soju.

—Yo jamás me enteré del embarazo de Moon Minho ni del nacimiento de su hijo.

—¿Entonces?

—Cuando te dije que yo atendí a todos los niños que contagiaste de meningitis, fue cierto. Solo que llegué demasiado tarde a uno de ellos.

—¿Daehyun?

Su mirada se perdió en la mesa.

—Moon Daehyun llevaba tres días con fiebre cuando Lara golpeó mi puerta suplicándome ayuda. Tuvo que contarme que el chico era un m-preg no registrado para explicarme por qué no lo llevaba a un hospital.

—¿Y por qué no falsificaste el acta de nacimiento de Moon Daehyun como con el resto?

—Porque Moon Daehyun tenía unos cinco años para ese entonces. Yo podía hacer muchas cosas, pero no podía sacar por arte de magia un certificado de nacimiento. No tenía contactos en los registros civiles gubernamentales para que ingresasen esta información.

—*Ok,* entiendo que no confiase en la Ley de 2001, pero Moon Daehyun podría haber muerto ese día. ¿No pudiste convencer a Lara de que debía hacer lo correcto?

Su padre frunció los labios.

—¿Crees que las cosas eran así de fáciles? Si bien la Ley estaba aprobada, muchos laboratorios todavía no eran clausurados —tomó aire y continuó—: Pero sí, hablé con ella. Me confesó el embarazo de Moon Minho y el nacimiento de Daehyun. Tuvo que pagarle a un médico para que asistiese el parto. Lara jamás se acercó a nosotros por ayuda. Y ese día le advertí que debíamos hacer algo con Daehyun. Debía entregarle al chico a algún pariente de otra ciudad, ella no podía aparecer de la nada con un pequeño y mandarlo al colegio sin que medio Daegu se enterara.

—¿Y creíste que te haría caso?

—Por supuesto que no, por eso fuimos por el chico cuando mejoró. Pero nunca lo encontramos, Sungguk. Nunca. Fuimos al menos una docena de veces y nunca más volvimos a verlo. Así que tuvimos que creer en la palabra de Lara y confiar en que realmente había enviado a Daehyun a Busan.

—Papá, lo siento, pero dado el perfil psicológico de Moon Sunhuee, ¿por qué no pensaste en revisar la casa?

—Lo hicimos, ¿pero cómo íbamos a imaginar que lo escondía en un entretecho? —Sehun dio un largo suspiro al escuchar su propio balbuceo—. Por lo demás, no teníamos idea que Lara había mantenido encerrado a Daehyun desde su nacimiento, solo creíamos que su nacimiento había sido ocultado. Y como tú habías jugado una vez con él… me escuchaste hablar con alguien sobre Daehyun y dijiste que era tu amigo del parque. ¿Cómo iba a imaginar que ese día Daehyun se había escapado?

Sungguk frunció los labios con expresión escéptica.

—Supusieron demasiadas cosas dadas las circunstancias.

—Lo sé —aceptó su padre encogiéndose de hombros—. Hicimos lo que pudimos dadas nuestras limitaciones. Revisamos la casa lo mejor que pudimos sin levantar alertas en la policía, y no encontramos nada. Y cuando me llamaste y me hablaste de este niño…

—Recordaste al niño con meningitis que atendiste de pequeño, a ese pobre m-preg que descuidaste.

—Exacto —musitó su padre con tristeza—. Y entonces encontré la noticia de la muerte de Moon Sunhee Lara y supe que Daehyun nunca había abandonado esa casa. A diferencia de nosotros, tú pudiste encontrar a ese pequeño tesoro.

—Daehyun no es un tesoro.

—Oh, hijo, eso lo sé mejor que tú —una sonrisa pequeña bailó en los labios de su padre—. Moon Daehyun es precioso. ¿Y sabes? Siempre he querido tener nietos m-preg. ¿Por qué no le cumples el deseo a tu padre viejo?

Sungguk se puso de pie de golpe.

—Sea lo que sea que estés pensando, olvídalo.

—Yo solo decía.

Solo pudo gruñir mientras se iba a su cuarto.

35

No supo qué lo hizo despertar, pero Moon Daehyun abrió los ojos esa madrugada de lunes antes de que llegase la primera ronda matutina. La luz de la habitación estaba apagada, dejando entrar una rendija lumínica que se filtraba por la puerta. Las cortinas de Lee Minki ya no estaban cerradas, así que Dae podía divisar a la perfección lo que ocurría en la otra cama.

Inclinado sobre el cuerpo recostado de Lee Minki, estaba el enfermero favorito de Dae, Yoon Jaebyu y...

¿Yoon Jaebyu estaba dándole respiración boca a boca a Lee Minki?

No, Dae comprendió. Él había visto eso en los doramas y en las películas, se estaban besando. Lee Minki, con los brazos entrelazados por la parte posterior del cuello de Jaebyu, lo tenía sujeto contra él mientras la cabeza de Jaebyu eclipsaba casi por completo la de Lee Minki. Ambos mantenían los párpados cerrados y sus bocas se movían sobre la otra tocando una melodía en conjunto.

Y Dae, a pesar de que quería apartar la mirada, no podía.

Sentía el corazón alborotado. Por más que el beso se pareciera a los que veía en series, tenía algo distinto. No era ese toque de labios apretados, era un baile de bocas que mordían, jalaban y saboreaban con sonrisas que se formaban de vez en cuando. No era incómodo y tampoco apretado.

Era...

Sucio.

Sucio, necesario, como cuando Dae quería pisar las pozas de barro que se armaban en la calle tras las lluvias. Tirarse encima, girar hasta quedar cubierto. Ensuciarse por el placer de querer hacerlo, porque te hacía feliz, sonreír, sentirte bonito.

Bonito.

Dae quería sentirse así de bonito, bonito como esa sonrisa que no dejaba de formarse en los labios besados de Lee Minki. Bonito como esa conexión que existía entre ambos.

Bonito.

¿Sungguk podría hacerlo sentir así?

Cerró los ojos con fuerza ante la sola idea, cambiando de posición en su camilla para hacerse un ovillo y darle la espalda a Lee Minki y Yoon Jaebyu.

De pronto, en su mente apareció Sungguk con una luz sobre él… no, no, cambió de imagen. Sungguk, bajo un muérdago, levantando la vista y sonriéndole a Moon Daehyun que lo esperaba… ¿con un vestido? No, no, si a Dae ni siquiera le gustaban los vestidos.

Se quejó en su mente y giró otra vez en la cama con los párpados apretados. No tenía la capacidad para imaginarse algo como eso porque solo había leído y visto en televisión a hombres y mujeres besándose. Jamás vio a dos hombres haciendo aquello.

Pero Dae quería.

Recostado sobre la camilla, se imaginó a Sungguk ingresando al cuarto, sonriendo como un conejito.

—Hola, bonito —le diría, y tomaría asiento en su camilla y se inclinaría sobre él. Sus labios uniéndose a los de Dae y…

Debió soltar un sonido porque de pronto alguien le estaba sacudiendo por el hombro. Abrió los ojos y encontró a su enfermero favorito observándolo con una expresión extraña. Dae mantenía los labios estirados en el aire.

Soltó un jadeo y agarró las mantas, cubriéndose con ellas hasta la cabeza para hacerse un ovillo.

¿Qué le pasaba? Dae nunca se había sentido así, ni mucho menos tenido esa clase de pensamientos que le hacían brincar su corazón de manera enloquecida. Pero Dae quería un beso de Sungguk para sentirse tan bonito como Lee Minki.

Por eso cuando Sungguk lo fue a ver al mediodía, Dae no lo pudo soportar. Mientras lo observaba hablar con Lee Minki sentado en su propia camilla, Dae notó que los labios de Sungguk eran muy bonitos y rosados, como los dulces de primavera. Además, se dio cuenta de que el labio inferior era algo más grande que el superior.

Moon Daehyun ahora es libre de hacer todo lo que desee, recordó lo que su amigo Seojun le había explicado hace unos días. Y Dae quería un beso de Sungguk, ¿así que significaba que podría tenerlo? Él consideraba que súper sí.

Colocándose sobre sus rodillas, Moon Daehyun se estiró hacia Sungguk y apoyó las palmas sobre aquellos muslos musculosos.

Con expresión extrañada, Sungguk se volteó hacia él. Y Dae simplemente ignoró que Sungguk estuviese hablando con Lee Minki, y que Jaebyu también se encontrase en la sala junto al doctor Namsoo y su amigo Seojun.

Olvidó todo y cerró los ojos.

Y entonces Dae besó a Jong Sungguk.

36

Horas antes de aquel beso robado, y ajeno a lo que ocurriría, Jong Sungguk pensaba en cuánto se había acostumbrado a visitar a Daehyun, más ahora que su compañero y amigo Lee Minki compartía habitación con él en el hospital. Sin embargo, al enterarse en sus inicios de que ambos iban a compartir el mismo espacio, le pareció la peor idea del mundo. Pero no a Seojun, él estaba convencido de que ambos se harían bien. ¿Cómo? Sungguk aún no lo averiguaba porque Minki estaba deprimido y Daehyun era una cajita de relojería que en cualquier momento podía estallar.

Transcurridos unos días, Sungguk continuaba reticente, no dejaba de recordar a Daehyun escondido en el cuarto de aseo intentando encontrar en una caja al bebé perdido de Minki. Daehyun era tan inocente que a Sungguk le daba miedo —no porque fuese incapaz de aprender—, le aterrorizaba la idea de que alguien pudiese aprovecharse de esa inocencia. Dae necesitaba con urgencia que alguien le enseñase sobre el mundo.

Así que Sungguk se esforzó mucho más en sus clases de lengua de señas y de lectura de labios, creyendo que esa última sería la alternativa más viable a largo plazo. La noche anterior se había pasado dos horas completas viendo a una señora pronunciar palabras, pero simplemente no pudo entender nada. La señora pronunció «banco» y Sungguk leyó «barco», después dijo «marco» y Sungguk siguió entendiendo «barco», la palabra cambió a «manto» pero para él otra vez decía «barco». Finalmente, cuando la señora dijo «barco», leyó «banco».

Tal como iban sus mediocres avances, a Sungguk no le quedaban muchas esperanzas de convertirse en la persona que ayudaría a Daehyun a descubrir el mundo. Era un fiasco, y por eso lo atacaba la culpa. La culpa por no tener la capacidad para aprender rápido como Namsoo, la culpa por haber dejado sordo a Dae, la culpa por no entenderlo ni poder ayudarlo.

Simplemente mucha culpa, pensó con las manos metidas en los bolsillos al subir las escaleras del hospital. Tuvo que frenar fuera del cuarto de Daehyun para reordenar sus pensamientos y eliminar aquella expresión, que de seguro era triste y preocupada. Más recompuesto, ingresó. Dae estaba frente a la ventana con las palmas contra el vidrio. Su compañero de habitación no se divisaba por ningún lado.

Sungguk se acercó con precaución para no asustarlo. Una vez a su lado, notó que Dae observaba a unos niños jugar en el parque. El chico tardó unos segundos en percatarse de su presencia, volteando su barbilla hacia él. Sus mejillas se sonrojaron, la punta de sus orejas adquirieron el mismo color.

—¿Espiando a alguien?

Daehyun se encogió de hombros, bajó los párpados en un ataque de vergüenza. Cuando volvió a alzarla, Sungguk preguntó:

—¿Por qué tanta timidez? ¿Es por lo de ayer?

Eso pareció avergonzarlo todavía más. Se cubrió el rostro con las manos y se dirigió a la camilla. A Dae le gustaba esconderse bajo las sábanas cuando no sabía cómo enfrentar un sentimiento nuevo.

Y mientras lo observaba, Sungguk sintió que una conversación se había perdido entre ambos porque no estaba entiendo la reacción tímida y esquiva de Dae. Y es que la tarde anterior lo que menos había sentido Dae fue vergüenza al pedirle su tarjeta de crédito. Pero la culpa de eso en realidad la tenía Seojun, él le estuvo explicando al chico el funcionamiento de las tarjetas utilizando Granjitas como ejemplo, ese juego al que Dae era algo adicto.

—Con una tarjeta de crédito podrías comprar muchas monedas. Y si tuvieras un millón de monedas, podrías adquirir ese molino y cosechar más rápido, porque venderías el trigo molido y eso te daría más moneditas para comprar más semillas.

Cuarenta minutos después de aquella explicación, Daehyun se dedicó a escribir un enorme testamento en el computador, pidiéndole (*por favorcito, di que sí, Sungguk*) que le comprase un molino para Granjita con su tarjeta.

¿Lo peor?

Que se veía tan necesitado con las manos unidas frente a él y con un puchero en la boca, que Sungguk le habría entregado su tarjeta de haber tenido cupo en ella. Pero no tenía, se había gastado todo comprando el celular morado en seis cuotas.

Así que Sungguk le dio la espalda a Dae y fingió no entenderlo.

—Ya te agarraste esposo, Sungguk —Namsoo se rio de él durante horas al regresar ambos a casa. A Sungguk no le hacían ninguna gracia las bromas de sus amigos, de la misma manera que no le hacía gracia ahora no entender a Moon Daehyun.

Rascándose la nuca, se acercó a él. Los ojos de Daehyun brillaban al verlo tomar asiento en su camilla, encogiéndose.

—Esto no es por lo de ayer, ¿cierto? —quiso saber.

Antes de que Daehyun pudiese cubrirse otra vez con las manos, Sungguk se las afirmó con delicadeza, jugando con sus dedos largos para que no se sintiera intimidado.

—Puedes hablar conmigo —Daehyun rodó los ojos y Sungguk, a pesar de que solo lo había escuchado pronunciar un par de veces un «no», podría jurar que oía su «yo no puedo hablar, bobo»—. Llevo días practicando la lectura de labios. Soy muy bueno, en serio.

Daehyun no tenía por qué enterarse de que Sungguk todavía no encontraba la diferencia entre banco, barco, manto y manco.

—Vamos, pruébame —bromeó.

Daehyun se quedó paralizado observando sus labios. De pronto apareció una expresión extraña en el rostro, sus ojos se miraban adormilados. Sungguk se llevó una mano a la boca con poco disimulo y se la tocó. ¿Se le había quedado pegado en un diente restos de alga del *kimbap* que comió antes de pasar al hospital? O peor, un retazo de *kimchi*.

Alterado, Sungguk se puso de pie de un brinco y se dirigió al baño para mirarse al espejo. Abrió la puerta y en medio del cuarto se encontró a un Lee Minki desnudo, siendo bañado por su novio Yoon Jaebyu con la ayuda de una esponja.

—¡Santa mierda!

Sungguk quería que alguien le sacase los ojos, por favor.

—¡SUNGGUK! —chilló Minki, mientras sostenía la esponja y se la lanzaba dándole en el pecho.

—Sal de aquí —ordenó Jaebyu con más calma aunque posicionándose frente a su novio.

Y Sungguk, ahora horrorizado por otro motivo, continuó ahí sin moverse.

—¿Me acaban de arrojar una esponja con las secreciones corporales de Lee Minki? —jadeó.

—Sal de aquí o te tiraré algo peor que eso —advirtió Yoon Jaebyu.

—¿Y eso peor sería a tu novio desnudo?

Sungguk alcanzó a escapar antes de que Minki intentase aventarle el cabezal de la ducha a la cara. Cerró la puerta.

Tal fue el escándalo que hizo Lee Minki que de pronto medio personal médico ingresó a la habitación, Seojun entre ellos, el cual fue a comprobar a Daehyun, que continuaba en posición india sobre la camilla sin enterarse de nada.

—¿No es Daehyun? —escuchó que preguntaba Seojun preocupado.

—Solo Lee Minki —respondió Sungguk, soltando una risita nerviosa—. Ingresé por error al baño y estaba desnudo.

Tras la explicación el resto del personal se marchó soltando carcajadas, sobre todo cuando notaron la mancha de jabón y agua que tenía Sungguk en el pecho. En el cuarto solo quedaron Seojun y Namsoo, que estaba en turno desde la madrugada, igual que Sungguk.

Aprovechando que Seojun estaba ahí, Sungguk preguntó:

—¿Sucedió algo con Daehyun hoy?

—No, ¿por qué?

—No quiere hablar conmigo —respondió.

—¿No? Pero si siempre espera por ti —se burló Seojun—. Algunas veces incluso te prepara algo en el computador para que puedas leerlo.

Sungguk se sonrojó echándole una mirada disimulada a Dae, que los observaba con atención, sus ojos iban de un lado a otro intentando enterarse de qué ocurría. Se sintió terrible por estar hablando a sus espaldas, separándolo de la conversación en vez de ser más inclusivo con él.

Arrepentido, se acercó a su cama y tomó asiento.

—Le estaba preguntando a Seojun por ti —le contó—. Quería saber si estás enojado conmigo.

La expresión de Daehyun brilló desconcertada. Luego negó a toda velocidad, un tanto ansioso por agarrar su teclado y escribir tan rápido como se lo permitían sus índices.

Dae no está enojado con Sungguk.

Y un minuto más tarde.

Dae nunca podría enojarse con Sungguk.

Dae le parecía tan adorable, chiquito, bello. Entendía, en parte, el sentimiento de Lara de querer encerrarlo en una cajita de cristal para protegerlo de todo mal. Lo entendía, claro que lo hacía, pero eso no significaba que lo compartiese, ni le pareciese aceptable, ni mucho menos imitable.

—¿Entonces por qué no quieres hablar conmigo? —quiso saber Sungguk.

Otra vez la mirada baja y tímida de Dae, sus dedos juguetearon con las teclas como si quisiera arrancar una.

—¿Ves? —le dijo cuando Dae volvió a observarlo—. No quieres hablar conmigo. ¿Te aburro?

Daehyun negó con tanta rapidez que terminó tirando el teclado al suelo. Escuchó que Seojun daba un largo suspiro y se acercaba a recogerlo con una advertencia.

—Basta, Sungguk, lo estás alterando.

Apenas Seojun dejó el teclado sobre el escritorio, Dae se apresuró a agarrarlo.

Sungguk no aburre a Dae.
No digas eso, por favor.
Sungguk no podría aburrirme nunca.

Dae se veía tan triste tras escribir aquello, que una vez más Sungguk se sintió una mierda. La frustración era como una capa pesada sobre sus hombros.

Para cambiar de tema, Sungguk le contó algo al chico que no debería estarle confesando, porque Sungguk era de esos que intentaba solucionar sus errores con uno más grande para así tapar el anterior.

—Tus doctores estuvieron hablando y ellos creen que mañana podrías salir a conocer el parque.

—¡Sungguk! —chilló Seojun—. ¡No puedes...!

—Y podría traer a mi perro Roko para que lo conocieras —continuó porque, claro, un error más grande escondía al anterior.

—Esto no es lo que acordamos —balbuceó Seojun.

Pero los ojitos de Dae estaban grandes y brillantes, y Sungguk no pudo arrepentirse.

—¿Te gustaría conocer a Roko? —quiso saber Sungguk, a la misma vez que Seojun se acercaba para agarrarlo por un brazo y sacarlo de la habitación.

—¿Por qué le contaste nuestro plan? Eso es darle esperanzas, ¿y qué si llueve mañana y no podemos salir, idiota?

—Existen los paraguas.

—Y siempre podemos ser precavidos —lo tranquilizó Namsoo.

En ese momento Minki, cubierto hasta el cuello por la bata del hospital y con el cabello mojado, salió del baño con Jaebyu siguiéndole.

—Tú no te atrevas a mirarme —le advirtió Minki a Sungguk apuntándole con el dedo.

—Eres tú quien no debe volver a mirarme —lo recriminó Sungguk—. Ya suficiente imagen mental tenía con ese texto, como para ahora tener la de tu cuerpo desnudo. Espeluznante.

Jaebyu le dio un golpe en la cabeza a Sungguk como advertencia.

—Mi novio no es *espeluznante*.

Minki se recostó en su camilla con su novio a los pies, notándose mucho más animado que hace días. Sungguk se alegró, todavía se le rompía un poco el corazón al recordarlo llorar abrazado de Jaebyu mientras le pedía disculpas.

Aprovechando que Dae estaba distraído con unos gestos que Minki le estaba haciendo, Namsoo habló:

—No sé si tu padre te habrá contado, pero mañana será un día importante. Llegará un especialista desde Seúl para probar unos audífonos en Dae. Quieren intentar eso antes de los implantes cocleares. En el caso de que salga muy mal la prueba, Dae necesita una distracción, por eso se planificó su salida al parque.

—¿A qué hora será? Necesito hablar con Eunjin para pedirle permiso y así…

—Respira, Sungguk —le pidió Namsoo—. Estás hiperventilando.

—Solo quiero estar aquí —se quejó.

—Lo sabemos —contestó Minki tras escuchar su alboroto—. Todos lo saben, ¿no crees que por eso te están...?

Minki dejó de hablar de golpe, a la misma vez que Sungguk sentía unas manos grandes apoyarse sobre sus muslos. Daehyun se encontraba de rodillas demasiado cerca suyo.

—¿Qué...? —balbuceó.

El rostro de Daehyun eclipsó el mundo a su alrededor.

Y Sungguk lo supo.

El pánico y la confusión permanecieron en él un segundo, después los labios de Dae estuvieron contra los suyos.

Moon Daehyun lo estaba besando, su boca caliente entreabierta buscando los labios de Sungguk. Entonces sus miradas, a tan corta distancia, se encontraron; la de Dae se abrió en pánico y se lanzó hacia atrás con tanta fuerza que cayó de espaldas, golpeándose la cabeza con el marco plástico de la camilla. El teclado se destrozó contra el suelo, las teclas se dispersaron por doquier.

—¿Qué...? —comentó Minki—. ¿Qué acabo de ver?

—¡¿Qué fue eso?! —ese era el chillido indignado de Seojun.

—Te dije que nos había visto —balbuceó Jaebyu.

Namsoo fue el único que se acercó a Dae para examinarlo, quien se afirmaba la cabeza con ambos brazos y se retorcía en la cama tanto por el dolor como por la vergüenza. Sungguk, que continuaba con los labios mojados por el beso, casi recibió una patada del chico.

—¿Estás bien? —quiso saber Namsoo.

Dae se quedó quieto unos segundos, leyendo los labios de su doctor. Después soltó un chillido igual de entrecortado y oxidado que siempre. Sus ojos se desviaron hacia Sungguk y agarró su almohada, cubriéndose el rostro con ella y volviéndose una bolita de vergüenza.

Sungguk saboreó su boca como si un animal se hubiese muerto en ella.

—¿Qué... pasó?

—Fuiste besado —informó Minki asintiendo con los labios fruncidos como si se estuviese aguantando la risa. Y luego golpeó a su novio en el hombro—. Corrompimos a un inocente, Jaebyu.

Paseando por el cuarto, Seojun frenó pidiendo explicaciones:

—¿Cómo es eso que lo corrompieron?

—Bueno, es que ayer... —Minki estiró los labios como patito—. Solo estábamos haciendo cosas de pareja.

—Especifica «haciendo cosas de pareja».

—*Hyung*, solo nos estábamos besando con Jaebyu y... no, nada más, ridículo. ¿Cómo se te ocurre si estoy en este estado? Y eso, cabe la posibilidad de que nos haya visto, ¿y tal vez quiso imitarnos?

Sungguk se llevó las manos al rostro y soltó un grito. Ahí había quedado su lema: «Soy un hombre de ley, rudo y malote».

—Corrompí a un inocente —balbuceó Sungguk—. No puedo creer que esto esté sucediendo.

En tanto, Daehyun continuaba escondido tras la almohada, negándose a ser revisado por Namsoo.

—Necesito comprobar si Daehyun se encuentra bien y no puedo si están todos aquí —pidió Namsoo. Como nadie se movió, agarró a Sungguk del brazo.

—Ya, ya, si me voy. No tienes que ser tan bruto —se quejó Sungguk, soltándose para irse. Seojun y Jaebyu lo siguieron. Y al cerrar la puerta, en medio de ese pasillo transitado, empezaron a gritarse y a echarse la culpa entre ellos.

Dentro del cuarto, mientras Daehyun continuaba tapándose el rostro con la almohada, esta vez recostado de estómago para que el doctor pudiese examinarle el golpe en la nuca, no podía creer lo que había hecho.

Todavía exaltado, dio unas patadas al aire y movió la barbilla para poder respirar. Con la mejilla recostada en la almohada, vio a Lee Minki sonreírle:

—Muy bien, Daehyun —leyó en sus labios—. Yo voy a enseñarte todo lo que sé sobre cómo conquistar a un hombre heterosexual. A mí me funcionó, ya verás que a ti también.

Daehyun solo pudo ocultarse otra vez en el cojín. Su pobre corazón le dolía de lo rápido que iba.

Pero se sentía bien.

Muy bien.

Porque Dae se sentía bonito.

Muy bonito.

37

Cuando Seojun le pidió a Dae dibujar un árbol, se quedó indeciso durante media hora analizando con cautela los colores y texturas de cada lápiz, hasta que finalmente eligió uno. Pero al intentar comenzar, mantuvo el brazo suspendido en el aire.

—¿Qué ocurre, Daehyun?

Ocurren muchas cosas, pensó Dae. Muchas, por ejemplo, que él era un gran artista y, como tal, los lápices de madera jamás fueron su herramienta favorita de trabajo. A Dae le gustaban las acuarelas y el óleo. Pero en ese mundo, donde su abuela no existía y nadie le entendía, se tenía que conformar con lo que tenía.

Comenzó de una vez. A la hora ya había entregado su creación. Pero entonces Dae no entendió por qué su amigo Seojun se quedó observando con tanta atención el dibujo de un simple árbol. Él solo había pintado unas ramas todavía desnudas, con motas débiles de color verde. Era un árbol que esperaba a la primavera. Para Dae, no había nada interesante.

Además, refunfuñó para sus adentros, ni siquiera le gustaba el resultado.

Al otro día, cuando Seojun lo visitó nuevamente, Dae experimentó una gran alegría al ver bajo el brazo de su doctor un cuaderno de dibujo y, en una bolsa transparente, una caja de acuarelas.

—Un pajarito me contó que te gustan mucho las acuarelas —leyó en los labios de Seojun.

¿Sungguk?, pensó Dae con confusión. *¿Ahora Sungguk era un pajarito? Porque Sungguk era el único que sabía eso.*

Tras recibir el paquete y voltearlo sobre la cama, agarró un pincel y jugó con este haciéndolo girar hasta que Seojun tomó asiento en el borde de su camilla, arrastró la mesa lateral y depositó el lienzo sobre ella.

—Ayer noté que te divertiste mucho pintando —opinaron los labios de Seojun—. Y pensé que hoy podríamos hacer lo mismo.

Dae se quedó sin reaccionar hasta que, con duda y reticencia, asintió.

—Hoy quiero que dibujes a tu familia. ¿Podrías, Dae?

El pincel en sus dedos se quedó estático tras mojarlo en un vaso con agua que estuvo bebiendo. La mirada de Dae fue desde su amigo hasta el lienzo, luego nuevamente a Seojun.

—¿Puedes dibujar a tu familia? Me gustaría verla.

¿Familia?, pensó Dae, confundido. Él no tenía ninguna familia. Por eso Dae quiso replicar, explicarle a Seojun que no podía pintar ninguna familia porque no tenía una. Sin embargo, Seojun continuaba esperando y Dae no supo cómo negarse.

El primer trazo que hizo en aquella hoja blanca fue indeciso y débil, alzando de inmediato la mirada hacia Seojun.

—Vamos, tú puedes.

Entonces deslizó el pincel por la hoja gruesa una segunda y tercera vez. Sus pincelazos se volvieron más seguros y potentes a medida que ganaba confianza. Y cuando por fin terminó, dejó el pincel en la mesa y comprobó su creación. La hoja antes blanca ahora estaba cubierta por manchas de pintura negra de borde a borde.

Y en el centro de ese cuadro que debía representar a su familia, una lágrima destacaba sobre el color negro.

38

Jong Sungguk debía esperar hasta el último día hábil del mes para recibir su paga. Estando a martes 27, todavía le quedaba estirar su inexistente dinero tres días más. Por eso siempre vivía de la línea de crédito la última semana. Luego recibía su sueldo, pagaba las deudas, se quedaba con menos de la mitad, vivía bien dos semanas, se volvía a endeudar y así, en un círculo vicioso.

Sin embargo, Sungguk era lo suficientemente orgulloso como para no pedirle ayuda económica a su adinerado padre, porque se enorgullecía de ser económicamente independiente y porque su padre ya le había regalado la casa de la abuela. No podía ni iba a pedirle más.

El problema es que necesito dinero, pensó tocándose la frente. Sungguk sabía que debía ordenar sus finanzas y dejar de andar regalando como si le sobrase. Además, estaba de malhumor porque Eunjin se había negado a darle el día libre. Y, para peor, estaba sin compañero de ronda, así que por supuesto que merecía comer panqueques con Nutella que vendían en el cuarto piso del centro comercial.

Estaba subiendo por la escalera mecánica, cuando un maniquí de una tienda deportiva del tercer piso captó su atención: vestía una chaqueta roja *outdoor*. ¿Y quién iba a salir a conocer el parque esa tarde y necesitaría una abrigadora chaqueta para el frío y la lluvia?

Sungguk no quiso responder.

Como si alguien pudiese quitársela, bajó los peldaños yendo en contra del movimiento de la escalera mecánica. Tropezándose en el último escalón, logró salir de la trampa mortal y fue al escaparate, apoyando las manos en el vidrio. Sí, era perfecta.

Dos minutos más tarde, Sungguk salía de la tienda con la chaqueta en una bolsa de papel con un lazo morado. Ahora su línea de crédito marcaba números todavía más rojos.

Sungguk no se entendía. Hace nada se había prometido cambiar ese estilo de vida. ¿Y qué acababa de hacer? Endeudarse más. Pero no era su culpa, era del invierno que no se quería ir, por mucho que ya fuese primavera. Sungguk no era capaz de imaginar a Daehyun en bata de hospital enfrentándose al frío de la tarde.

Con la bolsa colgando del brazo, se fue a comer los panqueques. Y mientras lo hacía, se preguntó por qué debía seguir las normas. *Sí*, Eunjin le había negado la mañana libre, pero no iban a existir dos momentos en su vida donde pudiese contemplar a Moon Daehyun probando por primera vez un audífono.

Pagando el panqueque que se terminó de comer en dos mascadas, corrió por el centro comercial. La poca gente que compraba en el lugar se apartaba de su camino creyendo que Sungguk perseguía a un delincuente; claro, el delincuente que le robó la razón, porque no podía creer que se estuviese subiendo a su coche policial, yendo a casa, subiendo a Roko en el asiento de Minki y partiendo al hospital.

Por favor que nadie me llame por una urgencia, rogó Sungguk al bajar el vidrio del copiloto y pedirle a Roko que se quedase ahí esperándolo. Mientras corría al hospital, notó que nubes cargadas se aproximaban.

Alcanzó a llegar al pabellón de Daehyun justo cuando su padre ingresaba con otro doctor al cuarto.

—Hola, hijo —lo saludó con buen humor—. ¿Por qué tan acelerado?

Sungguk tomó aire, sintiendo los panqueques en la garganta.

—Pensé que no alcanzaría a llegar —explicó, agarrándose las costillas.

—Todavía no comenzamos —y le apuntó el interior de la habitación para que ingresara.

Dentro no estaban Minki ni Jaebyu, posiblemente querían brindar algo de privacidad. Seojun se encontraba a un costado de Daehyun y parecía estarle explicando lo que ocurriría. El chico estaba tan concentrado en leerle los labios que no notó que Sungguk había ingresado. Y al finalizar, Dae tomó una inspiración temblorosa y dejó caer los hombros.

—¿Estamos listos? —quiso asegurarse Seojun.

Como respuesta, Dae asintió con expresión ansiosa y mirada brillante por las lágrimas contenidas. Sungguk se le acercó. Daehyun sorbió por la nariz y estiró los brazos hacia él, pidiéndole en silencio un abrazo.

Dejando la bolsa con la chaqueta roja en el suelo, Sungguk llegó a su lado y fue rodeado por esos largos brazos. La cabeza de Daehyun se apoyó contra su estómago y dejó que sus pestañas le ocultasen el mundo, sus manos anudadas en la espalda de Sungguk.

—Pensé que Eunjin no te había dado permiso —comentó Seojun contemplando el espectáculo sin mucho disimulo.

—No me lo dio —confirmó Sungguk. Dae no lo soltaba.

—¿Y cómo...?

—Me iré si sale un llamado de emergencia.

Seojun le echó un vistazo al techo y después a Sungguk, aceptando aquella verdad a regañadientes.

—Lo cierto es que me alegro de que estés aquí. Está siendo difícil para Daehyun. Ha llorado mucho.

Sungguk le acarició la cabeza a Dae al escuchar aquello. Los mechones del chico eran suaves y se deslizaban entre sus dedos.

—¿Ya le pusieron el audífono? —quiso saber, tanteando la oreja al descubierta de Dae.

—No —contestó su padre—. Estuvimos haciéndole pruebas antes.

—Ha sido difícil en el sentido emocional —especificó Seojun para el entendimiento de todos—. Fue muy abrumador para él saber que existía la posibilidad de escuchar.

—¿Pero sabe que posiblemente no sirva?

—Sí, Sungguk, por eso le ha sido difícil asimilarlo.

Con su brazo libre, Sungguk rodeó los hombros de Daehyun para devolverle el gesto de cariño.

—El chico realmente está encariñado con tu hijo —comentó el otro doctor.

Sungguk se puso tenso.

—Su nombre es Daehyun y como su doctor debería saberlo.

Su padre alzó las manos.

—Lo sabe, Sungguk, relájate.

Pero Sungguk no fue capaz. Se sentía con el mismo revoltijo de emociones que lo inundaron al encontrar a Dae en el ático. Tuvo que inspirar para controlar sus sentimientos. Era el momento de ayudar a Daehyun, no de agobiarlo con su comportamiento infantil.

Afirmándole el rostro, lo alejó de él. Las pestañas humedecidas de Dae revolotearon, los párpados se abrieron, una lágrima silenciosa cayó por su mejilla.

—Vamos, precioso, no estés triste. Debería ser un día feliz para ti.

La mirada de Dae permaneció en Sungguk unos segundos, luego giró el rostro para acariciarle la palma con la nariz.

—¿Listo? —se aseguró Sungguk tras tragar saliva.

Como todo un chico valiente, Dae asintió con decisión hacia los doctores. Sungguk dio un paso hacia atrás para darle espacio.

—Durante los últimos días —comentó el padre de Sungguk, hablando con lentitud para que Dae lograse seguir la conversación—, hemos estado haciéndole exámenes para enviárselos al doctor Lee —apuntó al doctor a su lado—. Daehyun tiene hipoacusia neurosensorial, la que, en su caso, fue producto de una infección vírica como lo es la meningitis. Él sufre de una pérdida de audición profunda en el oído derecho y severa en el izquierdo.

—¿Profunda? ¿Severa? —cuestionó sin entender.

—Las personas que tienen pérdida auditiva severa no pueden oír una conversación. Y las personas con pérdida auditiva profunda solo pueden percibir los sonidos fuertes como vibraciones.

—Por eso logró escucharme cuando grité ese día —musitó Sungguk más para él que para el resto—. Yo estaba sentado a su izquierda, su oído menos dañado.

El doctor Lee asintió, quien había acomodado todo para el proceso. Tenía una computadora, unos parlantes, lo que parecían ser seis audífonos, cables y otros instrumentos que Sungguk no reconocía.

—Para que entiendas, Sungguk —continuó su padre, mientras el doctor Lee seguía con lo suyo—, las prótesis auditivas pueden ayudar a personas que sufren de hipoacusia neurosensorial hasta moderada en ambos oídos.

—Pero dijiste que Daehyun padecía de…

—Sé lo que dije —lo interrumpió su padre—. Para la hipoacusia severa a profunda, las prótesis auditivas no ayudan lo suficiente, porque lo que hacen los audífonos es amplificar el sonido. Sin embargo, la hipoacusia neurosensorial los distorsiona. Si utiliza prótesis en ambos oídos, terminará escuchando, aunque eso no significará que más claro. Con el audífono está la posibilidad de que escuche, pero no entienda.

—¿Entonces para qué…?

—Hoy solo intentaremos probar el audífono en su oído menos dañado. Pero Daehyun necesitará implantes cocleares a largo plazo, esto solo es una alternativa rápida dada su condición. No queremos intervenirlo quirúrgicamente todavía, no sabemos cómo podría afectarle psicológicamente.

Finalizada la explicación, el doctor Lee se le acercó a Dae. Preocupado de que el chico estuviese siguiendo todos sus movimientos, le pidió autorización para tocarlo. La barbilla de Dae se meció de arriba abajo. Entonces, colocó el audífono en su oído izquierdo, enganchando el aparato por detrás de su oreja. La prótesis se encontraba conectada a unos cables que iban directo a la computadora del doctor Lee, así podía calibrar el aparato.

—Puede que duela mientras lo ajustamos —explicó el doctor Lee frente al rostro asustado de Daehyun. Tras ver su afirmación leve, el doctor Lee fue a su computadora y apretó una tecla.

Daehyun se apartó con brusquedad hacia un costado. Su rostro se contrajo de dolor. El doctor Lee observaba algo en la pantalla y después analizaba la expresión de Dae, mientras de un parlante se emitían sonidos de graves a agudos.

Entonces en la sala se asentó un silencio pesado que fue roto por la voz fuerte y clara del doctor Lee hablándole a Dae.

—Daehyun, ¿puedes escucharme?

Y Dae comenzó a llorar.

39

Era la primera vez que su abuela dejaba solo a Dae desde que había perdido la audición. Encerrado en el ático enfrente del espejo, el chico observaba sus orejas intentando comprender por qué continuaban viéndose igual que antes, aunque ya no funcionaban de la misma manera. Ahora habitaba en un silencio eterno que solo era roto en contadas ocasiones.

Ocasiones como cuando pasaba la ambulancia, que teñía de rojo y azul la habitación de Dae, y escuchaba a lo lejos el sonido de su sirena; u otras ocasiones como cuando la televisión se desconfiguraba y se encendía a todo volumen, las voces llegando a Daehyun bajitas y algo distorsionadas como si estuviese sumergido bajo el agua.

Esas ocasiones eran de poca frecuencia dentro de casa, donde Dae vivía su día en completo silencio. Pero aumentaban cuando salían con su abuela a tomar sol al patio y captaba el estruendo de un avión volando sobre su cabeza o de una música bajita proveniente de la casa vecina.

Regresando al recuerdo donde Dae se miraba frente al espejo, contemplando sus orejas, se preguntó qué había mal en él mientras abría la boca y daba un grito agudo, tan agudo y potente que rompió el silencio de su cerebro.

Con la respiración exaltada, apoyó las manos en el vidrio. Daehyun se oía, él podía escuchar su propia voz. Volvió a gritar, esta vez más fuerte, el sonido retumbando dentro de él, oyéndose, escuchándose como no lo había hecho durante semanas.

Pero su abuela irrumpió en el ático con el rostro contraído por la rabia. Moviéndose con una agilidad que perdería con los años, se acercó a Dae y lo agarró por el brazo, estampándole un golpe en la boca que le rompió el labio y se atragantó con su propia sangre.

Asustado, porque su abuela jamás lo había golpeado, se protegió la cara con las manos. Retrocedió un paso y se tropezó con el espejo. Esperó un segundo golpe que nunca llegó.

Su abuela volvió a sacudirlo y le dijo algo que Dae no pudo entender. Al notar que continuaba temblando sin reaccionar, ella le apuntó la boca e hizo un gesto negativo, sus dedos se enterraron en el brazo de Daehyun con tanta fuerza que dolía. Antes de que Dae pudiese reaccionar, su abuela lo dejó en el ático con su camiseta blanca manchada de gotitas escarlatas, su boca hinchada y sus pantalones mojados al orinarse del miedo.

Temblando, agarró el espejo y lo acomodó otra vez en su posición, su reflejo borroso por las lágrimas. Y Daehyun se preguntó qué sentido tenía tener voz si ni él mismo podía oírla. *Qué sentido*, se dijo conteniendo el llanto para que no fuese audible.

Ningún sentido.

Entonces simplemente dejó de hacerlo.

40

Cuando Daehyun comenzó a llorar cubriéndose los ojos con las manos, Sungguk fue el primero en reaccionar, seguido de inmediato por Seojun. Uno a cada lado de la cama de Dae, se dieron una mirada inquisidora. Sungguk retrocedió un paso y desvió la mirada hacia la ventana. Había comenzado a llover con intensidad.

—Daehyun —lo llamó Seojun—. ¿Puedes escucharnos?

Dae no reaccionó, Seojun lo intentó una vez más.

—Daehyun, ¿me oyes?

El chico continuó mordiéndose el labio para acallar su llanto. Era posible que los métodos de Seojun fuesen más convencionales, pero Sungguk no podía continuar con esa espera cuando podía ser de ayuda.

Analizando la reacción de Seojun, tomó asiento en el borde de la camilla y sujetó con cuidado las muñecas de Dae, apartándolas de su rostro con suavidad. No opuso resistencia, sus brazos bajaron hasta su regazo, donde Sungguk los mantuvo afirmados.

—¿Daehyun? —pronunció inclinándose hacia adelante.

Su reacción fue igual que presenciar un hermoso espectáculo de luces: colores suspendidos en el cielo oscuro hasta que el brillo desaparecía dejando solo aquella sensación deslumbrante en el centro del pecho.

—¿Daehyun? —Sungguk volvió a intentarlo, más alto.

Sus pestañas mojadas se alzaron y sus orbes oscuros se encontraron con los de Sungguk.

—¿Me oyes?

Y entonces un pequeño movimiento de su barbilla.

¿Lo escuchaba? ¿Dae realmente lo escuchaba?

—Cubre tus labios y pregúntale algo, por favor —pidió el doctor Lee.

Fingiendo que se rascaba la punta de la nariz, Sungguk escondió su boca:

—¿Te encuentras bien? —insistió.

Una pequeñísima arruga se formó entre las cejas de Dae. Sungguk volvió a intentarlo, esta vez alzando la voz y pronunciando cada palabra con más calma.

—¿Cómo estás, Daehyun?

La cabeza de Daehyun se inclinó hacia adelante, acercando su oreja izquierda a Sungguk. Sus pestañas bajaron con timidez y se encogió de hombros cuando Sungguk dijo su nombre una vez más.

Sungguk se giró hacia los doctores.

—¡Escucha! —jadeó—. Y entiende.

El doctor Lee asintió con una sonrisa.

—Debe oír con algo de distorsión —aclaró—. Por eso te entendió cuando hablaste más lento.

Unos dedos, que en esas semanas Sungguk aprendió a reconocer, se aferraron a su muñeca y tiraron de ella. Era Dae demandando atención, que se encontraba inclinado hacia adelante. La camisola estaba algo abierta por el cuello, dejándole al descubierto la clavícula.

—¿Sí?

Entonces Dae se apuntó el pecho, dos veces. Su boca formaba una única palabra que Sungguk no captó.

—No entiendo —confesó.

Daehyun se apuntó con más efusividad. Sus labios modularon aquella palabra muda. ¿Mi?

—¿Tú? —quiso saber.

Sungguk le pidió ayuda a Seojun.

—¿Por qué no nos habla? —preguntó con cierta frustración.

—No va olvidar una década de silencio con tanta facilidad, Sungguk —lo reprendió Seojun.

—Bien —aceptó Sungguk con voz queda, notando que el auricular de Dae, que se escondía casi por completo detrás de la oreja, quedaba frente a su rostro.

—Creo que Dae quiere que digas su nombre —supuso el doctor Lee.

—¿Su nombre? —cuestionó Sungguk—. ¿Daehyun?

Y la barbilla de Dae una vez más se movió en un ángulo que casi lo hacía tocar su propio hombro derecho, dejando su oído izquierdo al descubierto.

—Apego emocional y de identidad —musitó Seojun, después alzando la voz y dirigiéndose a Sungguk—. Di su nombre.

Sintiéndose un poco ridículo, moduló con cuidado las dos partes que componían su nombre.

—Daehyun.

Una diminuta y tímida sonrisa adornó los labios enrojecidos del chico.

—Moon Daehyun —continuó Sungguk.

Sus pestañas revolotearon de puro nerviosismo.

—Moon Daehyun, soy Jong Sungguk.

Golpeándose la oreja con un dedo, le pidió una repetición.

—Moon Daehyun, soy Jong Sungguk.

Y luego.

—Moon Daehyun, soy Kim Seojun.

—Doctor Lee.

—Jong Sehun, el padre de Jong Sungguk.

Se coló en la conversación el sonido de la lluvia golpeteando la ventana del cuarto.

Y de manera sorpresiva, Daehyun se puso de pie enfundándose las pantuflas de algodón.

—¿Vas al baño? —quiso saber Sungguk. Pero el chico no se detuvo a responderle y pasó junto al papá de Sungguk, quien se apartó del camino, y continuó hacia el pasillo de la habitación. Y mientras ellos se miraban las caras, la puerta del cuarto fue abierta y el chico desapareció tras ella.

—Daehyun, él... —comenzó el doctor Lee sin aliento—. ¡Acaba de salir!

Con ese presentimiento que Sungguk tenía tan bien entrenado, agarró la bolsa con la chaqueta roja y corrió, seguido de cerca por Seojun y su padre. Solo alcanzó a divisar la cabellera castaña de Dae perdiéndose en las escaleras.

—¡¿Dónde va?! —gritó Seojun con un poco de histeria—. ¿Está huyendo?

—¡Tú eres su psicólogo, Seojun! —protestó Sungguk—. Tú deberías saber mejor que nadie.

Ambos llegaron a las escaleras cuando Daehyun se perdió en el primer nivel del hospital.

—Tal vez ya no lo sea más —musitó Seojun.

Sungguk comenzó a bajar los peldaños, ¿a dónde iría si hubiese pasado toda su vida en una casa? Hizo rodar sus engranajes oxidados, muy oxidados. ¿Adónde iría...?

—Tenía un techo... posiblemente, ¡la lluvia!

—¿La lluvia? —cuestionó Seojun varios escalones por detrás.

Sungguk saltó los últimos cinco escalones. Fue a gritarle a unas enfermeras que detuviesen a Daehyun, que ya alcanzaba la entrada, pero se mordió la lengua a último segundo. No, no podía pedir que embistieran al chico como si fuese un delincuente. Lo siguió con más calma, dando la carrera por perdida. Sacó la chaqueta de la bolsa, le arrancó las etiquetas y abandonó también el hospital. Detenido bajo la entrada techada, se encontró a Daehyun con la respiración enloquecida.

El pecho compacto del chico jadeaba a toda velocidad por la carrera y la falta de actividad física. Una de sus manos asía sus costillas adoloridas. Pero su expresión brillaba en anhelo al contemplar el agua estrellándose a unos pasos de distancia, formando pozas perfectas para ser pisoteadas.

—Si lo vas a hacer —dijo Sungguk posicionándose al lado izquierdo de Dae y colgándole la chaqueta en los hombros—, hazlo antes de que lleguen tus doctores.

Con el saco rojo cubriéndole la espalda, Dae avanzó los pasos faltantes y se enfrentó a la lluvia, alzando el rostro hacia el cielo y cerrando los ojos. Las gotas caían en sus párpados cerrados y se deslizaban por sus mejillas como si fuesen lágrimas.

Al llegar Seojun corrió directo a detenerlo, pero Sungguk le puso el brazo en la cintura y lo agarró.

—¡Sungguk! —jadeó observando a Daehyun caminar más lejos de la entrada.

—Míralo, Seojun, parece que es la primera vez que siente la lluvia.

—Pero se va a resfriar —se quejó Seojun—. Y ya quedó sordo por una enfermedad, no quiero pensar…

Sungguk todavía lo mantenía afirmado para que no fuese a detenerlo.

—Solo un minuto, Seojun, por favor.

Sin aliento y acompañado del otro doctor, apareció su padre Sehun.

—El audífono —se quejó mientras Dae quedaba cada vez más y más empapado frente a ellos.

—Resisten un poquito de agua —lo tranquilizó el doctor Lee—. Y si no, tengo una docena de audífonos conmigo.

Apareciendo por una esquina del estacionamiento, Roko corría con la lengua afuera y cubierto de barro. Claramente había saltado por la ventana abierta del auto. Y al oler a su amo, fue hacia él a máxima potencia. Sungguk se preparó para recibir el impacto de una pequeña mole. Las patas embarradas de Roko quedaron estampadas en su antes limpio uniforme, ladrando como un loco por haberlo encontrado. Sungguk le acarició la cabeza y le presionó el hocico para que observase al joven que continuaba bajo la lluvia.

—Ve y preséntate, Roko.

Siendo de los pocos comandos que su perro entendía y obedecía, partió corriendo hacia Moon Daehyun. El chico se inclinó para quedar a la altura de Roko y le acarició las orejas, parecía triste.

Y mientras el padre de Sungguk y el doctor Lee se acercaban a Daehyun para ver si podían convencerlo de regresar al hospital, Seojun habló:

—¿Sungguk?

—¿Sí?

—¿Has hablado con tu papá?

—¿Con respecto a qué?

—Sobre Daehyun.

Sungguk observó con extrañeza a su amigo.

—¿Por qué?

—Porque parece saber mucho de él.

—Ah, sí, ya hablé con él respecto a eso —su mano se apoyó en el hombro ancho de Seojun y lo apretó—. Yo también tenía la misma desconfianza, pero no es lo que crees.

Y Sungguk procedió a contarle una versión muy resumida de la conversación que tuvo hace unos días con su padre. Al finalizar, la expresión de Seojun continuaba siendo un mapa de confusión.

—¿Qué pasa? —quiso saber Sungguk, ya entrando en pánico otra vez.

—Que tu padre te mintió, Sungguk.

Se sintió como si él estuviese bajo la lluvia.

—Él no lo hizo —balbuceó a la defensiva.

Roko ladraba feliz a lo lejos.

—¿No te has dado cuenta, cierto?

—¿De qué cosa?

—Sungguk —dio un largo suspiro—, Moon Sunhee Lara y Daehyun comparten ADN. Esa historia que te contó en la que ellos le entregaron a Moon Minho a una mujer sin hijos es mentira.

Sungguk sacudió la cabeza en negación.

—No, no, debe haberse confundido, debe…

—Haber una explicación —terminó Seojun por él—. Tal vez la haya, ¿cierto?

Y con el cabello pegado al casco, la camisola mojada dejaba al descubierto su ropa interior oscura y, todavía con una chaqueta roja colgando de los hombros, Moon Daehyun se puso de pie mientras reía y lloraba con los ojos brillantes.

Y por primera vez desde que lo encontró en ese ático encerrado, Sungguk vio su sonrisa. Era grande y cuadrada. Pero Sungguk no la supo apreciar porque de pronto lo recordó y con ello el alma se le desplomó al suelo.

Su padre, efectivamente, le había mentido.

41

Moon Daehyun estaba escondido tras el visillo blanco de la ventana de su cuarto contemplando la calle oscurecida. Afuera, apoyado en un automóvil estacionado a un par de casas, se encontraba un señor de cabello moteado de blanco y negro. Fumaba un cigarrillo, llevándose con pereza ese punto rojo hacia la boca y luego formaba círculos con el humo que Dae apenas alcanzaba a divisar.

En ese momento, la puerta de la casa de su abuela se abrió, la calle permaneció con la misma precaria iluminación.

La cuarta persona que Dae conoció en su vida, se deslizó por el antejardín. Entonces se detuvo y observó sobre su hombro. Miraba directo a la ventana donde Daehyun se escondía. El hombre le dio un saludo con la mano como si supiese que Dae se encontraba ahí. Llegó finalmente al automóvil y se subió, esperando a que su acompañante lanzase el cigarro al suelo y se sentase tras el asiento del piloto.

Lo último que vio Daehyun de ellos dos fueron las luces del automóvil perdiéndose al final de la calle.

42

Tras la ducha caliente Daehyun tenía el cabello mojado cayéndole por el rostro. El vapor aún se desprendía de su piel sonrojada. En su rostro la sonrisa no abandonaba sus labios.

El doctor Lee, ubicado a unos pasos tras su computadora, configuraba otro audífono asegurándoles a todos los presentes que ese dispositivo era lo último en el mercado; resistente al agua y la suciedad, por lo que Dae solo tendría que quitárselo para asearse la oreja.

Sungguk, en tanto, permanecía sentado en la cama de Daehyun hablando con Minki. Su padre y Seojun se encontraban afuera. Seojun estaba siendo reprendido por Namsoo y Jaebyu por permitir que un paciente, en un estado como el de Daehyun, saliese a mojarse en pantuflas de algodón. Sungguk ya había recibido una reprimenda personalizada, aunque con menos consecuencias, tal vez con una que otra restricción para visitar a Daehyun y que a la larga Sungguk sabría evitar.

Cuando Minki vio a Daehyun agarrar una toalla seca y empezar a fregar su melena contra ella, dijo:

—Me parece el ser más hermoso de la vida.

Sungguk creía lo mismo, aunque le costaba aceptarlo y verbalizarlo. Daehyun era un niño. Se veía como un mayor de edad, pero sus pensamientos, sentimientos y comportamientos distaban de serlo. Y eso era lo que le ocasionaba un conflicto moral.

Minki se movió en la cama para hacerle señas a Daehyun. El chico había dejado la toalla en el suelo, quedando todavía con el cabello húmedo.

—Ven, tráeme la toalla —le pidió Minki.

Extrañado, Dae la agarró otra vez y se la tendió. Tomó asiento en la camilla de su compañero. Minki comenzó a secarle la melena. Sungguk notó que Daehyun se sonrojaba y comenzaba a jugar con sus manos.

—Creo que estás traspasando la línea de la intimidad —comentó Sungguk contemplando la escena, que se le antojaba tristemente paternal.

—¿Celoso? —se burló Minki.

Sungguk soltó lo primero que le pasó por la cabeza.

—Es un niño.

—Tiene diecinueve años, los cumplió el 30 de diciembre, él me contó —informó Minki sin dejar de secarle la cabeza a Daehyun.

—Soy muy grande para él —insistió.

—Tienes veintiuno, ¿desde cuándo dos años es una diferencia de edad importante?

—No son dos años cuando no piensa como alguien de su edad.

Minki frunció el ceño deteniendo el movimiento. Daehyun alzó la barbilla para comprobar lo que ocurría. Minki le sonrió y, de manera disimulada, le cubrió la cara con la toalla para que no leyese sus labios.

—No es un niño —corrigió Minki con voz firme—. Es inocente y esa inocencia no nace por una incapacidad que le impida madurar. Nace por la inexperiencia. Es así porque estuvo aislado, no por otras razones, así que quítate eso de la cabeza.

Sungguk se encogió de hombros, de pronto sintiendo un vacío en el estómago al que no pudo darle nombre.

—Sigue pensando como un niño, por ahora.

—Por ahora —afirmó Minki—. Solo por ahora.

Sungguk no quiso responderle a su amigo porque el doctor Lee continuaba en la sala y no quería que su padre se enterara de esa conversación. Ya no confiaba en él. Sehun fue todo para Sungguk durante años: su seguridad, su héroe y su familia. Y en cuestión de días, dos de tres se habían desplomado en el suelo; la tercera pendía de un hilo porque, ¿podía seguir tratando como familia a alguien en que no confiaba? Estaba triste y decepcionado, con ganas de recoger los pedazos de corazón que le quedaban intactos para pegarlos con cinta, ya luego se preocuparía cómo haría de un corazón roto uno funcional.

Pero observando a Moon Daehyun sonreír mientras Minki terminaba de secar su cabello, se sintió idiota por sentirse triste ante una mentira de su padre cuando ese chico tuvo una abuela, quien se suponía debía quererlo, cuidarlo y protegerlo, pero lo condenó a una vida de encierro. Y ahí estaba, a pesar de todo eso, sonriendo pequeñito por algo tan simple como las caricias de unas manos gentiles.

Sungguk se sintió incluso peor cuando el doctor Lee le posicionó a Dae el nuevo audífono en la oreja, su expresión volvió a encogerse por el dolor del proceso de calibración. Pero a los segundos nuevamente sonreía pequeñito y bonito mientras le preguntaba si escuchaba y él asentía. Y pensó lo mismo que Minki: Dae era el ser más hermoso de la vida.

Para cuando el doctor Lee le preguntó a Dae si quería probar mejor el audífono, Daehyun observó a Sungguk con cierto nerviosismo y negó suavecito con la cabeza. El doctor Lee lo dejó estar, musitando para sí que Daehyun ya debía encontrarse agotado y que continuarían al otro día. Guardó las cosas en los maletines y se marchó de la habitación.

En tanto, Minki continuó hablando con Daehyun sobre todo y nada. Daehyun parecía algo abrumado, tal vez ni siquiera lograba entender lo que su compañero decía.

Al rato, Dae volvió a observar a Sungguk.

—¿Sucede algo, Dae? —preguntó alto y claro, cada palabra bailando en su lengua con cuidado.

Daehyun de inmediato se giró hacia él, cortando en seco el comentario de Minki sobre lo bonito que se veía Dae si le permitiese teñirle el cabello de rojo. Pareció dudarlo jugando con sus dedos, entonces asintió.

—¿Qué ocurre? —insistió Sungguk.

Minki frunció el ceño y puso los ojos en blanco. Sungguk lo escuchó musitar algo como «ay, enamorados», tras desplomarse en su cama sin mucho ánimo.

Colocándose de pie, Daehyun quedó entre ambas camillas. Se apuntó el audífono como respuesta tardía a Sungguk.

—¿Te molesta? —el chico negó—. ¿Te duele? —otra negación—. ¿No escuchas bien?

Dae abrió la boca frustrado y la cerró antes de que una palabra se formase en su lengua.

—Vamos —dijo Sungguk, también poniéndose de pie y dándole la vuelta a la cama para detenerse frente a Dae—, estabas a punto de decirme algo. No tengas miedo.

Daehyun no negó ni afirmó nada, su atención cambió de foco hasta el centro del pecho de Sungguk. Y antes de que entendiese lo que ocurría, Daehyun dio el paso restante que los separaba. Sus manos fueron de inmediato a la cintura de Sungguk para rodearla. Observando a Minki con los ojos abiertos de par en par por la impresión, notó que Daehyun inclinaba la cabeza y esta colisionaba contra él; su oreja izquierda, donde se escondía el audífono, perfectamente posicionada sobre el corazón de Sungguk.

—¿Está…? —balbuceó Minki.

Los brazos de Daehyun se estrecharon en la cintura de Sungguk, acercándose todavía más. Los latidos de su corazón se aceleraron tanto que hasta el mismo Sungguk los sintió en sus oídos bombeando sangre por su cuerpo, pero sobre todo en ese punto de contacto entre ambos cuerpos.

Pum-pum-pum-pum.

Daehyun estaba escuchando su corazón.

Pero si tenía una sonrisa dibujada en sus labios mientras su nariz desaparecía entre los pliegues de la ropa, ¿por qué entonces lloraba contra la chaqueta de Sungguk?

Más tarde esa noche, cuando Sungguk se preparaba para ir a dormir y recordaba a Daehyun con la cara sonrojada por las lágrimas, escuchó a Roko ladrando en el primer piso. En ese instante apareció Eunjin por la puerta. Al minuto, Seojun estaba ingresando a su cuarto observando todo con mirada crítica.

—No debería contarte esto —soltó de la nada.

Sungguk alzó las cejas, colocándose la parte superior del pijama por la cabeza.

—¿Qué cosa?

—Tú sabes que ahora el gobierno se enorgullece por lo bien que cuida a sus tesoros.

—¿Por los m-preg? —balbuceó Sungguk.

Seojun se sentó en el borde de la cama y se dejó caer hacia atrás con total confianza. Observando el cielo raso, continuó:

—Ajá —su voz sonaba desanimada—. Hace dos semanas, cuando el gobierno se enteró del m-preg encerrado en el ático, estuvieron a punto de llevarse a Daehyun a Seúl para darle un tratamiento especial. Aunque no lo hicieron porque no sabíamos hasta qué punto la estabilidad emocional y mental de Daehyun pendía o no de un hilo. Así que averiguaron que yo seguía el caso como psicólogo y me solicitaron despejar mi agenda.

—¿Solicitaron? —se extrañó Sungguk.

Seojun bufó.

—Más bien me ordenaron. Por eso he estado disponible para el tratamiento de Daehyun. Tuvieron que transferir a todos mis pacientes a mis compañeros de trabajo.

—¿Y esto me lo estás contando ahora porque...?

—Porque hoy volvieron a visitarme. Hace menos de una hora se fueron.

A Sungguk se le hizo un nudo en el estómago.

—¿Se lo van a llevar a Seúl? Porque no pueden, él necesita estar aquí, estar bien, esta es su ciudad.

—Nada lo ata aquí —corrigió Seojun—. No conoce la ciudad y toda su familia está muerta, tampoco puede regresar a la casa donde lo encerraron toda su vida.

A Sungguk se le secó la garganta. De pronto sintió que le faltaba el aire a sus pulmones. Intentó pensar en miles de argumentos razonables para que Seojun pudiese convencer a los del gobierno, sin embargo, solo pudo soltar:

—¡No!

Seojun tomó asiento otra vez en la cama.

—Pero caí en la trampa, Sungguk.

¿Y ahora de qué estaba hablando ese hombre?

—¿Puedes ser claro?

—Se me escapó tu nombre. Aunque ellos ya lo sabían todo de ti, solo querían que se los confirmase y yo caí como un idiota. Pero solo tenía como argumento tu nombre para evitar que se llevasen a Daehyun.

Sungguk obligó a sus pulmones a respirar otra vez.

—¿Y?

—No lo harán. Se quedará.

—Pero eso es bueno —dijo Sungguk soltando una risa involuntaria.

—No sé si podré catalogarlo así.

—Solo dilo, *hyung*, me estás matando.

—Agradéceme, Sungguk, creo que te conseguí al compañero de casa que querías.

—*Hyung*, ¿qué…?

—Mañana vendrán a habilitarle un cuarto a Daehyun. Le darán el alta en dos días y se mudará aquí —Seojun forzó una sonrisa—. Felicidades, ¿no era eso lo que querías?

Y a Sungguk algo le supo mal en la boca. Efectivamente fue lo que pidió, aunque ya no estaba tan seguro de quererlo.

43

Tal como lo mencionó Seojun, ocurrió.

Sungguk se encontraba en la comisaría realizando un montón de papeleo atrasado, cuando recibió la llamada telefónica de Namsoo. Su voz se escuchaba torpe.

—¿Qué sucede? —preguntó Sungguk, porque Namsoo era un hombre práctico que no llamaba para hablar de la vida.

—Acá hay unos hombres diciendo que vinieron a restaurar una habitación —y un suspiro tremendo—. Sungguk, ya hemos hablado de tus finanzas. ¿Cuánto más te seguirás endeudando?

Sungguk se dejó caer contra el respaldo del asiento; la noche anterior no le había alcanzado a explicar a Namsoo lo que ocurriría. Primero porque el turno de Namsoo finalizó cuando Sungguk ya se encontraba durmiendo y, segundo, no imaginó que esa gente vendría antes del mediodía.

—No es para mí, *hyung* —balbuceó, contándole a la rápida que tenían un nuevo compañero de casa, que el inquilino era Dae, que los del gobierno estaban involucrados en la decisión y que su padre ahora sería quien dormiría en la habitación de Sungguk.

—¿Y eso dónde te deja a ti? —quiso saber Namsoo, de fondo se escuchaba un ruido terrible.

—En la sala de estar.

—¿Vas a dormir en la sala de estar de una casa donde todos trabajan en turno? Sabes que yo algunas veces almuerzo a las tres de la mañana.

Sungguk se desordenó el cabello de la nuca.

—No puedo pedirle a mi papá que se mude a un hotel. Sigue siendo su casa, por mucho que yo viva en ella.

—Pero él tiene dinero suficiente para irse a un cómodo y lujoso hotel, podrías darle una indirecta.

No, su padre no iba a captar esas indirectas porque estaba demasiado interesado en Daehyun. Sabía que tenía una conversación pendiente con él, sin embargo, Sungguk había hablado con su almohada y comprendió que era mejor pillarlo con la guardia baja.

—No creo que acepte, *hyung* —confesó—. No sé, tengo un mal presentimiento con todo esto del gobierno.

Namsoo gruñó.

—Los m-preg siguen siendo sus sujetos de estudio, solo que esos estudios ahora son realizados de una manera más creativa. Por ejemplo, ¿entiendes que desde hoy nosotros nos convertiremos en otro experimento para ellos? No van intervenir mucho, pero sí lo suficiente con tal de lograr que otro de sus preciosos m-preg quede en gestación. Como ya no pueden encerrarlos y violarlos, recurren a otras tácticas para llegar al mismo fin.

Sungguk quería gritar de la frustración o comerse un paquete de papas fritas, ambas ideas eran igual de aceptables en momentos de ansiedad.

—Pero ¿qué pretendes que haga? ¿Impedir la mudanza? No puedo castigar a Daehyun por culpa de otros.

—Lo sé —aceptó Namsoo—. Yo tampoco haría otra cosa, él es inocente en esta manipulación. Pero, Sungguk, no te sorprendas cuando empiecen a… incentivarte para que pase algo.

Sungguk alzó ambas cejas, agarrando un lápiz para jugar con él.

—¿A qué te refieres? ¿A que me van a obligar a…?

—No, no, algo así de ruin no. Recuerda que se sienten orgullosos por lo bien que cuidan a sus m-preg. Y ese *buen cuidado* implica mucho dinero de por medio, Sungguk. Así que no, no solo tú, tanto Eunjin como yo podríamos empezar a recibir ofertas tentadoras para que nos esforcemos en tener algo con Dae.

El lápiz se quebró entre los dedos de Sungguk. De pronto la ira se apoderó de su cuerpo.

—No se atreverían —gruñó con cierto pánico.

—Eunjin y yo no, aunque ellos sí. Empezará como un posible ascenso para Eunjin, una beca de estudios para mí. Y, bueno, para ti sería... no sé, pagar esas monstruosas deudas que tienes —Namsoo hizo un sonido de afirmación—. Ajá, van a buscar el punto débil de cada uno.

Sungguk tuvo que tomar aire para poder controlarse, fregándose los ojos con cansancio.

—Pero ustedes no se atreverían a aceptar algo así, ¿cierto?

Una risa divertida llegó directo al oído de Sungguk.

—No creo que deberías preocuparte por nosotros cuando tú eres el principal blanco.

—Yo no... yo jamás... él es... es como un... hermano pequeño —balbuceó perdido en sus pensamientos, que disparaban en cualquier dirección menos en la correcta—. Jamás haría algo así por dinero.

—Por dinero, tú lo has dicho —Sungguk quiso responder, pero fue interrumpido en seco por Namsoo—. Espera. Mejor hablamos en la noche, tengo que ver dónde están colocando esa cama.

Y sin más palabras, cortó.

Incapaz de concentrarse tras ese golpe de realidad, Sungguk se dirigió hacia la oficina de Eunjin para amenazarlo de algún modo.

—Sabré si recibes un ascenso de la nada, Eunjin —dijo al abrir la puerta.

Eunjin apenas alzó la mirada de los documentos que estaba revisando.

—Así que Namsoo te dio la charla —comentó como si nada.

—¿Cómo?

—Es algo que nos veíamos venir hace días —cambió de carpeta y continuó—. ¿Cuándo se muda con nosotros?

—Mañana.

—Necesitará ropa —observó Eunjin.

Oh, demonios, Sungguk no había pensado en eso.

—Y zapatos.

Tampoco en eso.

—Y ropa interior.

Sungguk se llevó las manos a la cara, recordaba los números rojos en sus tarjetas.

—¿Cuándo me pagas, Eunjin?

Eso le sacó una risa a su amigo.

—Seré tu superior, pero no soy el que deposita tu sueldo. Habla con recursos humanos, aunque responderán que el viernes toca pago.

Media hora después, mientras se comía un *kimbap* que compró por el camino, Sungguk ingresó a la habitación de Daehyun escondiendo su comida en la chaqueta para que no se la quitaran. Al descubrir la cama vacía del chico, le dio un mordisco al rollo de *kimbap* y habló con la boca llena. Solo estaba Minki recostado y absorto en el celular.

—¿Y Daehyun?

—Hola, compañero y amigo Minki, ¿cómo te encuentras? ¿Bien? Me alegro. ¿Cuándo crees que regresarás a patrullar conmigo? Te extraño y me aburro mucho. ¿Un mes dices? Oh, qué pena, pero todo sea para que te mejores y…

—Ya entendí la indirecta, Minki —Sungguk se sentó en el sofá que, milagrosamente, no estaba ocupado por el novio de su amigo—. ¿Y Jaebyu?

—Haciendo turnos como loco —dijo—. Me darán de alta hoy así que ayer cambió sus horarios. Además se va a tomar unos días de vacaciones, quiere estar conmigo por lo menos una semana. ¿Acaso no tengo al mejor novio del mundo?

Sungguk puso los ojos en blanco mientras le daba otra mascada a su *kimbap*.

—Sí, sí, claro. Yoon Jaebyu es el mejor y todo eso.

Con el entrecejo fruncido, Minki se cruzó de brazos.

—¿Y a ti qué te pasa?

—Que todavía faltan dos días para que me paguen y ya me gasté un sueldo que todavía no recibo.

—Sungguk, ¿tendremos que tener otra vez la charla sobre tus gastos?

Se terminó el *kimbap* echándose todo lo que quedaba en la boca.

—Mira —mascó intentando tragarse la bola de comida que no lo dejaba hablar—. No es mi culpa, es culpa de mi sueldo mediocre —y terminando de tragarse todo, añadió en voz baja y vacilante—. Y Dae necesitará ropa cuando salga mañana del hospital.

—¿Ropa? ¿Para qué?

—¿Para qué otra cosa se necesita ropa, Minki? ¿Para cocinarla será?

—Solo estoy extrañado, pensé que lo querrías desnudo siempre.

Sungguk se acomodó en el sofá.

—No eres gracioso —recordando el porqué estaba ahí, volvió a insistir—. No respondiste a mi pregunta. ¿Dónde está Daehyun?

Como respuesta, Minki hizo un movimiento vago con la mano.

—Por ahí.

—¿Por ahí?

—Con Bae Jihoon.

Si Sungguk todavía se hubiese estado comiendo el *kimbap*, posiblemente habría terminado con un pedazo de arroz en los pulmones. Atragantado con su propia saliva, jadeó:

—¿Pero por qué?

¿Qué hacía ese sujeto en el hospital? No es que no le simpatizara, solo que era innecesario, ya estaba claro que un intérprete de lengua de señas no serviría con Dae, pues él junto a su abuela se inventaron su propio idioma en el que había incluso señas universales mal utilizadas.

Y además Daehyun ya podía escuchar, no necesitaba a ese intérprete que lo observaba casi sin pestañar e invadía su espacio personal con la tonta excusa de que necesitaba estar cerca para que Dae pudiese leer sus labios.

—Le está enseñando... muchas cosas —Minki se encogió de hombros, agarrando su olvidada jalea y comiéndosela con buen humor.

—¿Muchas cosas? ¿Qué más que lengua de señas podría estarle enseñando un intérprete de lengua de señas?

—El *amore*, Sungguk.

—Habla con seriedad, ¿quieres?

—Estoy siendo serio —Minki se llevó una cucharada con jalea a la boca y después lo apuntó con el utensilio metálico—. Daehyun es un chico atractivo, solo tus ojos de conejo no lo notan.

Sungguk se tocó el interior de la mejilla con la lengua.

—A ver, pero espérate. ¿A ese Jihoon le gusta Dae?

—Ese Bae Jihoon —tarareó Minki— siempre le trae un regalo a Dae.

—A ver, espérate —pidió de nuevo—. ¿Ese Jihoon viene seguido?

—Claro que sí, idiota, si es su profesor de lengua y tiene que enseñarle mucha... lengua. Tú entiendes mejor que yo.

—No eres gracioso.

Minki comenzó a reírse, raspando el pote plástico hasta que no quedó ningún resto.

—Igual llevas ventaja —admitió Minki—. Tienes prioridad para Dae.

Sungguk se cruzó de brazos.

—¿Y eso cómo lo sabes? Llevas, no sé, unos días aquí, ¿y ya te sabes todo de él?

—Eso es porque hablo con él.

—Dae no habla, idiota.

—Bueno, yo converso mucho con mi Jaebyu y él tampoco habla mucho.

—Porque tú no conversas con nadie, Minki, solo sueltas monólogos.

Minki se encogió de hombros con desinterés.

—Dae siempre me escribe en su pantalla cuando le cuento cosas.

Sungguk puso los ojos en blanco.

—Claro, Minki. A ver, dime, ¿qué tanto han conversado?

Dejando el pote vacío en la mesa, Minki se dejó caer contra las almohadas. Una sonrisa de satisfacción le bailaba en los labios.

—Solo diré que tengas cuidado, Sungguk. Le enseñé todas las tácticas que utilicé para conquistar a Jaebyu. En vista de que llevamos de novios cuatro años, puedo asegurar que son infalibles.

—¿Qué le metiste en la cabeza?

Él se observó las uñas con burla.

—¿Acaso piensas que voy a contarte mis secretos? Olvídalo.

—Minki…

—Ya solito lo averiguarás, solo sé paciente y espéralo.

—¿Pero por qué hiciste eso?

—Porque ¿no sería bonito que él y yo nos embarazáramos a la misma vez y que nuestros hijos crezcan juntos y se enamoren y casen?

—Estás mal de la cabeza.

—Estoy hospitalizado, ¿no deberías al menos consentirme?

Sungguk se puso de pie.

—No. Y lo otro, ¿podrías decirme dónde está Dae? Para por lo menos ir a despedirme —Sungguk empequeñeció la mirada—. Ya me dijiste que estaba con ese Bae Jihoon, pero ¿dónde?

—Huelo celos —cantó Minki.

—Será culpa de tu novio que no te bañó bien con esa esponja.

—Fíjate que ya no te diré dónde está Dae con su pretendiente don Intérprete de lenguas.

—Bien, lo averiguaré solo —refunfuñó de camino a la puerta. Sin embargo, al llegar a ella y sostener el pomo, se detuvo—. ¿Y, Minki?

—¿Qué quieres, conejo odioso?

Sus palabras de buenos deseos estuvieron a punto de ser silenciadas para siempre. ¿Por qué Minki tenía que ser tan irritante? ¿Cómo incluso Jihoon vivía con ese monstruo pequeño de mejillas tiernas?

—Solo quería decirte que me alegro de ver que estás mejor —volteándose para hacer contacto visual, continuó—. Recuerda que este solo es un traspié para que cumplas tu sueño.

Minki se despidió con la mirada brillante.

El hospital era mucho más grande de lo que Sungguk alguna vez creyó. Recorrió los pabellones del tercer piso, luego los del segundo, los del primer nivel y, finalmente, fue al cuarto. Nada. Sungguk imaginó que tal vez no pudiese encontrar a Daehyun sin ayuda de Minki. Estaba a nada de ir a rogarle a su amigo que lo ayudase, cuando entró a la cafetería y divisó a Dae sentado en una de las mesas.

Su hombro estaba apoyado contra el ventanal enorme que daba a una terraza angosta donde se podía divisar el parque. Y ocupando el puesto frente a Dae, se encontraba Bae-sura Jihoon. El intérprete parecía decir algo, pero Dae estaba demasiado ensimismado observando la terraza y el cielo despejado como para prestarle atención. Sungguk logró captar parte de aquel monólogo al acercarse a ellos, apoyando los puños a un costado de la mesa para alertar a Dae de su presencia.

—… traerte flores rojas para el siguiente sábado.

Un momento, ¿qué?

—¿A quién le vas a traer flores rojas? —cuestionó Sungguk alzando las cejas hacia Bae-sura, a la misma vez que Dae se giraba hacia él y formaba una sonrisa grande y cuadrada en su rostro. El chico estiró las manos para rodear el brazo de Sungguk. Con la mejilla de Dae refregándose contra su bíceps, Sungguk le acarició la coronilla con ternura, apartándole los mechones castaños claros fuera de su frente.

—Quería traerle unas rosas a Dae para que las conociese —se excusó Jihoon.

Sungguk empequeñeció la mirada, recordando demasiado bien las palabras de Namsoo. ¿Y si el interés de ese tipo por Dae se debía a su cualidad como m-preg y lo que implicaba monetariamente lograr conquistarlo?

—Hablaré con su psicólogo para que él le lleve flores a Dae —debatió Sungguk. Su expresión se ablandó cuando Dae volteó la mirada hacia él y lo observó con un puchero en esos labios consentidos—. Hola, pequeño, ¿estás bien?

Dae asintió, su mejilla fregándose contra la chaqueta de policía de Sungguk.

—Estabas mirando por la ventana cuando llegué —continuó Sungguk, ignorando por completo los intentos de Bae-sura para meterse en la conversación. Ya hablaría con Seojun y le diría que Jihoon estaba teniendo *otro* tipo de interés por Daehyun—. ¿Por qué no estabas en la terraza?

Los ojos de Daehyun se voltearon ahora hacia Jihoon, su mejilla izquierda todavía se encontraba apoyada en el brazo de Sungguk.

—¿Jihoon no te lo permitió?

Dae asintió a la vez que Jihoon alzaba las manos en el aire y se excusaba apresuradamente.

—No tiene autorización para salir.

Se apresuró en sacar su celular y enviarle un mensaje de texto a Namsoo, quien no tardó en responder. Sungguk le mostró la pantalla a Dae para que leyese la conversación:

—Su doctor dice que no hay problema con que salga a la terraza, solo que debe abrigarse —contó con la sonrisa burlesca.

Jihoon pareció desconcertado unos instantes, colocándose de pie tras comprenderlo.

—Iré con ustedes.

—Estaremos bien los dos.

—Pero Dae no habla y…

—Tenemos otras formas para comunicarnos —lo cortó Sungguk con brusquedad, poniéndose de pie y quitándose la chaqueta. Se la puso a Dae sobre los hombros, quien se encogió bajo la tela con timidez. Le ayudó a ponérsela y le cerró el cierre hasta el cuello. Y si bien ambos medían exactamente lo mismo, la ropa de Sungguk le quedaba holgada a Dae.

Al ir a la terraza, Sungguk le cerró la puerta a Jihoon en la cara. No iba a permitir que nadie se aprovechase de la inocencia de Daehyun mientras él pudiese evitarlo.

Afuera la tarde estaba fresca, mas no helada. Una ligera brisa le revolvió el cabello ondulado a Dae, quien se apresuró a ir hacia la baranda para apoyarse en ella. Miraba curioso hacia el parque, donde media docena de niños jugaba y gritaba en los juegos.

—Cuando estés mejor y te permitan salir del hospital —dijo Sungguk posicionándose a su izquierda para que pudiese oírlo—, te llevaré al parque.

Dae volteó su barbilla hacia él. Parecía no confiar en sus palabras.

—Te lo prometo —se rio Sungguk, de buen humor.

Pero Dae continuaba con expresión escéptica en el rostro, ¿tal vez su abuela le habría prometido lo mismo muchas veces?

Así parece, pensó Sungguk cuando Dae estiró la mano cerrada en un puño con el meñique alzado. Sungguk enredó su propio dedo pequeño con el de Dae y sostuvo sus manos unidas cerca del pecho.

—Te lo prometo —repitió—, y es una promesa de dedo meñique.

Dae se quedó más tranquilo. No apartó la mano, sostuvo su dedo entrelazado con el de Sungguk lo que pareció una eternidad, solo ellos dos rodeados por los gritos de los niños a unos metros y la brisa fresca corriendo entre ambos. La punta de la nariz de Dae se sonrojó a pesar de que iba con una bata larga y abrigadora y con la chaqueta de Sungguk.

Si fuera por ellos se hubieran quedado otra eternidad así, pero entonces el celular de Sungguk vibró en el pecho de Dae y lo hizo jadear de sorpresa. Los dedos del chico se quedaron paralizados tanteando el bolsillo, ladeó la cabeza y miró a algún punto del rostro de Sungguk mientras la música ganaba fuerza con los segundos.

Era «Can't Help Falling In Love» de Elvis Presley, una de las canciones favoritas de Sungguk por los buenos recuerdos, esos donde su padre lo abrazaba en el centro de la sala de estar y bailaban juntos con su hermana Suni riéndose de ambos.

—¿Te gusta? —le preguntó Sungguk a Dae, pero la melodía murió cuando cortó la llamada entrante. La expresión maravillada del chico se esfumó con la misma velocidad.

Cuando Sungguk se estiraba hacia él para sacar el celular del bolsillo y volver a colocarle la canción, Dae se lo arrebató y posicionó el teléfono al costado de su oreja izquierda. Pero ninguna música salió de él, alzando el celular con consternación y agitándolo frente a su rostro.

Sungguk se rio.

—Es porque se detuvo —le explicó—. Si me permites…

Dae le entregó de inmediato el teléfono, acercándose tanto a Sungguk que incluso pudo divisar una marca que tenía a un costado del labio. Moviéndose con impaciencia, Dae exigió otra canción. De buen humor, Sungguk buscó pensando cuál podría ser del gusto del chico.

«*La Vie En Rose*», de Louis Armstrong.

Dae le arrebató a Sungguk el celular y se lo llevó directo al auricular de color carne, alejándolo unos centímetros cuando una mueca se formó en su boca. El contrabajo hacía vibrar el parlante. Las trompetas, el piano y la guitarra componían una melodía tan bonita, que acompañó a la voz del cantante al comenzar a cantar con ese tono que raspaba en el fondo de su garganta.

Dae apenas respiraba, su cuerpo se puso tenso por las emociones potentes que estaba viviendo. Sungguk quiso ser parte de la letra de la canción, abrazarlo fuerte, rápido, y sentir ese hechizo mágico. Desvió la mirada hacia el cielo preguntándose si ese mismo cielo suspiraría tras aquel beso que anunciaba la canción.

Entonces, los brazos de Dae rodearon el cuello de Sungguk y cerró los ojos porque, cuando Dae lo acercó a su corazón, se sintió en un mundo aparte, en uno donde solo se encontraban los dos.

¿Por qué ese abrazo se sentía tan bien?

De camino a casa, Sungguk todavía pensaba en eso cuando se dio cuenta de que en la calle había una mujer esperándolo. Era bajita y delgada, de cabello largo y negro, vestía una chaqueta del gobierno.

Se bajó de la camioneta y fue hacia ella.

—Jong Sungguk —saludó la mujer.

—¿Y usted es?

—Kim Jiwoo—se presentó—. Puedes decirme Jiwoo.

Sungguk asintió, comprobando la hora en su reloj.

—No tengo mucho tiempo —mintió.

—No se preocupe, serán solo unos minutos —habló con cordialidad—. Como habrá notado, vengo de parte del gobierno. Soy parte de la subdivisión de m-preg del Departamento de Justicia. Hemos estado siguiendo el caso de Moon Daehyun desde que nos enteramos de la trágica noticia.

—Ya —dijo solo para escuchar su voz.

—Durante años los m-preg...

—No necesito una clase de historia —la interrumpió en seco—, conozco todo lo ocurrido con los m-preg.

Jiwoo asintió.

—Entonces debe saber que hace seis años el gobierno creó una subdivisión en el Departamento de Justicia para velar y cuidar de los m-preg.

—También lo sé. ¿Puede ir al punto de esta visita?

—En vista de la inestabilidad que el m-preg...

—Solo llámelo por su nombre.

Jiwoo se lamió los labios buscando paciencia.

—Daehyun —partió otra vez— ha pasado por mucho, y sabemos que el... que Daehyun siente un cariño muy especial por la persona que lo rescató, es decir, usted.

—Yo solo hacía mi trabajo.

—Y por eso el gobierno está comprometido en brindarle apoyo y ayuda.

—Ajá.

—Queremos lo mejor para él, por lo mismo buscamos un entorno sano para que Daehyun...

—Para que pueda sentirse feliz, ¿no?

—Sí.

—Porque si está sano y feliz, comenzará a producir la hormona «preg» otra vez, ¿o me equivoco? —alzó las cejas ante la expresión de consternación de la mujer—. Sé que buscan más hijos nacidos de m-preg. Todo eso ya lo sé, Jiwoo.

Jiwoo asintió con aire perdido.

—En vista de que parece saberlo todo, solo me gustaría informarle que en su cuenta bancaria ya se encuentra depositado y disponible el subsidio por el cuidado del m-preg. Este mismo estará disponible cada último día hábil del mes. Este primer mes será el doble de lo normal debido a los gastos iniciales y con eso...

—A ver, espérate —pidió Sungguk, su celular vibraba en el bolsillo de su chaqueta, que todavía olía algo a hospital—. ¿De qué dinero estás hablando?

—El pago por parte del gobierno para el cuidado y bienestar de Moon Daehyun.

—No quiero ese dinero —dijo Sungguk—, sáquenlo de mi cuenta.

—La transacción ya se encuentra realizada.

—Pues haré una transferencia de regreso.

—Imposible, es un depósito que viene de reservas privadas. No existe número de cuenta asociado.

—No lo quiero.

Jiwoo se masajeó el puente de la nariz.

—Pues escriba una queja en la página del gobierno y tal vez le den una respuesta a su requerimiento.

Sungguk abrió la puerta de la casa e ingresó, cerrando con un portazo.

Con la respiración acelerada y los pensamientos convertidos en una vorágine de confusión, observó la pantalla del celular notando que tenía dos notificaciones: un aviso de transferencia de su banco y un mensaje de Moon Daehyun.

El primero contenía un bonito depósito realizado a su cuenta por cinco millones de wones. El segundo era un audio de cinco segundos.

Desorientado lo apretó, llevándose el celular a la oreja, el sonido de una respiración pesada provenía desde el parlante. Entonces la voz baja y rasposa de Moon Daehyun interrumpió en su caos mental pronunciando una única palabra oxidada:

—Hola.

44

—Bien, Roko, despídete de tus hermanos por unos días.

Sus perros Tocino y Mantequilla ladraban en el asiento trasero del coche de Seojun, mientras que las gatas Pequeña y Betsy lloraban en la caja transportadora en el auto de Jaebyu. Roko, si bien era el más desordenado y desobediente de la manada, era el único que se quedaría en casa por unos días. Como Daehyun tendría que atravesar demasiados cambios las próximas horas, decidieron que lo mejor sería que no conociera al resto de los animales de golpe. Si Roko se quedaba, era solo porque Daehyun ya lo conocía.

—Va ser extraño no tener a Tocino siguiéndome al baño —musitó Namsoo.

—O a Betsy atacándome en las escaleras al subir —siguió Eunjin.

—Solo serán unos días —les recordó Sungguk mientras los tres contemplaban la partida de ambos autos.

—¿A qué hora irás por Daehyun? —quiso saber Eunjin.

Comprobando la hora en su celular, contestó:

—De hecho, ahora mismo.

Sungguk fue en búsqueda de la bolsa con ropa que Eunjin le ayudó a elegir el día anterior. En vista de que a Daehyun le gustaron los suspensores que le habían regalado, le compraron un par más junto a unas corbatas coloridas, ya que Sungguk había notado su fascinación por las corbatas extrañas. El conjunto terminaba con unos zapatos sin talón, pues como desconocían su número de calzado ninguno de los dos quiso arriesgarse a uno cerrado que le pudiese quedar pequeño.

—Papá no estará hasta el anochecer—comentó a la rápida Sungguk lanzando la bolsa en el asiento de su camioneta—. Y hoy tendremos una cena como una familia normal, ¿está bien?

—Eso díselo a tu perro, la última vez intentó subirse a la mesa para robarnos la caja de pizza —se quejó Namsoo.

Roko, el culpable, se quedó sentado a los pies de Eunjin con la lengua afuera.

—Solo seamos civilizados por un día —pidió Sungguk, apretando el acelerador. Mientras se alejaba, gritó—. ¡Y ordenen la casa!

Porque ese hogar que recibiría a un nuevo inquilino se encontraba un tanto desordenado. Mientras Eunjin y Sungguk compraban ropa el día anterior, Namsoo quedó a cargo de la limpieza, limpieza que para él consistió en lavar la loza y luego salir corriendo a un turno corto en el hospital. Sungguk solo esperaba que Daehyun no fuese un maniático de la limpieza como lo era de lavar la ropa, porque de lo contrario estallaría tremenda crisis.

Al estacionar en el hospital, Sungguk pensó que le habría gustado estar junto a su amigo Minki para que le llenase la cabeza con comentarios innecesarios. En el pabellón de Daehyun se encontró con gran parte del personal médico enfilado fuera de su cuarto. Creyendo que algo le había ocurrido, se abrió paso entre ellos encontrándose a un triste Daehyun sentado en el borde de la cama.

—Te vamos a extrañar —decía una enfermera.

Solo se estaban despidiendo de él.

Más tranquilo, se acercó a Dae, que permanecía en bata de hospital y oliendo a champú y jabón, en tanto el personal salía del cuarto dejándolos solos.

—Hola —dijo Sungguk, esperando escuchar otro saludo torpe y seco producto de una voz sin uso. Daehyun le sonrió chiquito, jugando con el celular entre los dedos; parecía dividido entre la ansiedad y la tristeza.

Decidido a animarlo, Sungguk alzó la bolsa que dejó en su regazo.

—Es tu ropa —explicó.

Daehyun escarbó dentro, jadeando en admiración al encontrar una corbata oscura con corazones rojos y amarillos, un jean, una camisa blanca, suspensores, un abrigo y zapatos. No parecía ser el conjunto más óptimo para un chico de diecinueve años, pero Eunjin había insistido en que Dae debía sentirse cómodo más que ir con ropa propia de un adolescente.

—Puedes probártela en… —Sungguk planeaba decir «en el baño», pero Daehyun tiró de las amarras de su camisón quedando solo en ropa interior y pantuflas.

Sungguk corrió hacia la puerta abierta y la cerró apoyando su espalda contra la madera, tenía que enseñarle a ese muchacho que no se podía andar desnudando así por la vida. Ajeno a su incomodidad, Dae aplaudía ilusionado sacando todas las cosas y tirándolas sobre la camilla. Se puso primero la camisa blanca y la abotonó con cuidado, seguida del pantalón. Se lo estaba abrochando cuando golpearon la puerta, que se estrelló contra la espalda de Sungguk.

—Soy Seojun.

—Espérate —pidió Sungguk con voz un tanto ahogada—, se está cambiando de ropa.

—Ah —respondió con total tranquilidad, ¿se habría desnudado frente a Seojun también?—. Por cierto, ya dejé a tus perros en mi casa, tu hermana no estaba feliz de recibirlos. Así que si tengo una crisis marital, que sepas que toda la responsabilidad recae en ti.

Se desconcentró cuando Daehyun se subió el cierre del pantalón. Había subido varios kilos en su estancia en el hospital. Cuando Dae agarró la corbata e intentó hacer el nudo con fallidos resultados, Sungguk fue hacia él.

—¿Te ayudo? —se ofreció.

Daehyun le entregó la corbata con resignación. Sungguk la posicionó sobre su propio cuello. Esa tarde había dejado su uniforme de policía de lado y llevaba unos pantalones sueltos y chaqueta oscura. Le explicó a Dae de manera sencilla cómo hacer el nudo de forma correcta, recibiendo como respuesta un encogimiento de hombros confundido.

Le pasó la corbata por la cabeza al chico y la acomodó, arreglándole el cuello de la camisa para que quedase perfecta. Daehyun acarició la tela con una expresión de admiración, dejándola de lado para engancharse los suspensores al pantalón y cruzarlos por sus hombros, entonces tensó los elásticos.

—Cuidado, eso puede doler de verdad —advirtió Sungguk.

Dae, sin hacer caso, los dejó caer contra su propio cuerpo. Y llegó el latigazo.

—Te lo dije.

Acariciándose el pecho, embutió los pies en los zapatos quedando sus tobillos desnudos. Sungguk sostuvo el abrigo frente a él, Daehyun colocó sus brazos en las mangas y después tocó la tela con admiración.

—¿Te gusta? —quiso asegurarse Sungguk.

Daehyun asintió llevándose unos mechones de cabello detrás de la oreja, dejando entrever el audífono color piel que se encontraba enganchado en el oído izquierdo.

—¿Y los zapatos te quedan bien? —asintió al mismo tiempo que Seojun ingresaba al cuarto cubriéndose los ojos.

—¿Está decente? —preguntó.

—Lo está.

Se descubrió la mirada con cuidado, ensanchando los ojos al observar a Dae.

—Se ve como…

—Mi padre —aceptó Sungguk.

—Pero le queda bien —aseguró Seojun. Alzó la voz para que Daehyun lo entendiese—. Daehyun, esa corbata de corazones es hermosa.

Los minutos siguientes se vieron absortos firmando papeles y recibiendo indicaciones tras indicaciones, como si Sungguk no las hubiese recibido el día anterior y el día anterior a ese anterior. Recibió también un cóctel de suplementos y los horarios en los que Daehyun debía tomarlos.

Cuando finalmente fue autorizada la salida de Daehyun, Sungguk le sonrió con ánimo mientras le quitaba una mota imaginaria del hombro.

—¿Emocionado? —dijo.

Daehyung se lamió los labios y asintió, caminando emocionado hacia las escaleras. Ubicado en el último peldaño, el chico se giró para comprobar si Sungguk lo seguía. Estiró su mano para hacerle un gesto. Seojun y Sungguk lo alcanzaron, cada uno se posicionó a su lado hasta que llegaron al primer nivel y los dedos de Daehyun se enredaron en el bíceps de Sungguk.

—Tranquilo —dijo Seojun—, será igual que el otro día cuando estuviste bajo la lluvia. No hay nada que temer.

Daehyun dudó unos instantes, luego avanzó. Al principio dio unos pasos lentos y torpes, pero que fueron ganando precisión y velocidad. Al cruzar las puertas de vidrio, la respiración de Daehyun se agitó como si temiese quedarse encerrado en el hospital. Una vez fuera, el aire frío del atardecer acarició sus mejillas acaloradas por la calefacción. Olía a tierra mojada y un tanto a combustible quemado por las ambulancias que salían y entraban de emergencias.

—¿Dónde dejaste el auto? —preguntó Seojun.

Sungguk apuntó hacia un costado de los estacionamientos, Daehyun seguía tirándolo por la chaqueta. Extrañado, volteó la mirada hacia él sin entender.

—¿Qué sucede?

Mordiéndose el labio, Dae apuntó hacia el camino de la derecha que rodeaba el hospital y alzó su meñique.

La promesa, recordó Sungguk. Le había prometido conocer el parque.

Permitió que Daehyun tirase de él pidiéndole en silencio que avanzase, que se moviese lejos de esa entrada, de ese hospital, hacia la calle, hacia algo que nunca vivió, hacia un nuevo comienzo que tal vez sería dificultoso, pero que valdría la pena.

Sungguk lo siguió.

Al llegar al borde del parque, Daehyun se soltó de Sungguk y corrió unos metros, frenando de golpe para corroborar que sus amigos continuaban con él.

—Tómatelo con calma, Daehyun —le pidió Seojun—. Lo hablamos, ¿lo recuerdas? Nunca más vas a estar encerrado. Daehyun es libre para hacer lo que desee.

Daehyun se quedó observándolo sin pestañear. A continuación, sus labios se movieron lentamente pronunciando tres palabras sin sonido:

—Daehyun es libre.

Y otra vez.

—Daehyun es libre.

Comprobó a Sungguk con mirada nerviosa y después corrió hasta que le dolieron las costillas, agotado por el esfuerzo físico de un cuerpo que solo conoció cien metros cuadrados de espacio. Esperó unos segundos para recuperar el aliento y emprendió camino. Al llegar a los columpios, se sentó en uno y le hizo señas apresuradas a Sungguk para que se acercase. Alzó las piernas en el aire esperando a que lo empujase por la espalda.

Era un niño.

Seguía siendo un niño aunque que no se veía como tal.

Al alcanzarlo, Sungguk lo afirmó por la cintura dándole impulso. El cuerpo y el columpio se balancearon hacia adelante. Y cuando estuvo en la parte más alta, Daehyun estiró uno de sus brazos como si quisiese tocar el cielo, sus dedos cerrándose en el vacío al retroceder y alejarse. Una risa burbujeó en sus labios apretados, su voz se oía entrecortada y rasposa al pedir a todo pulmón:

—¡Más!

Sungguk lo impulsó con más fuerza, aumentando la velocidad del movimiento. La mano de Daehyun se alzó otra vez en el aire y volvió a cerrarse en la nada.

—¡Más!

A Sungguk le dolía el brazo cuando Daehyun frenó levantando una nube de polvo que los hizo toser a ambos.

—¿Listo? —preguntó Seojun con expresión relajada.

Decidieron que Daehyun fuese de copiloto. Sungguk lo ayudó a colocarse el cinturón y le bajó la ventana tras encender el coche y partir.

—Daehyun —habló Seojun a gritos para que el chico alcanzase a escucharlo a través del ruido—. Puedes sacar la cabeza, pero no tanto, que puede ocurrirte algo.

Dae, que casi iba colgando por la ventana, se acomodó con un suspiro y apoyó la cabeza sobre sus manos unidas. El cabello le iba en todas direcciones por el viento.

Sungguk notó de reojo que Dae recorría la calle de aquí para allá intentando no perderse nada del recorrido. Su boca se abrió de impresión al pasar frente a la piscina de la ciudad y ver los toboganes de agua alzados en dirección al cielo.

—Es la piscina —explicó Sungguk—. Está cerrada hasta el verano.

En una costumbre que le tomaría meses perder, e incluso tal vez nunca lo hiciera, Daehyun leyó las palabras en sus labios.

Al llegar a casa, su perro Roko esperaba tras la ventana cerrada de la sala de estar, su hocico se asomaba entre los visillos blancos. Ladró como loco cuando escuchó el auto estacionar.

—Bien, aquí vivirás con nosotros —anunció Sungguk, de pronto nervioso ante la idea de que a Dae no le gustase su nuevo hogar.

El sol ya casi se había puesto del todo en el horizonte, dándole una coloración anaranjada a las paredes azules, a las ventanas mal pintadas de blanco, a la maleza en el jardín y al perro que ladraba y rasguñaba con las patas el vidrio de la sala.

—¿Te gusta? —preguntó Sungguk con inseguridad.

Dae asintió con expresión solemne, quitándose el cinturón y bajándose del coche.

Cuando abrieron la puerta de la casa, el primero en salir fue Roko.

—¡Roko, no! —gritó Sungguk, pero por supuesto el perro no hizo caso y acortó los metros de distancia que lo separaban de ellos. Se tiró sobre Daehyun sin compasión, sus patas grandes se apoyaban en el estómago del chico y casi lo mandó al suelo por el impacto. Seojun corrió hacia ellos aplaudiendo para espantar a Roko, como si eso alguna vez fuese a servir con un perro desobediente como ese.

—Roko, shu, shu, vete —pedía Seojun desesperado mientras Dae, tras recuperarse del impacto, le acariciaba la cabeza con una expresión melancólica.

A continuación, Namsoo salió de la casa seguido de Eunjin, al que Daehyun solo había visto el día que Sungguk bajó del ático.

—Daehyun —lo llamó Sungguk al detenerse a su lado—. Ellos dos viven conmigo, serán tus compañeros también. A Namsoo lo conoces como tu doctor y Eunjin estaba con nosotros el día que nos conocimos.

Daehyun asintió un poco balanceándose en la punta de sus zapatos, sus tobillos desnudos bailaban en el aire. Mantuvo la mirada baja y esquiva, mientras ingresaban a casa sin contacto físico porque a Dae todavía le estresaba la cercanía de cualquiera otra persona que no fuese Sungguk y, tal vez, Minki.

Dentro la casa estaba mucho más ordenada. A Dae primero le presentaron la sala de estar —compuesta por una enorme televisión, un sofá largo y dos pequeños— y el comedor. A continuación la cocina con su mesa solitaria, a la que el chico no le prestó mayor atención. En el cuarto de lavado Dae contempló cada detalle del lugar, fijándose en el detergente que usaban, el suavizante, la secadora y la enorme lavadora.

—Antes se encargaba de lavar la ropa —explicó Seojun en voz baja, mientras Dae curioseaba unos cajones del cuarto—. Para Daehyun es un rol importante que lo hizo sentir útil durante muchos años. Solo si se comienza a interesar en lavar, les pediré que lo dejen hacerse cargo. Debe ser una decisión que nazca de él, ¿está bien?

—Por mí encantado de que nos lavase la ropa —musitó Eunjin—. Antes lavaba Sungguk, pero cada vez tenemos menos tiempo.

Al lado del lavado se ubicaba el único baño de la casa; no era mucho problema compartirlo porque los tres tenían un horario laboral rotativo, pero si coincidían casi siempre terminaban en una pelea con Sungguk agarrando a Namsoo o a Eunjin por la cintura para ganarles la carrera al baño.

Solo Seojun y Sungguk subieron al segundo piso con Daehyun para no abarrotar el pasillo angosto. La primera puerta a la izquierda le pertenecía a Namsoo, el cuarto era un gran desastre, ropa tirada por doquier y la cama echa un revoltijo de mantas y sábanas.

—Este cuarto es de Namsoo —explicó Seojun ante la expresión consternada de Dae.

La habitación continua estaba muy ordenada, contenía solo una cama de dos plazas, un ropero grande y un escritorio.

—Este es de Eunjin.

Se movieron a las puertas del otro lado; el primer cuarto a la derecha de la escalera estaba tan desordenado como el de Namsoo.

—Este es de Sungguk.

El dueño se apresuró en cerrar la puerta con una sonrisa de disculpas.

—Soy limpio, lo prometo —fue su pobre excusa—. Solo que no tengo mucho tiempo.

Al llegar a la última puerta, Seojun anunció:

—Este será tu cuarto, Daehyun.

Era una habitación pequeña, con una cama de plaza y media cubierta con mantas oscuras. Tenía una televisión colgada de una pared y un ropero blanco que cubría la otra muralla. Las cortinas combinaban con las sábanas.

Daehyun ingresó con timidez, tomando asiento en el colchón y rebotando para probarlo. Después abrió las puertas del clóset y soltó un grito de sorpresa al verlo repleto de camisas, camisetas, pantalones, jeans y chaquetas. No es que Sungguk estuviese orgulloso por ocupar el sucio dinero del gobierno, pero se sintió bien ver la sonrisa de Dae al observar su ropa nueva.

Una hora después, y con Daehyun adaptándose con calma a los cambios, se sentaron en la mesa a comer pizza. Ante la insistencia de Sungguk para que les dijese cuál era su favorita, Dae había anotado en un papel una simple oración: con piña.

El padre de Sungguk se les unió cuando solo quedaba pizza de piña en la mesa, ya que a nadie, excepto a Daehyun, parecía gustarle esa extraña combinación.

—Pero si la pizza de piña es la más sabrosa —apoyó Sehun con expresión amable a Daehyun.

Sungguk puso mala cara porque a su padre no le gustaba ese tipo de pizza, solo decía eso para ganarse la simpatía de Daehyun. Tuvo que tomar abundante aire para contenerse y no soltar un mal comentario, no quería que Dae quedase en la línea de fuego en una pelea que Sungguk y su padre tenían pendiente.

Lastimosamente, en una casa donde todos trabajaban con turno rotativo, que fuese viernes por la noche no significaba nada. Namsoo fue el primero en retirarse a dormir. Le siguió Eunjin a los minutos y finalmente Sehun.

Seojun se quedó media hora más para asegurarse de que Dae estuviera bien.

Los relojes anunciaron las diez y veinte de la noche cuando Seojun decidió que Dae se encontraba tranquilo y estable, por lo que él podía ir a descansar. Se despidió de Dae recordándole que podía escribirle un mensaje a cualquier hora, y también llamarlo si se sentía mal.

El silencio se instaló en la casa, Daehyun había apagado la televisión por accidente al despedirse de su psicólogo. Su expresión era cansada. Sungguk se posicionó de cuclillas frente a él, sus manos acariciaban sus rodillas todavía algo huesudas.

—¿Estás cansado?

Daehyun volvió a bostezar fregándose un ojo.

—Puedes ir a dormir si quieres, Daehyun, ahora esta es tu casa. No tienes que pedir permiso —le recordó dándole un apretón en el muslo—. Vamos, ve a descansar.

Daehyun asintió, aunque no se levantó.

—¿Qué ocurre? Vamos, ve a dormir, estás cansado.

Todavía sin levantarse, Daehyun asintió una segunda vez.

—¿No quieres ir solo? —Sungguk lo entendió. Dae bajó la mirada, apenado—. Si te acompaño, ¿te irías a dormir?

Dae se puso de pie de inmediato, despertando de paso a Roko, que dormía apoyado contra él. El chico corrió a las escaleras deteniéndose en el primer escalón al notar que iba solo. Cuando Sungguk lo siguió, Daehyun continuó subiendo.

—Ahí están tus pijamas —apuntó Sungguk uno de los cajones blancos.

Daehyun sacó uno marrón con líneas oscuras. Tiró el pijama en la cama y se desvistió, dejando al descubierto un torso bonito de tono canela. Al quedar en ropa interior, Sungguk cerró la puerta por si alguien iba a curiosear. Se recordó que debía explicarle a Dae que no podía desnudarse en cualquier parte.

—Dentro del ropero hay una caja, ahí podrás guardar tu ropa sucia hasta que la laves —le aclaró Sungguk.

Tras ordenar su ropa, Dae se acostó en la cama y se tapó hasta la cintura, alisando las mantas a su alrededor.

—Debes quitarte el audífono para dormir, Dae.

El chico puso una expresión consternada, negando de inmediato con efusividad.

—Si te acuestas con él va a sonar feo en tu oído.

Como respuesta, Dae llevó su mano al auricular para protegerlo.

—¿En el hospital no te lo quitabas? —quiso saber. Tras su respuesta negativa, Sungguk le tendió su teléfono para que le escribiese un mensaje. El chico dudó unos segundos y tomó el celular.

Daehyun: Seojun dice que Dae puede dormir con su audífono.

—Pero te va a molestar y hasta puede que te duela.

Los pulgares de Dae volvieron a presionar la pantalla.

Daehyun: Seojun dice que Dae puede dormir con el audífono hasta que se sienta bien.

Sungguk por fin entendió la razón.

Era miedo, Dae solo tenía miedo de no escuchar nunca más si se lo quitaba.

—Está bien. Puedes dormir con él si eso te hace sentir bien —aceptó Sungguk—. Pero, Dae, quiero que sepas que, aunque pierdas ese, te adaptaremos otro y volverás a oír. ¿Está bien? Así que no tienes que temer por eso.

Dae se quedó observándolo casi sin pestañear, después asintió con cuidado y lentitud. De igual forma, no se lo quitó. Su dedo acarició el audífono con aire distraído pensando en las palabras de Sungguk.

—¿Duermes con la luz encendida? —preguntó Sungguk dirigiéndose a la puerta. Daehyun soltó un bufido ofendido—. Lo siento, lo siento, no eres un niño pequeñito, lo entiendo —salió apagando la luz—. ¿Puerta cerrada?

Tras ver su afirmación, la cerró con lentitud observando por última vez la expresión ansiosa de Dae. Como Seojun le había explicado de antemano que era posible que el chico pasase una mala primera noche, se quedó unos segundos en el pasillo por si iba tras él. Sin embargo, pasaron los segundos y no captó ningún ruido proveniente del interior.

Tal vez está demasiado cansado para sentir miedo, pensó Sungguk bajando al primer piso y sacando el colchón inflable que estaba en el cuarto de lavado. Le tocaba dormir en la sala de estar hasta que su padre se marchara a Seúl.

Con Roko bostezando y vigilándolo del sofá, Sungguk estiró el plástico en el suelo. Era un colchón inflable antiguo, así que sacó un bombín y comenzó a inflarlo con una lentitud exasperante. Con la frente algo sudada por el esfuerzo, se estiró para tomar aire.

Daehyun se encontraba sentado en el primer escalón. Con el ruido del bombín y sus resoplidos de esfuerzo, Sungguk no lo había escuchado. ¿Habría despertado por el bullicio? No, imposible, Daehyun seguía escuchando solo por un oído y ni siquiera demasiado bien.

—¿No puedes dormir?

Dae se encogió de hombros afirmándose las piernas contra sí.

—¿Sientes miedo?

Los labios de Dae se movieron hacia abajo en un puchero.

Sabiendo que aquello era peligroso, preguntó:

—¿Serviría si me quedo contigo hasta que te duermas?

Dae se quedó observándolo por tanto tiempo que Sungguk se cuestionó sus palabras. Iba a disculparse y pedirle que olvidara su idiotez cuando Daehyun finalmente asintió juntando las manos sobre su pecho.

Por favor, le decía.

Ambos subieron.

Daehyun se metió de inmediato a su cama, se acomodó en un costado y se tapó hasta el cuello. Sungguk tomó asiento a los pies, arrastrándose por el colchón hasta que su espalda estuvo apoyada contra la pared y sus piernas colgando por el borde.

—Si quieres te canto una canción de cuna —bromeó Sungguk.

Daehyun se sonrojó y puso los ojos en blanco, intentando verse como un adulto, aunque parecía algo triste al negarse. Sungguk se quedó en silencio, cruzando los brazos sobre su pecho. Y hecho un ovillo en su costado derecho, Dae apoyó una palma bajo su mejilla y se le quedó observando.

—Vamos, duerme o me iré —advirtió Sungguk.

Daehyun obedeció y cerró los ojos con una sonrisa bailándole en la boca. Sin embargo, abrió un párpado para comprobar si Sungguk continuaba ahí.

—Eso es trampa —se quejó Sungguk.

El chico volvió a cerrar los ojos, moviéndose un poco cuando una carcajada ronca escapó de su garganta. Acomodó las mantas alrededor de su boca para cubrirla y enmudecer el sonido. Se quedaron así lo que pareció una eternidad. Sungguk estaba pensando que el chico por fin se había dormido cuando volvió a abrir los párpados.

—Daehyun —le advirtió.

El chico volvió a cerrarlos, pero Sungguk sentía las vibraciones en la cama: Dae se estaba riendo escondido bajo las sábanas. Pasaría una eternidad antes de que Sungguk pudiese ir a dormir. Los párpados le pesaban al acomodarse y apoyar la cabeza contra la pared.

Debió haberse dormido unos minutos porque, al abrir los ojos, Daehyun estaba durmiendo. Con mucho cuidado, y la cabeza atontada por el sueño, Sungguk se bajó de la cama y cerró la puerta tras él.

En la sala de estar terminó de inflar su pobre cama. Se recostó en el colchón y se tapó con las mantas tras quitarse los pantalones y la camiseta. Cuando oyó el crujido en el último escalón de la escalera, no se sorprendió de nada. Al abrir los ojos, encontró a Daehyun posicionado a su lado.

—¿Qué sucede ahora? —preguntó con mucha paciencia.

Dae se acarició un brazo con timidez.

—¿Quieres mis mantas? —quiso saber. Daehyun negó suavecito—. ¿Tienes frío? —él se encogió de hombros—. Puedo pasarte otra manta —le ofreció, pero él negó otra vez contemplando su colchón inflable con una expresión tan triste, que Sungguk ni siquiera fue capaz de meditarlo antes de hablar—. ¿Quieres dormir aquí?

Daehyun asintió, uniendo las manos frente a él.

Por favor, pedía.

Seojun lo iba a matar.

—Solo estoy con ropa interior —advirtió.

Daehyun frunció el entrecejo y se encogió de hombros con total desinterés. Para él no tenía gran relevancia dormir con alguien que llevase o no pijama. Dae parecía no entender demasiado sobre las relaciones amorosas, lo cual no era de extrañar si solo había consumido televisión. En Corea la pornografía era ilegal, por lo que en televisión abierta los doramas nunca transmitían más allá de un beso. Y sin acceso a internet, ¿cómo podría informarse? ¿Siquiera se había masturbado alguna vez? Sungguk se horrorizó cuando aquella pregunta flotó en su mente. ¿Por qué sus pensamientos habían llegado hasta ese punto?

Quitándose esas ideas de la cabeza, Sungguk se movió hacia un costado para darle espacio a Dae. Su cuerpo se balanceaba en ese colchón inestable al arrastrar todo el peso hacia un lado. Daehyun se posicionó de rodillas y apartó las mantas. Primero metió las largas piernas y luego el resto de su cuerpo. Sus miradas se encontraron estando separados solo por un par de centímetros. Sungguk notó que Dae tenía un lunar en la punta de la nariz.

—Ahora duerme —le pidió. La mirada de Daehyun recorrió sus labios. Entonces levantó las mantas y se hundió en ellas hasta que solo sus ojos quedaron al descubierto. Sus largas pestañas revolotearon y finalmente cubrieron esa mirada expresiva.

Sungguk se quedó observándolo el tiempo suficiente para notar que la cabeza del chico se acomodaba en la almohada que compartían, en su nariz escondiéndose en las sábanas y en su pecho sosteniendo el aire en los pulmones cada vez más tiempo. Comprendió que estaba dormido y entonces se permitió hacer lo mismo. Sungguk acercó su cabeza un poco más a la de Daehyun hasta que el mundo desapareció a su alrededor.

45

Sungguk tenía el sueño pesado, podía pasar una locomotora por el costado de su oreja y ni siquiera despertaría. Sin embargo, el movimiento en su hombro era insistente y algo doloroso, unos dedos se enterraban en su piel desnuda. Atontado, abrió un párpado hinchado por el sueño. La cabeza de su amigo Eunjin flotaba sobre su rostro. Ahí notó un aliento haciéndole cosquillas en el cuello y un brazo rodeando su cintura. Aquellos dedos descansaban justo donde terminaba su ropa interior.

—Sungguk —repetía Eunjin.

¿Él era Sungguk? Cierto, él era ese él.

—Sungguk —esta vez fue Namsoo.

Abrió su otro párpado, la mitad de su cerebro seguía durmiendo.

—¿Qué? —logró musitar.

—¿Qué haces durmiendo con Daehyun? —quiso saber Namsoo.

¿Con quién? Esperen, ¿y por qué le dolía tanto la espalda? ¿Dónde estaba su colchón blandito pagado a cinco cuotas precio contado?

—Ah —balbuceó—. No podía dormir.

—Sungguk, no creo que sea correcto…

Eunjin interrumpió a Namsoo.

—¿Por qué no? Sungguk no es gay.

¿Por qué hablan de esto?, pensó Sungguk atontado mientras notaba que el cielo continuaba oscuro tras la ventana. Debían ser las tres de la mañana, ambos chicos se preparaban para el turno de madrugada.

—Sí, pero Daehyun sigue siendo un m-preg —debatió Namsoo.

—Pero no uno que Sungguk vaya a embarazar porque no le gustan los hombres. ¿Cierto, Sungguk?

Creyó balbucear un «no».

—¿Eso es un «no, no me gustan los hombres» o un «no, me gustan los hombres»? —cuestionó Namsoo.

—Sí, eso —se escuchó musitar una respuesta.

—No respondiste nada.

Se le cerraban los párpados. Se estaba durmiendo cuando los dedos volvieron a enterrarse en su hombro.

—Puedes irte a dormir a mi cama —insistió Namsoo.

—Ya, ya, *hyung* —se quejó—. Solo déjame dormir.

Para Sungguk las conversaciones se volvieron un susurro ininteligible. Acomodándose en la almohada, sintió que ese brazo le apretaba nuevamente la cintura. Medio consciente, abrió un ojo para observar la cabeza castaña de Daehyun enterrada en su cuello desnudo. Algo le dijo que no deberían estar durmiendo así, que era incorrecto, pero ese mismo algo le cuestionó esa presunta inmoralidad cuando solo eran dos amigos.

Sungguk se volvió a dormir, cayendo en el sueño profundo del que tanto le costaba salir.

Se despertó por segunda vez, el cielo iba tomando tintes rosados y anaranjados. Desorientado, se movió preguntándose qué habría pasado.

Entonces volvió a oírlo, pequeñito y bajito, un jadeo casi inexistente.

Un gemido.

La respiración que Sungguk sentía en el cuello era más cálida y entrecortada, aquella nariz le erizaba la piel de lo cerca que estaba.

Y una vez más, un gemido pequeño y entrecortado. El brazo en su cintura se estrechó. Los dedos de Dae se le incrustaron dolosamente por la cadera. Confundido todavía, Sungguk notó su entrepierna tensa.

Tenía una erección.

Una enorme y terrible erección mientras dormía al lado de un chico.

Y ese chico era Daehyun.

Acaso… ¿fue él quien había gemido?

Sungguk despertó de golpe y giró la barbilla para comprobar a Daehyun a su lado. Su mirada se encontró con unas pupilas dilatadas y unos párpados caídos. La respiración de Dae era agitada.

—¿Dae? —balbuceó.

Como respuesta, el chico cerró los ojos y gimió bajito, luego escondió el rostro en el hombro de Sungguk.

Sungguk perdió su erección en el instante que comprendió que Daehyun estaba llorando.

Cambiando de posición, con el colchón resonando por el plástico, se ubicó de costado hasta que la frente de Dae estuvo ahora apoyada contra su pecho.

—Dae, ¿qué sucede? —insistió.

No fue hasta que Sungguk volvió a cambiar de posición que sintió la humedad.

¿Sería?

Oh.

Oh, demonios.

Cerró los ojos con fuerza para reunir paz mental y tomó aliento dándose valor.

—Dae —susurró logrando afirmarle el mentón.

Sungguk tragó saliva, su estómago estaba apretado.

Moviendo su barbilla para dejar al descubierto su oído izquierdo, le acomodó el audífono que se le había soltado y lo encendió. Daehyun se estremeció por el ruido que emitió el aparato. Sungguk esperó unos segundos a que se ajustase antes de hablar.

—Dae, está bien —murmuró, cada palabra modulada con cuidado para que pudiese captarlas—. Está bien, en serio, es normal.

Daehyun había tenido un sueño húmedo.

A su lado.

Tal vez rozándose contra la cadera de Sungguk.

Dejando de lado sus propios pensamientos caóticos, Sungguk le acarició el cabello con cariño para tranquilizarlo, porque Daehyun continuaba estremeciéndose a su lado en un llanto terrible.

—Dae, es normal —insistió—. Por favor, respira, no pasa nada. En serio, es algo que nos pasa algunas veces cuando dormimos.

A Sungguk no le pasaba durmiendo que se excitaba hasta eyacular desde la adolescencia, pero Dae, que vivió toda su vida encerrado, nunca había dormido con otra persona que no fuese su abuela. Y el calor de otro cuerpo, sobre todo el Sungguk medio desnudo, había activado el subconsciente de Dae. El mismo Sungguk acababa de despertarse con una erección tremenda producto del calor, del roce, de los quejidos que debió soltar Dae entre sueños.

—Vamos, Dae, respira. Tranquilo. De joven me pasó un montón de veces, es una reacción normal.

Tampoco era para tanto. Sungguk sentía solo un poco húmedo, más como líquido preseminal que una corrida completa… esperen, ¿qué estaba analizando? No se lo podía creer, un chico había tenido una erección a su lado, y de paso contagiándole una a él, y casi se lo estaba tomando bien.

Decidió que se permitiría volverse loco después, cuando estuviese solo y pudiese tranquilizar a Dae. Si tan solo estuviese Seojun para ayudarlo…

Dios, Seojun.

¿Debería llamarlo? ¿Pero cómo iba a explicarle que Dae acababa de tener un despertar sexual porque lo había invitado a dormir a su lado? Iba a matarlo y cuestionar lo sucedido cuando

Sungguk solo quería ayudar. Y no solo eso, de seguro pediría que se llevasen a Dae lejos de él, lo más lejos, a Seúl posiblemente.

No, Sungguk no podía contar lo sucedido sin meter en un aprieto a Dae.

Tal vez podría mantenerlo en secreto, tampoco era la gran cosa.

—Mira —comenzó Sungguk—. Iremos a limpiarnos y fin, problema resuelto. ¿Está bien?

Daehyun continuó llorando.

Sungguk tomó aliento, él no había querido contarle aquello pero no le quedaba otra alternativa.

—Yo también me desperté igual —confesó. La expresión de tristeza de Dae se esfumó para dar paso a la sorpresa—. También desperté con una erección.

La mirada de Dae brilló.

—Vamos, no llores. Mira, mejor vamos al baño y te bañas. Verás que te sentirás mejor, te lo prometo.

Sungguk se movió y, por culpa del colchón infernal, sintió cada músculo de su espalda adolorido. Arrodillado con inestabilidad, le tendió la mano a Dae para ayudarlo a sentarse. Con el frío acariciándole la piel acalorada y desnuda, Sungguk se apresuró en ponerse de pie y vestirse. Daehyun se levantó, Sungguk comprobó de reojo que solo tenía una mancha no más grande que una moneda en el pantalón.

Una vez en el baño, Sungguk buscó toallas limpias mientras Dae continuaba apoyado contra el lavamanos sin reaccionar.

—Ahora te vas a bañar —dijo Sungguk entregándole una toalla—. Te vestirás y comerás un delicioso desayuno. ¿Está bien? No te sigas atormentando. ¿Me ves acaso a mí alterado?

Sungguk esperaba verse tranquilo, porque su conejo interior le comenzaba a dar urticaria por la ansiedad. Quería que un chorro de agua se estrellase en su nuca y lavase todos los pensamientos.

Sin esperar respuesta de Daehyun, salió del cuarto de baño y fue a quitarle el tapón al colchón para mantenerse ocupado. De todas formas, no pensaba a volver a ocuparlo, esa noche definitivamente dormiría con su papá.

Al rato bajó con una muda de ropa para él y otra para Dae, encontrándoselo justo con una toalla sujeta a la cintura. El agua goteaba por el cabello del chico. Llevaba su pijama arrugado contra su pecho. Sungguk le entregó un conjunto limpio y lo instó a ir a cambiarse.

Cuando finalmente el baño quedó desocupado y Dae tomaba asiento en el sofá abrazando a Roko, que insistía en lamerle la cara, Sungguk ingresó a ese cuarto aún caliente. Apoyó las manos en el lavamanos y respiró, estremeciéndose al recordar el indefenso gemido de Daehyun contra su oreja.

Tragó saliva con dificultad.

Oh, demonios.

46

Moon Daehyun había dormido con su abuela muchas veces; veces que fueron más típicas y menos ocasionales en su niñez, y luego se volvieron más ocasiones extrañas que normales al crecer, porque con el tiempo únicamente le empezó a pedir que durmiesen juntos cuando se sentía mal, cuando habían peleado y él no dejaba de llorar, cuando se sentía desesperado y le llegaba la idea detestable de que sería libre si ella moría.

Después, en el hospital, se acostumbró a despertar y a dormir viendo a Minki en la otra cama. Le tranquilizaba comprender que no estaba solo y que existía una persona que no era su abuela que se encontraba al alcance de su mano.

Por eso no estaba en los planes de Daehyun dormir con Sungguk, porque quería verse como un chico de diecinueve años. Y los chicos de su edad no les pedían a otros dormir juntos. Y si él no dejaba de comportarse como un niño, Sungguk se decepcionaría de él. Y Dae no quería decepcionar a Sungguk, quería gustarle para ser besado. Por eso dijo *sí* cuando Sungguk le preguntó si quería que cerrase la puerta, a pesar de que no soportaba la idea de quedarse encerrado otra vez.

Sin embargo, cuando Sungguk le preguntó si quería dormir con él, Dae recordó todas las veces que se acurrucó al costado de su abuela mientras leía palabras de amor en sus labios arrugados. Y por eso le dijo que *sí* a pesar de que se prometió ser grande y valiente. Ya podría ser un chico de diecinueve años al otro día, porque tener a Sungguk a su lado se sentía bien.

Se sentía lindo.

Bonito.

Le gustaba sentirse así.

Pero entonces se despertó abrazándolo, con la nariz contra su cuello, sintiendo el olor y el calor que emanaba su piel, que era tan similar al de su abuela y a la vez tan diferente. Más salado, más caluroso, más poderoso.

Su corazón se aceleró, la tirantez en su estómago aumentando hasta volverse ciertamente dolorosa.

Y de pronto lo notó.

No, no, no, por favor ahora no.

No le había ocurrido demasiadas veces, aunque sí las suficientes para sentir pánico. Gimió bajito al intentar apartarse y su erección rozó contra la cadera de Sungguk. Cerró los ojos con más fuerza. Su respiración salió en jadeos al repetir el movimiento.

Dae sabía lo que eran las erecciones, lo había leído en sus libros de biología, aparecían en los hombres para embarazar a una mujer o un m-preg. Sin embargo, en los libros no hablaban de despertarse con erecciones o de tener alguna por sentirse calentito al lado de alguien al que se quería. No hablaban del deseo de ser tocado, ni de la necesidad casi enloquecida de frotarse. No, no hablaban nada de eso porque no era «normal».

Sungguk era lo único que le quedaba y se iba a ir porque Dae era un monstruo, porque tenía erecciones cuando no debería. Él era un m-preg y, por su condición, no podían embarazar a nadie. Nada en Dae era correcto y funcional. Algo terriblemente mal ocurría con su cabeza y su cuerpo, tan mal que nunca se atrevió a contárselo a su abuela por miedo a que descubriese otro defecto en él y dejase definitivamente de quererlo.

Pero Sungguk repetía una y otra vez que era normal, que él también se había despertado con una erección. ¿Una erección…?, pensó Dae con confusión. ¿Eso quería decir que Sungguk se estaba preparando para embarazarlo? ¿A él? ¿A Moon Daehyun?

Con la cabeza caída y la frente apoyada en la baldosa de la ducha, se fregó con fuerza pidiendo estar limpio y que, por favor, no le volviese a ocurrir algo así otra vez.

Él solo quería estar bien.

Solo quería ser normal.

Un poco normal.

47

Daehyun continuó entristecido durante la mañana, a pesar de que Sungguk intentó hacerlo sentir mejor repitiéndole un montón de veces que era normal, que no tenía nada de qué asustarse y que le iba a seguir ocurriendo porque era algo natural que les pasaba a todos los hombres. Sin embargo, Dae permaneció decaído mientras Sungguk le preparaba tortitas de avena con Nutella que el chico apenas probó.

Ciertamente Sungguk se sentía frustrado, no sabía qué hacer ni tampoco con quién hablar. No podía confesarle a Seojun que Dae había tenido un despertar sexual al dormir a su lado. Lo mataría y no solucionarían nada. Por lo mismo, cuando Seojun lo llamó para avisarle que pasaría por su casa, Sungguk le pidió que no fuese, que Dae se debía acostumbrar y que, además, tenía el fin de semana libre.

Con Dae intentando jugar a Granjitas encogido en el sofá y Roko a su lado, Sungguk se apoyó contra la pared y lo meditó. Lo meditó muchísimo, tanto que probablemente se le fundió una neurona porque no se podía creer que estuviese subiendo a su cuarto y despertando a su papá.

—¿Me quedé dormido? —quiso saber.

—No, recién son las nueve y media —Sungguk y Dae llevaban despiertos de las seis.

—¿Sucede algo, hijo?

Si bien Sungguk sabía que no podía confiar del todo en su padre, también sabía que él podría a ayudarlo en ese momento. Sehun era movido por sentimientos que Sungguk no entendía, pero de alguna forma buscaban lo mismo en ese momento: el bienestar de Dae.

—Anoche Daehyun no quería dormir en su cuarto —comenzó contando sin revuelos.

—Es entendible, hijo, estar en una habitación debe recordarle su vida de encierro.

¿Por qué Sungguk no había pensado en eso?

—El punto es que yo estaba durmiendo en la sala de estar cuando… —su voz perdió fuerza hasta desaparecer. Despejó su mente de cuestionamientos ridículos, no era el momento para sentirse avergonzado—. Dae bajó a verme y él… quería dormir conmigo.

—Contigo se siente seguro —aceptó su padre con total tranquilidad—. Fuiste la persona que lo rescató. Será un sentimiento que le costará superar, Sungguk. Por favor, no te sientas superado por la situación. Entiendo que debe ser complicado para ti, pero…

—Estoy bien —aclaró—. Pero Dae no. Papá, él no sabe mucho.

—Él sabe mucho, hijo, solo que se limita a cosas que puede aprender leyendo. No entiende los sentimientos ni, probablemente, conoce su sexualidad. ¿Es sobre eso? —Sungguk asintió con suavidad—. Por supuesto que es ignorante en ambos temas, porque son conceptos que desarrollamos en sociedad. Comprendemos los sentimientos porque estamos expuestos a los sentimientos de otros, de la misma manera que sabemos de sexualidad porque vemos y aprendemos de esos otros. Él no tuvo ninguna de las dos.

—Se despertó con una erección —finalmente contó—. Y él parece no entenderlo. Siente que es algo malo.

—No creo que su abuela le haya explicado que las erecciones no son algo malo. Y los libros escolares, que debió utilizar para estudiar, solo hablan del sexo como un medio para reproducirse. Jamás se refieren al placer personal. Debe sentirse confundido.

—Intenté explicarle —se defendió Sungguk—. Lo calmé y le dije que era normal, pero sigue triste y ya no sé qué hacer.

—Lo primero —comenzó diciendo su padre mientras se ponía de pie y se cambiaba de ropa— es contarle a Seojun para que organice una clase de educación sexual. Si Dae solo conoce lo básico sobre la reproducción, no sabrá qué está sucediendo si alguien intenta aprovecharse de él.

Sungguk asintió con aire distraído.

—Pero si soy yo el que le cuenta a Seojun, él entenderá que Dae durmió a mi lado y podría considerar que es mala idea que viva conmigo y se lo llevará. Y para peor, Dae asociaría su placer sexual con algo malo que conlleva un castigo.

Su padre ajustó la cinta de los suspensores en sus hombros.

—Tienes razón. Le llamaré yo y se lo sugeriré. Un m-preg así de ignorante podría ser peligroso para sí mismo. Tú sabes cómo es de persuasivo el gobierno con la búsqueda del embarazo m-preg. Dios nos salve con la Ley del 2001.

—Pero, papá —debatió Sungguk con inseguridad—, ¿qué hago por lo pronto? No soporto verlo así.

—Si vuelve a ocurrir hazlo sentir bien.

—¿Hacerlo sentir bien con su erección? Papá… —se quejó con voz aguda—, ya sácate esa idea de nietos.

Su papá se rio con buen humor.

—Solo soy un hombre viejo con sueños.

—Sueños —Sungguk gruñó malhumorado tocándose el cuello tenso. Entonces procesó la situación y tragó saliva—. ¿Crees que Dae está teniendo un ciclo de calor?

—Imposible —negó con total seguridad—. Su cuerpo y mente vienen saliendo de un proceso terrible y no está preparado para eso. Lo que ocurrió hoy solo es algo que nos sucede a todos.

—Papá…

—También fui joven. ¿Cómo crees que te tuve?

—Eso es algo que no quiero saber. A mí me entregó el cartero y listo.

—El cartero —se burló—. Mis espermatozoides los carteros.

—Papá… —Sungguk se sonrojó.

—Además —continuó su padre mientras agarraba su maleta y la abría—. Dae tiene sentimientos por ti. Seguirá despertando con erecciones si insisten en dormir juntos.

Sehun acomodó dentro de la maleta el pijama que acababa de sacarse, cerró el cierre y la dejó en el suelo.

—¿Qué haces? —quiso saber Sungguk.

—Me voy.

—¿A dónde? ¿A un hotel?

—A Seúl —encogió los hombros con desinterés—. Ya hice suficiente aquí y creo que necesitarás tu cama de regreso.

—Papá, si crees que le voy a poner una mano encima a Dae…

—Decía para dormir —aclaró Sehun—. Pero está claro que otros pensamientos rondan por tu cabeza.

—No voy a…

Sehun tarareó tirando su maleta tras de sí. La bajó por las escaleras sin pedirle ayuda a Sungguk, que lo seguía. En el primer piso se encontraron a Dae todavía en el sofá con la cabeza de Roko en su regazo. Parecía jugar Granjita, solo que su vista estaba perdida en un punto vacío.

—Lava la ropa con él —sugirió Sehun al verlo deprimido—. Haz algo que lo haga sentir cómodo y útil.

Sungguk decidió seguir su consejo, sintiéndose mejor por sus nuevos sentimientos hacia su padre, que tan negativos y oscuros se habían vuelto el último tiempo. Finalmente, su padre se despidió de Dae aclarándole que regresaría dentro de unas semanas, que era un chico muy guapo, que siguiese leyéndose ese libro que le regaló en el hospital y que tenía su número para que hablasen cuando quisiese.

—Y no estés triste, Dae —le pidió en la puerta cuando un taxi se detenía afuera para llevarlo a la estación—. Tu sonrisa es bonita, no nos quites el privilegio de verla.

Aquello le sacó una mueca pequeña y tímida al chico. Se despidió de él moviendo la mano hasta que el taxi se perdió al final de la calle.

Una vez solos, regresaron al interior.

—¿Te gustaría lavar ropa? —ofreció Sungguk, arrugando la nariz de forma cómica para Dae—. Tengo que cambiar las sábanas de mi cama, papá durmió en ellas.

Estuvieron hasta la hora de almuerzo haciendo lo mismo. Dae parecía orgulloso y feliz viendo sus prendas saliendo limpias y calientes de la lavadora y secadora.

Estaban terminando de comer cuando Eunjin regresó del trabajo anunciando que tenía el lunes y el martes libre, por lo que iría a su ciudad natal a visitar a su familia. Minutos más tarde, Dae observaba a Eunjin arrastrar una maleta por el suelo recién limpio. Este se marchó tan rápido como llegó, dejando a Dae con el entrecejo fruncido.

—Te conté en el hospital cómo eran Eunjin y Namsoo, ¿lo recuerdas? —dijo Sungguk mientras le tocaba la rodilla a Dae para captar su atención—. Siempre vienen y van, es normal en ellos. Por cierto —agregó deteniendo su caricia—. ¿Te gustaría tener hoy una tarde de películas? Sé que Eunjin no estará y el turno de Namsoo terminará el lunes por la madrugada, pero ¿quieres ver películas conmigo?

Antes de que incluso alcanzase a terminar su propuesta, Dae aceptó aplaudiendo con una sonrisa chiquita. El corazón de Sungguk aumentó la velocidad de sus latidos. Dae era precioso, eso Sungguk no podía negarlo.

—Podemos ir a la tienda a comprar ramen instantáneo, arroz, unas salchichas y... ¿te gustan las palomitas de maíz?

Dae volvía a asentir con energía, agarrando su celular y tecleando algo con lentitud. El teléfono de Sungguk vibró con un mensaje nuevo:

Daehyun: me gustan con caramelo.

—Palomitas con caramelo serán —aceptó Sungguk—. Ve a buscar tus zapatos, iremos con Roko.

Daehyun partió corriendo. Al volver, se enganchó al brazo de Sungguk y alzó su mirada bonita hacia él. Ese día Dae llevaba un conjunto mucho más relajado de lo habitual, compuesto por un buzo deportivo y una chaqueta abultada que le había regalado Sungguk aquella mañana.

Antes de partir, Sungguk llamó a Roko con un silbido. Tras la aparición del perro en la sala de estar, salieron a la calle sin correa de paseo, porque dentro de todo Roko era un animal civilizado que no le interesaba meterse en pelea de perros.

El sol comenzaba a esconderse, tiñendo las mejillas heladas de Dae con un brillante naranjo y rosa.

Avanzaron por la vereda deteniéndose cada dos pasos, porque a Dae todo le parecía maravilloso. Quería acariciar el césped, arrancar una flor que sobrevivió al invierno, pisotear las inexistentes hojas cafés y rozar con los dedos los troncos de los árboles. Para Dae el mundo era una aventura nueva.

La tienda de conveniencia fue otro universo nuevo que explorar. Dae recorrió los pasillos tocando todo lo que le interesó y echando productos en la canasta que Sungguk portó hasta que esta estuvo repleta con tonterías. Pero cuando Dae se acercó al estante repleto de cajas de huevos y agarró uno suelto para examinarlo de cerca, ocurrió el desastre:

—¡Cuidado! —gritó el cajero.

El grito agudo ingresó por el audífono de Dae y se amplificó en su tímpano. El chico, que vivió durante una década en silencio, dio un brinco y golpeó la torre de huevos mandando las cajas al suelo. Hilera tras hilera de huevos se estrellaron contra las baldosas. Con los ojos abiertos de par en par, y sosteniendo el único sobreviviente a esa masacre, Dae parecía a punto de llorar. Sungguk se apresuró para llegar a él justo cuando el cajero lo alcanzaba.

—Los pagaré todos, pero no digas nada, por favor —pidió Sungguk deteniéndolo en el pasillo.

El muchacho miró el desastre y después a Sungguk:

—Eso no arregla el desorden.

Sungguk prometió pagarle por eso también mientras Dae continuaba en medio del desastre con los zapatos embarrados en yemas y claras. En la caja, Sungguk pagó por todo y agregó una buena propina para que el muchacho limpiase el incidente.

—El chico de la tienda hoy cenará un delicioso y enorme omelette de huevos —bromeó Sungguk cuando se devolvían a casa. Dae no lo tomó con humor y comenzó a llorar.

Sungguk no dijo nada más hasta que llegaron a la casa.

Cerrando la puerta principal, dejó las bolsas en el suelo y deslizó sus brazos entre la chaqueta abierta de Dae para sujetarlo por la cintura, apegándolo a él de forma cariñosa. Posicionó su rostro en el lado izquierdo de sus hombros para hablarle tranquilo:

—¿Por qué lloras? Solo eran unos huevos.

Los brazos de Dae fueron con timidez a su cuello para sujetarse a él. Continuó llorando bajito. El chico no estaba triste por los huevos, ese accidente solo había reactivado el problema de la mañana.

Con un suspiro, Sungguk bajó las manos y tiró de los muslos de Dae para alzarlo en brazos. Extrañado, Dae se alejó unos centímetros para contemplar su rostro. Después sus piernas rodearon la cadera de Sungguk para sostenerse con fuerza, la nariz enterrándose en su cuello haciéndole cosquillas con el aliento.

Sungguk se dejó caer en el sofá con Dae todavía sobre él.

—Lo que sucede es que estás cansado —dijo Sungguk con voz segura y confiada—. Dormimos múy poco y estás agotado, por eso tus emociones están descontroladas.

La cabeza de Dae se movió contra su cuello, mientras Sungguk le acariciaba los muslos por la parte de abajo, ya que Dae continuaba con los pies enganchados detrás de su espalda enterrándole los zapatos contra los riñones.

—Vamos, a dormir.

Dae se afirmó con más fuerza a él, estrechando los muslos a su cintura. Y entonces una única y cortante palabra escapó de esos labios:

—¡No!

Una sonrisa involuntaria apareció en el rostro de Sungguk. Le acarició otra vez las piernas con los dedos extendidos y después le dio un golpe cerca del trasero.

—Vamos, los niños pequeños y consentidos deben dormir siesta a las siete de la tarde.

—¡No!

Sungguk intentó desengancharse para dejar de sentir los zapatos contra sus riñones, pero el pequeño consentido apretó otra vez los muslos en su cintura, pasando a llevar su entrepierna en un movimiento involuntario e inocente. Sungguk decidió que lo mejor era quedarse quietísimo. Tragó saliva y se permitió apenas respirar, total respirar era para los débiles, él solo necesitaba no moverse para que el roce fuese reducido a cero.

Sin embargo, el aliento de Dae, que le hacía cosquillas en el cuello, era caliente y provocaba escalofríos por su columna cada vez que golpeaba contra su piel. Su nariz tampoco le hacía gracia, como tampoco ese trasero que encajaba tan bien sobre su entrepierna. Nada de eso le hacía gracia, partiendo porque tenía a un chico sentado en su regazo.

—Dae —lo llamó, escuchando su propia voz ahogada en sus oídos.

Un momento, ¿por qué de pronto estaba nervioso?

Cerró los ojos.

Piensa en...

Piensa en... algo, Sungguk.

Solo en algo.

En cualquier cosa.

Algo que le hiciese olvidar los escalofríos y esa tirantez que comenzaba a sentir en las entrañas.

—Vamos, Dae, me estás enterrando los zapatos en la espalda.

Eso pareció hacerlo reaccionar, porque se movió.

Santo Dios.

Dae se inclinó hacia atrás para observar a Sungguk, quedando tan cerca que ahora su aliento le acariciaba la mejilla derecha.

—Tus zapatos —jadeó.

Y tu trasero, quiso decir, pero eso claramente no podía cuestionárselo.

Entonces otra vez el chico se movió.

Que alguien lo sacase de ahí, por favor.

Y por fin Dae se bajó de su regazo, tirando los zapatos lejos.

Sungguk dio un largo trago de aire y se dejó caer contra el respaldo.

Uf, había sobrevivido sin incidentes.

Por ahora, solo por ahora.

—¿Quieres que veamos ahora una película o prefieres dormir? —preguntó Sungguk tras encontrar su voz perdida.

Con la espalda apoyada contra el reposabrazos y las piernas encogidas, Dae agarró el control y encendió la televisión.

—Iré a hacer las palomitas —informó poniéndose de pie.

En la cocina, dio el agua helada y metió las manos bajo el chorro, pasándose los dedos ahora fríos por las mejillas.

Ya, ya, tampoco es para tanto.

Sungguk metió las palomitas al microondas y sacó el caramelo del refrigerador para bañarlas. Al regresar al living, Dae ya había escogido una película. Y no una buena para el pobre Sungguk, en la foto promocional aparecían dos hombres casi besándose.

Llámame por tu nombre.

«En Italia, en la década de 1980, en medio del esplendor del verano, Elio y Oliver descubren la embriagadora belleza de un deseo naciente que va a alterar sus vidas para siempre».

Sungguk casi se atragantó mientras le entregaba a Dae las palomitas brillantes en caramelo derretido.

—Dae, ¿por qué no vemos una de Disney? No sé, *El Rey León* me parece una buena idea.

Pero Dae no le oyó bien o prefirió no hacerlo, porque le puso *play.*

Seojun iba a matarlo.

Sungguk tomó asiento con resignación. La película empezó mostrando fotografías de estatuas. Todo bien, todo tolerable. Luego apareció en primer plano un chico delgado sin camiseta. La familia recibía a un hombre alto en su casa de veraneo. *Menos mal, nada inapropiado.* Sungguk podría sobrevivir a esa película, sobre todo cuando de reojo comprobó que Dae se acomodaba en el sofá y apoyaba su mano bajo la mejilla derecha dejando al descubierto el auricular. Los ojos del chico seguían la película con devoción.

Sungguk comenzaba a relajarse cuando a Elio, uno de los protagonistas, se le ocurrió meterse la mano dentro del pantalón. Antes de que Sungguk lograse apagar la televisión, Elio fue interrumpido por otro personaje. No es que Sungguk le quisiese prohibir ver ese tipo de películas a Dae, solo que el chico tenía nula experiencia sexual y no parecía una buena idea exponerlo a eso.

Mientras Elio y Oliver llegaban a una laguna secreta, Sungguk pensó que debía relajarse.

Claramente esa templanza le duró hasta que Oliver le acarició los labios a Elio. Sungguk se puso tenso otra vez, de reojo comprobó que Dae había levantado la cabeza con curiosidad y seguía las imágenes casi sin pestañear. Entonces Elio se acercó a Oliver con su lengua juguetona, comenzando un beso esquivo que iba y venía.

Sungguk se puso de pie a toda velocidad. ¿Y si esa escena seguía subiendo de tono y dejaba a Dae traumado? Lo meditó solo medio segundo, corrió hacia el panel de control y cortó la luz de la casa, la escena del beso entre Oliver y Elio quedó en negro.

—Oh, qué lástima —dijo en voz alta para que Daehyun alcanzase a oírlo. Ambos quedaron iluminados solo por el farol anaranjado de la calle—. Creo que se cortó la luz de la casa. Una pena, no podremos terminar la película.

Cuando Sungguk se dejó caer otra vez en el sofá, Daehyun lo observó con el entrecejo fruncido.

—Tendremos que ir a dormir —continuó Sungguk—. Sé que recién son las ocho, pero considero que es una buena hora para descansar. ¿No te parece?

A Dae no le parecía.

Acomodándose, el chico se posicionó sobre los talones todavía con el entrecejo fruncido hacia Sungguk.

—¿No quieres dormir? —quiso saber Sungguk solo para rellenar el silencio incómodo.

De pronto Dae hizo que su lengua bailase fuera de su boca para lamerle el labio a Sungguk al igual que en la película. Y mientras Sungguk se quedaba paralizado, Dae se llevó ambas manos a la boca y comenzó a reírse.

—¿Me… lamiste? —jadeó Sungguk, como si no sintiese la humedad en la comisura de la boca.

Dae continuó riéndose. Se veía muy complacido consigo mismo, su expresión siendo divertida y traviesa.

—Entonces —continuó Sungguk con un hilo de voz. Tragó saliva—, ¿a dormir?

De respuesta recibió un encogimiento de hombros.

Golpeándose las canillas con los muebles y con Roko haciéndolo tropezar en la oscuridad, Sungguk se dirigió hacia la escalera sosteniendo la mano de Dae para guiarlo. No pensaba dar la luz y arriesgarse a que el chico insistiese en seguir viendo la película. Ya podría terminarla cuando recibiera clases de educación sexual.

Llegaron a la habitación de Dae. Sungguk sacó el celular y activó la aplicación de linterna.

—Vamos, ve a acostarte, prometo quedarme hasta que te duermas.

Dae negó al instante, cruzándose de brazos.

—Te prometo que me quedaré hasta que te duermas. Además estaré en la habitación de al lado. Si te despiertas en medio de la noche, puedes ir a buscarme, ¿te parece?

Eso lo convenció lo suficiente para ingresar al cuarto y quitarse la ropa sin mucho ánimo. Primero se bajó los pantalones dejando entrever un calzoncillo gris, después tiró de la chaqueta y finalmente de su camiseta. Ese día se puso un pijama azul oscuro.

—¿No te quitarás el audífono? —quiso saber Sungguk, a pesar de que sabía de antemano cuál sería la respuesta.

Dae cubrió su oreja izquierda con la palma. Entonces negó con total seguridad mientras iba a la cama y se acostaba en el costado derecho, dejando un enorme espacio a su lado. Sungguk se quitó los zapatos y se recostó sobre las sábanas. Se acomodó lo menos posible y cerró los ojos a pesar de que sentía los dedos de los pies congelados y estaba incómodo.

—A dormir —pidió, concentrándose en la respiración de Dae.

Debió haberse dormido mucho antes que el chico porque se despertó con un pequeño sobresalto. El reloj de la mesa de noche anunciaba que eran las once.

Con cuidado, se puso de pie y salió dejando la puerta entreabierta. Observó a Dae unos segundos desde el pasillo, recorriendo sus pestañas cerradas y la mitad de su rostro al descubierto. Estaba durmiendo. Más tranquilo, Sungguk se dirigió a su propio cuarto y, tras quitarse la ropa, se acostó en su cama.

Tal vez fue el estado de alerta en el que se durmió, que Sungguk despertó de golpe al oír un estallido en el piso inferior. Se levantó de un impulso y fue al cuarto de Dae. La cama estaba vacía. Con el corazón en la mano, bajó corriendo. ¿Se habría ido? ¿Habría salido de la casa?

Vuelto un ovillo apenas cubierto por una manta delgada, encontró a Daehyun durmiendo en el sofá. Roko estaba a su lado como el guardián malcriado que era. Una pequeña figura se encontraba tirada al lado del animal, de seguro Roko la había tumbado con la cola.

Se acercó al chico, colocándose de cuclillas frente a su rostro dormido. De pronto sintió un nudo en el estómago porque Dae había preferido irse a dormir al sofá que ir a buscarlo para no molestarlo.

—Dae —lo llamó.

Apartando los mechones de cabello de su frente, esos labios en forma de corazón hicieron un puchero mientras las pestañas revolotearon al abrirse.

—Estás helado —le dijo acariciando la mejilla congelada—. Vamos arriba, aquí te vas a enfermar.

Daehyun miró hacia la escalera. Negó con la cabeza y volvió a acurrucarse bajo la pobre manta. Sungguk decidió que llamaría a Seojun y le contaría todo, él podría ayudarlos con la situación que estaban viviendo. Había sido una pésima decisión no contarle y evitar su visita.

—Dae —insistió Sungguk—, si quieres puedes dormir en mi cama y yo en el piso. ¿Te parece? Los dos en mi habitación.

Como Dae no se movió ni respondió, Sungguk lo levantó.

—Afírmate a mi cuello —pidió. Dae de inmediato hizo caso.

Sigue pesando muy poco, pensó Sungguk al subirlo por la escalera. En su cuarto, lo acomodó en la cama de dos plazas y después fue por el colchón más pequeño a la pieza de Dae, dejándolo caer entre su cama y el ropero.

—¿Ves? Yo duermo aquí y tú en mi cama, ¿te parece?

A pesar de que tenía un montón de espacio para acostarse, Dae se acomodó en el rincón más cercano a Sungguk y se cubrió hasta el cuello, asomando la cabeza por el borde del colchón.

Al terminar, Sungguk se quedó observando el techo unos instantes.

—Buenas noches, Dae.

Pero se despertó a las horas con Dae durmiendo a su lado.

48

Sungguk no recordaba que estaba durmiendo en el suelo de su habitación y que Dae ocupaba su cama, tampoco recordó que se fue a dormir solo y que no tenía pareja, por tanto, no debía ser normal sentir ese calor que desprendía el cuerpo pegado al suyo.

Con la mente aún nublada por el lento despertar, solo se guio por el instinto, ese mismo que se sentía reconfortado, ese mismo que le hizo deslizar las manos por una pierna y tirar de ella, reduciendo el espacio para que fuese mínimo, insignificante.

Soltando un quejido placentero, hundió su rostro en la clavícula del otro, su nariz hizo contacto con el hueso y lo acarició. Sus manos fueron hacia abajo, afirmando la cadera un tanto huesuda y enterrando los dedos en ella. Apretó, sintiendo, palpando, tocando, porque se moría de ganas de explorar, de hundirse ahí, de ser uno, y no dos cuerpos independientes que dormían juntos.

Sungguk jugó con el borde del pijama, tentando la piel de la espalda que dejó al descubierto.

Sintió un suspiro suave, bonito, bajito e involuntario.

Una sonrisa adormilada bailó en su boca, estirando los labios para besar el hueso de la clavícula, la ropa del otro le hizo cosquillas en la barbilla. Sintiendo su entrepierna tensa por la erección, tiró y se apegó, queriendo aumentar el contacto para aliviar el calor.

Y en ese momento, lo sintió.

Un bulto restregándose contra el de él.

El corazón de Sungguk se detuvo y luego subió a su garganta. La conciencia regresó a él como un balde de agua fría.

Abrió los ojos.

Moon Daehyun, con la cabeza hacia atrás, exponía su largo cuello y clavícula. Sungguk lo soltó como si quemase y se lanzó hacia atrás, su nuca estrellándose contra el ropero.

—Qué demonios...

El golpe resonó en su limitado cerebro, su cráneo ardía de dolor. Daehyun, igual de dormido, pestañeó desorientado hacia él.

Uno.

Dos.

Y los ojos de Daehyun se abrieron en horror. Se colocó de pie con tanto impulso que de paso golpeó con el codo el estómago de Sungguk. Después corrió fuera del cuarto, encerrándose con un portazo en la otra habitación contigua.

Sungguk se permitió perder la cabeza unos segundos y después, a pesar de la hora, agarró su teléfono tirado en el suelo e hizo una llamada:

—¿Aló, Seojun? Tenemos que hablar.

Daehyun continuó encerrado en su cuarto mientras esperaba a Seojun. Como Sungguk no quería ni pretendía ingresar imponiendo su autoridad por sobre la decisión de Daehyun, estuvo golpeando su puerta y llamándolo sin resultados. Si el chico no quería abrirle, bien, Sungguk debía respetarlo.

—Está encerrado en su cuarto —informó Sungguk al ver a su cuñado. Veinte minutos había tardado Seojun en llegar a la casa, siendo recibido por Roko, que intentó romperle los pantalones cuando lo vio.

Estuvieron otros cinco minutos hablando de la situación. Sungguk le contó sobre el *incidente*. Y para su sorpresa, no recibió la reprimenda que se esperó, solo un largo suspiro y una expresión cansada.

—Vendrá un especialista para ayudarme —explicó Seojun—. Y creo que será mejor que salgas de la casa por unas horas.

—Pero, *hyung*, son las siete de la mañana de un domingo. ¿Dónde voy a ir?

—No sé, búscate un lugar. Una cafetería, quizás, eres policía. ¿Dónde desayunas cuando te toca trabajar de madrugada?

Sungguk se rascó el puente de la nariz.

—En una cafetería de la carretera.

—Ve allá.

—Pero, *hyung*...

—Va a ser vergonzoso para Daehyun cuando lo comprenda.

—Ya, pero...

—Ya, pero... es contigo con quien le pasó *eso*.

Las orejas de Sungguk tomaron una coloración enrojecida. Tosió para aclarar su voz y cuadró los hombros porque, si bien le contó casi todo a Seojun, *casi* era la palabra clave. Sungguk más bien se centró en dejar en claro la parte de Daehyun, mas no así la de él.

Demonios.

Agarró el primer abrigo que encontró colgando de una silla y se lo puso, notando que era el que utilizó Daehyun el día anterior.

—Avísame cuando pueda regresar —pidió Sungguk antes de marcharse.

Decidió ir a un restaurante.

Se llevó la camioneta. Si se decidía a beber, podría dejarla estacionada en una calle y tomar un taxi de regreso. Él era policía, si alguien se la robaba era muy probable que la terminara encontrando. Tal vez como chatarra, pero encontrándola de todas formas.

Mientras conducía, Sungguk se dio cuenta de lo mucho que extrañaba a Minki y su incesante charla infernal siempre relacionada de algún modo con su novio Jaebyu.

Podría llamar a uno de sus amigos, pero Namsoo se encontraba en turno, Minki enfermo, Jaebyu cuidando a Minki, Eunjin en otra ciudad y Seojun hablando con Daehyun sobre el deseo sexual. No tenía más amigos a los que recurrir.

Bueno, estaba Joohyun, aunque ella no era precisamente una amiga de Sungguk. Era mayor que él por siete años y llevaban teniendo esas visitas de fin de semana por alrededor de dos años, era un mutuo acuerdo donde ambos ganaban placer sin estigmas ni repercusiones sociales.

Jugó con el celular meditando si llamarla o no, hace tres meses que no la veía. Se tiró unos vellos de la patilla con los dedos, una mala costumbre que tenía. En fin, desechó la idea.

Ya había pasado dos horas fuera de casa. Sungguk suponía que ya debían haber terminado con esa charla y podría regresar.

Los relojes marcaban casi las nueve de la mañana cuando ingresó con mucho cuidado a la casa. Nervioso, se sacó los zapatos y avanzó por el pasillo. Desde el comedor provenía una voz clara y bien modulada que explicaba con calma:

—… y eso es el deseo sexual, Daehyun.

Mala suposición, todavía estaban en eso.

Sungguk se quedó quieto a medio pasillo pasando a llevar con el brazo la esquinera de un mueble. Ese pequeño ruido fue suficiente para que Roko, sentado en el sofá, se levantase y ladrase feliz dándole la bienvenida. El escándalo hizo que las tres personas en la mesa se giraran.

Seojun estaba en la cabecera.

Un tipo desconocido al lado derecho de su amigo.

Y Daehyun abría los ojos de par en par con las mejillas coloreadas en rojo mientras soltaba un quejido entrecortado de puro horror. Tomó uno de los libros de la mesa y se escondió detrás de él.

—Sí, bueno —balbuceó Sungguk, retrocediendo por el pasillo y chocando contra otro mueble—. Sí, creo que iré a beberme unas cervezas al parque. Sí, eso, adiós.

Cuando Roko se apresuró y lo siguió, Sungguk fue incapaz de meterlo a la casa otra vez. Así que ahí estaba en el parque bebiéndose unas cervezas, temprano por la mañana, mientras le lanzaba piedras a su perro para entretenerlo.

A la cuarta cerveza, Sungguk decidió que hablar con su amiga Joohyun no era para nada una mala idea. Podría tomar un taxi a su departamento, besarla y olvidarse de que tenía en casa un chico que estaba descubriendo su sexualidad y que no hacía más que meterse en su cama por las noches.

Sí.

Era una buena idea.

Sacó su celular y llamó.

—Sungguk, tanto tiempo.

Media hora más tarde, tras tirar las latas vacías en el contenedor del parque y dejar a Roko en la puerta de la casa, Sungguk se encontraba bajando del taxi, subiendo el ascensor y besando a Joohyun en la entrada.

Y la tarde se fue en un suspiro.

Con el cabello mojado por la ducha y la mente nublada por la botella de vino que había bebido con Joohyun, Sungguk agarró su olvidado celular. Eran las siete de la tarde, tenía más de veinte mensajes y quince llamadas perdidas.

Las llamadas eran de Seojun.

Los mensajes también, a excepción de uno:

Seojun: Sungguk, ya terminamos.
15.31

Seojun: ya puedes regresar.
15.47

Seojun: Sungguk, ¿dónde estás?
16.17

Seojun: SUNGGUUUUUUUUUK, te estoy llamando.
16.29

Seojun: contesta.
17.02

Seojun: contestaaaaaaaaaa.
17.18

Seojun: tú serás el que recibirá las consecuencias de tu hermana porque todavía no regreso a casa.
17.29

Seojun: maldito desgraciado, dónde te metiste???
18.01

Seojun: si hoy me toca dormir en el sillón, te las verás conmigo.
18.12

Seojun: mentira, solo estoy preocupado.
18.14

Seojun: contesta.
18.15

Seojun: para qué tienes celular??? Para que se te caiga al suelo???
18.21

Seojun: estoy así)(de llamar a la policía.
18.22

Seojun: espera, tú eres policía.
18.22

Seojun: eres el policía, Sungguk!!!!!
18.23

Seojun: te estoy llamando y no contestas!!!!!!
18.23

Seojun: te juro que te voy a matar.
18.24

Seojun: ahora estoy así)(de golpearte.
18.29

Seojun: sí, espera, lo haré cuando te vea.
18.34

Seojun: solo contesta. Ya me preocupé mucho.
18.45

Seojun: en serio, estás bien???
18.47

Seojun: SUNGGUUUUUUUUUUK.
18.48

Seojun: te aviso que llamaré a tus compañeros si no respondes antes de las ocho.
18.49

Seojun: solo respóndeme algooooo.

18.51

Seojun: vida mía, qué te he hecho para sufrir tanto.
18.54

Seojun: ya me echaron de la cama.
18.57

Seojun: gracias por todo.
18.59

Suspirando, Sungguk abrió la otra conversación, que marcaba más de tres horas desde que el mensaje fue enviado.

Daehyun: Sungguk :c

Sintió un agujero enorme en el estómago al observar «en línea» bajo el nombre de Daehyun.

Se puso la ropa y salió del baño, encontrándose a su amiga Joohyun bebiéndose una taza de té en el sofá. La divertida tarde con ella de pronto parecía ridícula e insignificante.

—Tengo que irme —anunció Sungguk agarrando su abrigo y colocándoselo.

—Pensé que pasarías la noche.

Cuando iba a visitarla se pasaba el fin de semana completo en ese departamento. A ambos les gustaba, ambos lo disfrutaban, ambos le sacaban provecho a esa amistad que podían disfrutar ante una soltería compartida. Pero por alguna razón a Sungguk ya no le apetecía estar ahí.

—Sí, me voy porque...

El nombre de Daehyun estuvo a nada de deslizarse por su lengua. No, no iba a ocupar a Daehyun como excusa. Se terminó encogiendo de hombros con un nudo en la boca del estómago.

Escondió las manos dentro de los bolsillos de la chaqueta y sacó su celular para enviar un rápido mensaje a Seojun. Le avisó que estaba camino a casa.

Casa.

Su casa.

—Solo debo regresar —dijo finalmente.

Joohyun se puso de pie.

—Deja cambiarme de ropa e iré a dejarte.

—Puedo tomar un taxi.

Un taxi que pagaría con un «muchas gracias» porque se había gastado su efectivo en cervezas y no quería seguir utilizando el sucio dinero del gobierno. No cuando pretendía crearle una cuenta de ahorro a Daehyun y depositarle ahí el dinero para cuando tuviese la necesidad de utilizarlo más adelante. *Más adelante*, en ese futuro donde sería libre y ya no le interesaría que un simple policía como Sungguk lo anduviese rondando. ¿Por qué de pronto esa idea se le hacía insoportable?

Joohyun regresó al minuto con un suéter grueso y un jean. Era guapa, del gusto completo de Sungguk.

Gustos.

Era increíble cómo podían cambiar.

Se subieron al lujoso coche. Las luces de la calle iluminaban de naranja su camino, de la misma forma que el rostro de Daehyun la tarde anterior. Al aparcar afuera de la casa de Sungguk, Joohyun se quedó con las manos en el volante y tomó una inspiración profunda antes de hablar:

—¿Por qué siento que no te veré en un largo tiempo?

—Nunca nos hemos visto con regularidad —especificó.

Joohyun se encogió de hombros.

—Creo que ahora es diferente.

Sungguk no respondió, porque Joohyun se había quitado el cinturón de seguridad y se acercaba para darle un beso de despedida. Sus labios se sintieron cálidos y húmedos contra los suyos.

Familiares.

Cómodos.

Pero sin sentimientos.

Vacíos.

Tan vacíos como siempre lo fueron.

Sungguk cerró los ojos al mismo tiempo que la puerta del auto se abría a su espalda. Joohyun fue la primera en separarse al escuchar el ruido, Sungguk lo hizo tras sentir el tirón en la parte posterior de la chaqueta que casi lo tiró fuera del coche.

Era Daehyun.

—¿Dae? —musitó Sungguk.

Moviéndose para que lo soltase, Sungguk se enderezó en el asiento. Bajó del coche luego de despedirse de Joohyun con una falsa promesa de que pronto la llamaría. Las luces del auto se perdieron en la calle, mientras Daehyun regresaba a la casa y esquivaba a Seojun, que lo esperaba en la entrada. Seojun estaba muy molesto.

—Te estuve esperando horas, Sungguk. Sé que no es tu responsabilidad, pero...

—Lo sé, lo sé —se disculpó—. Solo no me di cuenta del tiempo.

—Y sé por qué —Seojun sacudió la cabeza con desconcierto—. Espero lo hayas disfrutado.

Sungguk decidió preguntar en vez de responder.

—¿Cómo les fue?

—Difícil. Daehyun se quejó mucho para no seguir escuchando. Lloró un poco también, aunque todavía no sé si de alivio o de vergüenza.

Sungguk se masajeó la nuca.

—Iré a hablar con él.

—Por cierto —Seojun se dirigía a su auto—, todavía nos quedan clases con Daehyun, pero por lo menos sabe lo básico.

Tras despedirse, Sungguk ingresó a su casa.

Daehyun se encontraba esperándolo en uno de los sofás pequeños de la sala de estar con los brazos cruzados y una arruga entre las cejas. La suela del zapato resonaba sobre el suelo con impaciencia. Sungguk soltó una risa nerviosa al quitarse la chaqueta y tirarla sobre el respaldo del sofá.

—¿No me vas a saludar? —preguntó en broma.

Daehyun soltó un bufido.

—¿Estás molesto conmigo?

El chico dio una afirmación decidida y firme. Vaya, podía no hablar, pero era directo.

—¿Por qué?

Él apuntó hacia afuera.

—¿Porque salí?

Tuvo el valor de poner los ojos en blanco, como si estuviese diciendo tamaña idiotez.

—No te entiendo —aceptó.

Daehyun se apresuró a sacar su celular y escribió algo. Sungguk sacó su teléfono al sentir el aviso de una nueva notificación.

Daehyun: ¿quién es esa mujer?

Sungguk clavó otra vez la mirada en él.

Esperen.

Daehyun...

¿Daehyun estaba celoso?

¿Era una escena de celos?

La risa se le escapó antes de que pudiera controlarla, tal vez Sungguk seguía demasiado ebrio para una conversación tan importante.

—Pequeño, ¿estás celoso?

Debió tocar una fibra sensible, porque esa simple pregunta lo hizo reaccionar. Dae abrió la boca con indignación yéndose directo a la escalera. Sungguk lo alcanzó a frenar antes de que llegase al primer peldaño.

—No respondiste mi pregunta —insistió su lengua borracha.

Daehyun intentó apartarlo. Alcanzó a subir un peldaño antes de que Sungguk lo afirmase por el brazo y lo detuviese nuevamente, girándolo para que le diese la cara.

—El problema es que te estoy consintiendo demasiado —se quejó Sungguk.

En respuesta, Dae frunció los labios.

—Ella se llama Joohyun y es… bueno, alguien cercano.

Como respuesta, Dae volteó la mirada.

—Es en serio. Ella es una…

Daehyun intentó otra vez subir a su habitación.

—Eh, eh, no te vayas hasta que hablemos —recriminó—. Solo intento decir que ella…

—No.

—Solo iba a decir…

—¡No!

—Ella solo es una…

—¡Shhh!

—… amiga que…

Sungguk se detuvo ante la sorpresa, Daehyun se había llevado la mano a la oreja y…

¿Se estaba quitando el audífono?

—¿Daehyun?

—¡No! —volvió a repetir, alzando uno de esos dedos largos de manera amenazadora.

Entonces, Dae le estiró la mano a Sungguk y le depositó el audífono en la palma. Girándose sobre sus talones, subió el resto de peldaños hacia su habitación. El portazo que dio resonó en el silencio de la noche.

¿Realmente Daehyun se había quitado el audífono en un arranque de celos?

Sungguk observó el aparato.

Sí, él realmente lo hizo.

49

Ambos observaban al pequeño cachorro jugar a sus pies, que corría los tres metros de distancia que le permitía la cuerda extensible y luego regresaba a ellos. No era más que un pompón negro de cuatro patas, parecía más una pelusa que un animal. A unos metros, se encontraba una casa de tres pisos con un antejardín descuidado. La luz de la calle anaranjada apenas iluminaba el camino mientras las dos personas esperaban recibir la autorización. Uno de ellos llevaba un cigarrillo casi extinto en la mano, el otro la correa del cachorro.

—Debemos sacarlo de casa.

Meció el cigarrillo y tiró las cenizas al suelo, perdiéndose entre el césped mojado.

—Lo hemos hablado ya, querido.

—Sí, pero…

—Si el gobierno se entera de que existe un m-preg escondido en esa casa, y además uno no registrado, se lo llevarán. Lo sabes. Será su juguete perfecto: un m-preg pequeño, ignorante y anónimo, que nadie más que su abuela sabe de su existencia.

—Estamos nosotros.

—Contra toda una organización —tiró el cigarro al suelo y lo apagó con la suela del zapato—. No, él debe quedarse ahí.

—Podría llevármelo.

—Y viviría escondido igual que ahora y lejos de la única persona que conoce —viendo que el otro hombre bajaba la mirada para observar al cachorro juguetear entre sus piernas, lo intentó una vez más—. Ya lo hemos hablado. Moon Daehyun debe quedarse con Lara si queremos que no le suceda algo peor.

—Ya está sufriendo, ese encierro lo dejó sordo.

—¿Y quién fue la persona responsable? —hubo un silencio tenso antes de continuar—. Nada se compara con convertirse en un experimento, encarcelado a la espera de ser inseminado in vitro y embarazado. O peor, violado si no logran la fecundación de manera menos violenta —se apartó el cabello canoso de la cara y lo escondió tras la gorra—. Si Lara muere, lo encontrarán y se lo llevarán. Quedará a cargo del Estado porque no tiene a nadie más. ¿Quién lloraría su desaparición si es un anónimo? Estaría solo.

Agarrando al cachorro del suelo, el hombre de cabello oscuro lo atrajo al pecho para apretarlo.

—Lo sé, yo solo quería sacarlo de ahí.

—Pongámonos en el caso hipotético de que lo sacamos y te lo llevas. Pasaría toda una vida escondido, con miedo de ser detenido por la policía o el gobierno. Caso peor, si lo atrapasen, descubrirían que no tiene identidad, le harían exámenes y pasaría al cuidado del Estado por ser menor de edad. Y si es mayor, seguirá siendo un m-preg fértil sin identidad. Su anonimato lo condena.

—Pero tal vez tendría unos años felices —se quejó el otro.

—Pero no queremos que tenga *solo* unos años felices, ¿no? Queremos que sea libre, por eso estamos haciendo esto. Primero Moon Daehyun debe alcanzar la mayoría de edad y hacer que el mundo lo conozca antes de que el gobierno lo haga, solo así no podrán hacerlo desaparecer.

El hombre de cabello oscuro bajó los hombros.

—¿Y de qué serviría? Lara no lo dejará salir de esa casa.

—Si llegase a suceder eso, entonces haremos algo.

Con el cachorro en brazos, bufó.

—Ella hará hasta lo imposible para quedárselo.

—No si está muerta.

Sin más palabras, se quedaron esperando en la calle hasta que la puerta de la casa se abrió. Tras aquello, el hombre con el cachorro se encaminó hacia la entrada e ingresó. Regresó dos horas después con los brazos vacíos.

50

Sungguk esperaba que Daehyun no se quedase demasiado tiempo encerrado, después de todo su colchón continuaba en el suelo de su cuarto y no podía dormir sin mantas y sobre las tablas desnudas, ¿cierto? Cierto.

Tres horas después, no estaba seguro de que el chico saliera. Daehyun era perseverante y decidido cuando estaba enojado. O celoso, en este caso. Lo peor, es que ni siquiera podía golpearle la puerta y llamarlo para que hablasen, porque el audífono de Dae permanecía en la mesita de noche de Sungguk y el celular morado tirado en el sofá. Sentado frente a la entrada y todavía medio ebrio, Sungguk se cuestionó cómo lo haría para llamar a alguien sordo sin violentarlo emocionalmente.

Frustrado, dobló las rodillas y apoyó los codos sobre ellas.

Y ahí fue cuando se le ocurrió.

Gateó hasta su cuarto y agarró un cuaderno de la estantería. Iba a escribirle. No, no, mejor iba a dibujarle. Sí, eso, y luego colaría la hoja por la rendija bajo la puerta.

Sungguk era un gran dibujante, aunque no uno muy dedicado y apasionado, además utilizaba sus dones en tonterías: como cuando hizo una caricatura de Minki cabezón y se lo pegó en la espalda mientras hacían una ronda por el centro de la ciudad. Sungguk todavía se reía al recordar a Minki girarse una y otra vez para comprobar por qué los niños se reían de él y lo llamaban «Oficial Bobo».

Sungguk bajó a la cocina. Cuando esperaba que el agua hirviera, se sentó en la mesa mordisqueando el lápiz de madera. ¿Qué podía dibujarle? Recordó su sonrisa simétrica mientras la lluvia le mojaba el cabello y la chaqueta roja colgaba de sus hombros.

El grafito se deslizó por la hoja y continuó incluso después de que el agua hirviera. Al finalizar, calentó de nuevo el agua y preparó dos ramen, uno de ellos era para Dae. Sungguk tenía la esperanza de que ese dibujo lo hiciese salir.

Arrugando su creación bajo el brazo, agarró ambos cuencos y volvió a subir. Cuando dejó los platos en el suelo, tuvo que reprender cinco veces a Roko para que no se los comiera. Con la bestia domada, se agachó para deslizar el dibujo por la rendija.

Entonces el pomo sonó bajito y unos ojos aparecieron por la rendija entreabierta. Sungguk le sonrió y apuntó la comida en el suelo. La escena era totalmente antihigiénica, aunque hermosa en la misma proporción.

—¿Cenamos?

La puerta se abrió más, Daehyun salió con el dibujo apretado contra el pecho. Lloraba un poco, algo que Sungguk se acostumbró a aceptar como una reacción natural conectada más a la sorpresa que a la tristeza.

Daehyun se acomodó sobre sus piernas dobladas, la hoja todavía estaba arrugada contra su cuerpo. Sungguk notó que unas gotas habían corrido el grafito en el centro.

—¿Te gustó? —quiso saber tendiéndole unos palillos y el ramen no picante, porque entendía que no lo toleraba.

Daehyun asintió y dejó el dibujo a su lado, estirándolo con las manos y corriendo sin querer más el grafito. Lo continuó observando al agarrar la comida, al introducir los palillos, al absorber los *noodle* y al terminar de comer.

—Si quieres te puedo enseñar a dibujar —ofreció Sungguk, pero Dae no podía escucharlo.

Aún distraído, Daehyun apuntó el dibujo y después a sí mismo. Esta vez observó a Sungguk para captar su respuesta.

—Así es como yo te veo —informó. Si bien había hecho el retrato a toda velocidad, seguía siendo preciso en los detalles, acertando en los puntos importantes como ese único lunar en la punta de la nariz y en el diente que le sobresalía milimétricamente.

Daehyun agarró la hoja hecha un desastre y deslizó los brazos largos por el cuello de Sungguk para abrazarlo con fuerza. Fue tal el sentimiento, que Sungguk se permitió cerrar los párpados para vivir el momento.

Se fueron a acostar.

Sungguk se acomodó en el colchón mientras Dae, casi colgando al borde de la cama, lo contemplaba.

—Buenas noches, Dae.

Y por tercera noche consecutiva, se despertó con Daehyun durmiendo a su lado.

51

Con la barbilla apoyada en su palma extendida, la mirada curiosa de Daehyun se posicionaba sobre las tarjetas de colores que la mujer frente a él alzaba sin rendirse. Detrás de la cabeza de la señorita Hanuel había un cartel que decía: «Fonoaudiología». Seojun también estaba dentro de la habitación, aunque solo prestaba atención cuando Daehyun se movía.

Seojun y Hanuel esperaban que Dae leyese las palabras de las tarjetas y las pronunciase con esa lengua tan torpe y en desuso que solo parecía recordar la entonación y el movimiento del «no». Dae esperaba lo mismo que ellos dos, solo que no tenía claro si realmente lograría vencer el temor que se anidaba en su pecho y paralizaba su boca. Así que solo las leyó en su mente, sus dedos nerviosos toqueteaban sus labios, que se contraían contra el otro.

Cuando la señorita Haneul guardó las tarjetas, sacó un cuaderno y se lo tendió a Dae. A continuación le explicó que debía escribir la pronunciación de cada palabra que ella anotase en el pizarrón. Dae jugó con un lápiz haciéndolo girar entre sus dedos.

Gracias, fue la primera.

Dae dudó unos instantes. Escribió con algo de duda, recordando los labios bonitos de Sungguk diciéndole gracias esa misma mañana, cuando le llevó un vaso con agua. Sin embargo, en la primera línea de esa hoja blanca el chico no colocó la pronunciación de *gracias*. Dae escribió un nombre, ese que no podía quitarse de la cabeza e intentaba pronunciar una y otra vez en su mente.

Jong Sungguk.

Dae, en ese momento, lo único que quería hacer era decir su nombre.

Pero solo no podía.

Seojun siguió con atención el movimiento del lápiz y, cuando Dae terminó la «k», guardó su celular en el bolsillo y se puso de pie. La cabeza de Dae se mantuvo ladeada en desconcierto mientras oía a Seojun pedirle el plumón a la señorita Hanuel. Comenzó a escribir. Entonces, se apartó hacia un costado y señaló esas dos palabras al leerlas:

Jong Sungguk.

Jong Sungguk, quiso escribir Dae en su cuaderno, el lápiz parecía flotar sobre la hoja casi en blanco. Dudando, su lengua se despegó del paladar para pronunciar la primera sílaba, entonces se detuvo.

—Estabas a punto de decirlo, Daehyun —dijo Seojun.

Dae cerró sus párpados con fuerza y negó, su garganta tragó con dificultad.

—Solo son dos palabras —escuchó que Seojun insistía—. ¿No te gustaría llamarlo alguna vez por su nombre?

Daehyun tomó una bocanada de aire y abrió los ojos con timidez. Jugando con su flequillo, asintiendo despacito. Por supuesto que Dae quería hablar con Sungguk, claro que le gustaría pronunciar su nombre y ver su reacción, sentir una caricia en su cabello mientras Sungguk le sonreía y le decía que era bonito.

Por eso abrió la boca. Su lengua se movió con torpeza y de forma pastosa al decir solo la primera sílaba, que patinó entre sus labios. Luego guardó silencio, la señorita Hanuel de inmediato asintió y sonrió grande, dándole aliento y corrigiéndole con amabilidad.

—Ahora tú, Daehyun —le pidió.

Jugó con sus manos, mordiéndose de paso la lengua ante el nerviosismo y la idea enfermiza de que tal vez no debería estar hablando. Su abuela le había dicho que nunca más quería escucharlo.

Pero ella está muerta, se recordó observando a Seojun.

Ella ya no estaba ahí.

Seojun le había explicado a Daehyun que no tenía qué temer, que podía volver a hablar cuando quisiera.

Y Daehyun lo deseaba.

Así que lo hizo.

—*Jong* —balbuceó Dae con complicaciones— *Sung-Guk*.

Y tomó una inspiración profunda. Su nuca quedó sudorosa por el esfuerzo y su respiración agitada y jadeante. A pesar de eso, Seojun se veía tranquilo:

—Podríamos mostrarle a Sungguk tus avances —lo alentó Seojun—. ¿Te gustaría, Dae?

Un sentimiento cálido y poderoso creció en el centro del pecho de Daehyun. Sí, él quería que Sungguk lo escuchase hablar.

Con la mirada de Seojun en él, Dae se apuntó el pecho con el dedo índice y después se acarició el mismo lugar con la palma extendida.

Yo quiero, señaló en lengua de señas.

Solo que Dae nunca se imaginó que terminaría pronunciando aquel nombre mientras lloraba de rodillas en el mismo altillo donde perdió la voz.

52

La rutina mantuvo ocupado a Sungguk hasta las cinco de la tarde, cuando llegó por fin a casa. Por mensajes que estuvo intercambiando con Seojun a lo largo del día, sabía que Daehyun había estado en el hospital con su fisioterapeuta para mejorar la movilidad del tobillo fracturado hacía tantos años, y que tuvo otra clase de fonoaudiología para incentivar la recuperación del habla.

Se quitó los zapatos en la entrada mientras escuchaba el ladrido de Roko proveniente del segundo piso. Después oyó sus uñas raspando contra el suelo y bajando las escaleras, seguido se escuchó un par de pisadas apresuradas. Roko llegó a su lado tirándosele encima y aullando de cariño. Al segundo, apareció Daehyun en las escaleras. Se detuvo un momento en el último peldaño y después se lanzó a los brazos de Sungguk, apretándolo con tanta fuerza que casi lo estranguló.

Sungguk volvió a sentir ese revoloteo en el corazón. Cerró los ojos unos instantes para disfrutar aquel momento que llevaba esperando todo el día.

—No sé cuál de los dos te extrañó más —se burló Seojun desde el sofá; se notaba que lo estaba esperando para largarse a casa—. Namsoo ya regresó del hospital, pero se durmió tras comerse un bol de cereales. Parecía un zombi. No quise dejar a Daehyun solo. Es muy pronto.

Sungguk concordaba con su cuñado. Así que asintió como pudo, ya que todavía tenía los brazos de tentáculos de Dae por el cuello. Le pellizcó con suavidad cerca de las costillas para que lo soltara.

—Vamos, déjame ir.

Dae se alejó unos centímetros para observarlo, su nariz casi rozó la mejilla de Sungguk de lo cerca que estaba. Después el chico se escondió una vez más en el hueco cálido entre su cuello y hombro. Parecía ser su lugar favorito en el mundo.

El estómago de Sungguk se volvió un nudo apretado. Seojun continuaba mirándolos con expresión extraña, por lo que Sungguk puso los ojos en blanco mientras le daba una palmada amistosa en la espalda a Dae.

—Solo es un bebé consentido —aclaró Sungguk.

—Ajá —Seojun agarró sus cosas y enfiló a la puerta—. Solo me voy tranquilo porque confío en ti.

Pero Sungguk no confiaba tanto en sí mismo.

Permitió que Daehyun se quedase colgando de él unos segundos más y se alejó, en tanto Roko le clavaba las uñas en el estómago para también obtener algo de atención.

—¿Te gustaría que fuéramos a visitar a Minki? —Sungguk le propuso a Dae—. Minki vive con Jaebyu, tu enfermero del hospital, son novios hace cuatro años.

Entonces se dio cuenta de que Daehyun podría malinterpretar sus palabras. Y eso fue justo lo que sucedió. Dae se apuntó a sí mismo y después a Sungguk.

—No, no, no, no, no, no. No como nosotros —dijo a toda velocidad. ¿Habría dicho «no» las veces suficientes?—. Ellos duermen juntos —continuó Sungguk, porque siempre podía decir algo peor para anular el error anterior.

Daehyun volvió a apuntarse y luego a él.

—Nosotros somos amigos —Sungguk rio, nervioso—. Sé que algunas veces duermes conmigo, pero es diferente, ellos son parejas, novios. Sabes la diferencia, ¿cierto?

Dae puso los ojos en blanco, las aletas de su nariz se movían consternadas.

—*Ok*, *ok*, sabes lo que son los novios. Eres un chico inteligente, no te enojes conmigo.

Como permanecía ofendido, Sungguk se aclaró la garganta y masajeó la nuca.

—Bien, ve por tus zapatos. Yo iré a cambiarme de ropa e iremos donde Minki.

Ambos subieron a sus respectivos cuartos. Sungguk se tropezó en el desorden de su habitación porque un colchón seguía en el pasillo. Y es que en esas dos semanas que habían pasado juntos, se había rendido con mandar a Daehyun a su cama.

Tal vez también debería rendirme con intentar dormir separados, pensó sacando un buzo y una chaqueta abultada, porque, por mucho que Dae se durmiese en la cama de Sungguk, siempre terminaba despertando en el colchón con él.

El trayecto a la casa de Minki fue silencioso y frío. Daehyun sacaba la cabeza por la ventana permitiendo que el aire, que ya empezaba a tener tonalidades cálidas propias de la primavera, le azotase directo mientras sus iris reflejaban las luces naranjas, que se iban encendiendo de manera paulatina de camino al departamento.

Era precioso.

Moon Daehyun era precioso.

Y Sungguk simplemente…

Estaba cansado de negarlo.

Al estacionar en el antiguo complejo de departamentos, Sungguk le mandó un mensaje a Minki avisándole su llegada y pidiéndole que escondiese a las gatitas Betsy y Pequeña en un cuarto, a las cuales todavía no podía llevar a casa, al igual que sus otros dos perritos, Tocino y Mantequilla, porque Daehyun aún no finalizaba el mes de adaptación.

Daehyun se bajó primero, su mirada recorría cada esquina de la calle. Apuntó a un nido de palomas sobre un farol, a un coche de un bonito color azul y a un niño que caminaba a unos metros junto a su mamá. Dae se quedó detenido contemplando al niño.

—¿Te gustan los niños? —se interesó en saber. Dae se quedó pensativo y terminó encogiéndose de hombros.

Caminaron hacia el edificio. Sungguk saludó al conserje, quien autorizó el ingreso de ambos. Daehyun subió las escaleras corriendo, ilusionado con algo tan insignificante y cotidiano. Al detenerse en la puerta de Minki, Sungguk animó a Dae para que tocase el timbre.

Y lo hizo una vez.

Dos.

Tres.

Cuatro.

Cinco.

Seis.

La puerta se abrió de golpe. Apareció Jaebyu alterado y furioso. Al notar que Dae permanecía con el dedo sobre el timbre, forzó una sonrisa.

—Hola, bienvenidos, pasen.

Se quitaron los zapatos en la entrada. Dae se puso nervioso. Sungguk iba a animarlo a que avanzase cuando el grito de guerra de Lee Minki se escuchó en todo el departamento:

—¡Dae, ven aquí!

Lee Minki estaba acomodado entre almohadas, más parecido a un rey que a una persona en postoperatorio.

—Noto que te cuidan bien —se burló Sungguk.

Minki espió si Jaebyu estaba cerca y susurró:

—Nunca pensé que diría esto pero…

—¿Pero?

—Creo que estoy saturado por las atenciones de Yoon Jaebyu.

Sungguk se llevó una mano al pecho con falso horror, lo que le sacó una risita baja a Daehyun, que seguía la conversación escuchando a Sungguk y leyendo los labios de Minki.

—¿Lee Minki admitiendo que no quiere ver nunca más a Yoon Jaebyu? Jamás creí…

A Sungguk le cayó una almohada en la cara.

—¡No pongas palabras en mi boca, roedor!

Sungguk le regresó el cojín.

—Para tu información, Lee Minki, los conejos no son roedores. Son lagomorfos.

No es que Sungguk supiese ese dato por cultura general, fue Daehyun quien lo corrigió en un mensaje de texto hace unos días cuando llamó roedor al emoji de conejo que tanto le gustaba usar. Sungguk ni siquiera sabía qué era un «lagomorfo» antes de eso. ¿Ahora? Tampoco. Su mente era simple.

Mientras observaba la sonrisa orgullosa de Dae al escucharlo decir «lagomorfo» y no «lagotomorfo», un sentimiento cálido se asentó en su estómago. Sungguk apartó de inmediato la mirada. Intentó disimular cuando notó que Minki lo observaba con una ceja alzada.

—Bien, traje a Dae porque ambos se extrañaban —explicó Sungguk a la rápida.

Los labios gruesos de Minki se curvaron en una mueca de burla y apuntó el borde de la cama.

—Ven, Dae, siéntate aquí conmigo. He extrañado muchísimo a mi compañero de cuarto.

Apenas Dae se sentó a su lado, Minki lo abrazó. La risa ronca y áspera del chico apareció cuando Minki sacó una pierna de las sábanas y se la pasó por la cintura, aferrándose a él como un bebé koala. Con el rostro de Dae oculto en el pecho de Minki, este último apuntó a Sungguk con amenaza.

—Te estoy vigilando, *lagatomorfo*.

—Es «lagomorfo», idiota —puso los ojos en blanco y se rascó el puente de la nariz—. Por cierto, ¿te puedo quitar a tu esposo por unos minutos?

Separándose de Dae, Minki frunció el ceño:

—¿Que te preste a Jaebyu?

—Sí —a Sungguk le estaba dando sarpullido en el brazo—. ¿Puedes quedarte con Dae para llevarme a Jaebyu?

—¿Por qué te lo quieres llevar, *lagotomorfo*?

—«Lagomorfo». ¿Y qué te importa? No seas tóxico.

Minki empequeñeció la mirada.

—No confío.

—Solo quiero hablar con él —suspiró, cansado.

—Jaebyu no habla.

—Bueno, hablará conmigo —respondió un tanto cortante—. Me lo llevaré, así que nos vemos.

Sungguk salió del cuarto a la misma vez que Minki se recuperaba de la impresión y comenzaba a hablar con Daehyun para distraerlo. Sungguk se fue a la cocina, aunque seguía escuchando lo que conversaban a sus espaldas.

—Y, dime, Dae. ¿Vieron *Llámame por tu nombre* ese día?

Sungguk tropezó con sus pies antes de alcanzar a Jaebyu, que revisaba el refrigerador. Ese traidor, ¿así que había sido idea de Minki ver esa película? Ya hablarían, por lo pronto, tenía una misión más urgente que resolver.

—Jaebyu —lo llamó, le dolía el estómago—. ¿Crees que podamos hablar?

Jaebyu ladeó la cabeza confundido, apartándose el cabello negro de su frente. Sus pequeños y astutos ojos lo analizaron incluso antes de que Sungguk lograse explicarse.

—¿Vamos a dar una vuelta? —propuso.

Sungguk aceptó.

Tres cuadras más allá del bloque de departamentos, Sungguk todavía no se atrevía a hablar. El sol se había puesto del todo.

—Te diría que fuésemos a beber algo —dijo Jaebyu tras tan extenuante silencio—, porque pareces necesitarlo, pero…

—Vine manejando —recordó Sungguk.

—Podrían regresar en taxi o dormir en el departamento.

Metiendo las manos en su chaqueta, Sungguk pateó una piedra del camino. Sus pasos resonaban en el cemento.

—Creo que no lo pensé mucho —admitió—. Esto hubiese sido más fácil con unos tragos encima. Pero no, no es algo que pueda olvidar con alcohol, eso ya lo intenté.

Acomplejado, se pasó las manos por el rostro. Jaebyu se quedó observándolo preocupado.

Caminaron hasta que llegaron a un parque vacío y tomaron asiento en una banca. La mente traicionera de Sungguk recordó a Dae con la mano tendida en el aire intentando alcanzar el cielo.

Entonces, comenzó:

—Jaebyu, tú eras heterosexual.

—Sí.

—Pero ya no.

—Evidentemente.

Sungguk volvió a guardar silencio, movió el pie con impaciencia.

—Yo... tú... antes de Minki solo te gustaban las mujeres, ¿no?

—Ni yo me cuestioné mi sexualidad como lo estás haciendo tú en este momento.

Sungguk giró el rostro hacia su amigo y apoyó el codo en el respaldo de madera.

—Es que necesito saber cómo fue, cómo te sentiste, qué pasó. No sé, solo saber... algo.

Jaebyu frunció el ceño.

—¿Quieres saber cómo conocí a Minki?

—No —negó con brusquedad—. Cómo te enamoraste de él. Cómo ocurrió si eras heterosexual. No sé, solo explícame cómo pasó eso si se supone que... bueno, eso.

—¿Cómo fue enamorarme de él? Difícil. Minki es una persona compleja.

El estrés y nerviosismo escaparon de Sungguk junto a su carcajada explosiva e involuntaria.

—Algunas veces sigue siéndolo.

—Jaebyu...

—Porque existen sentimientos que uno no puede dominar por mucho que lo intentes. Y eso es doloroso.

—¿Doloroso? ¿Por qué doloroso? ¿Acaso no están bien?

—Precisamente por eso. El amor conlleva también un dolor persistente ante la preocupación de que un día le podría ocurrir algo y no sabrás cómo manejarlo, y terminarás quedándote a un lado sintiéndote un idiota y un inútil.

Las piedrillas resonaron bajo la suela de sus zapatos.

—Pero ¿cómo supiste? ¿Cómo te diste cuenta de que te estabas enamorando de...?

—¿De un hombre? —terminó Jaebyu.

Sungguk asintió, Jaebyu se encogió de hombros.

—Nunca fue un tema para mí, Sungguk. No me cuestioné que me estaba enamorando de un hombre, solo de alguien.

—¿No? Pero eras heterosexual.

—Y no porque buscase serlo. Simplemente nunca antes me sentí atraído por un hombre hasta que llegó él.

Sungguk bajó la mirada.

—Ya veo.

—No es tan difícil de entender, no deberías cuestionártelo tanto.

Esta vez fue Sungguk quien se encogió de hombros.

—Pero lo hago.

—¿Lo haces porque es un chico o porque es *ese* chico?

Otro encogimiento de hombros.

—¿Importa eso?

—Importa, Sungguk.

Sungguk se toqueteó los nudillos con nerviosismo, su mirada recorrió el abandonado parque y luego a Jaebyu, quien estaba con la vista perdida en el columpio vacío que se mecía por el viento nocturno.

—Realmente no importa —insistió Sungguk—. Es incluso ridículo pensarlo cuando solo ha transcurrido poco más de un mes.

—Los sentimientos no se miden con el tiempo.

Se volvió a cubrir el rostro con las palmas, después se acomodó mejor el cabello.

—Es un niño.

—No es un niño, Sungguk.

—Piensa como uno.

—Solo es por falta de experiencia dada su circunstancia.

Sungguk volteó la mirada.

—Hablas igual que tu marido.

Eso le sacó una sonrisa a Jaebyu.

—Pero no pensamos igual —Jaebyu admitió.

—A mí me parece que ambos piensan lo mismo de Daehyun y yo.

Jaebyu negó y se acomodó mejor en la banca.

—Minki es de la idea de permitir que te enamores de él, yo no.

Eso descolocó por completo a Sungguk.

—Pero acabas de decir lo contrario.

—Sé lo que acabo de decir —lo interrumpió—. Pero mi pensamiento no va ligado a eso. No creo que no debas enamorarte de él por cómo ve el mundo.

—¿Entonces?

—Daehyun se terminará yendo, Sungguk. ¿Lo sabes, cierto?

Aquello le congeló la sangre en las venas.

—¿Qué dices?

—Daehyun estuvo encerrado su vida entera, no podrás amarrarlo a tu lado por mucho tiempo. No es lo correcto, no es lo que merece. Él necesitará partir de esta ciudad algún día.

—¿Y por qué crees que se marcharía solo?

Eso le sacó una pequeña y cínica sonrisa a Jaebyu.

—Porque tú nunca has amado de manera egoísta, Sungguk. Eres dedicado y desinteresado con tus propios sentimientos y priorizas los del otro. Si te enamoras de ese chico y permites que se quede, él continuará atascado en una pequeña y bonita cárcel. Una cárcel con más movimiento, sí, aunque seguiría siendo una. Y tal como eres, no podrás vivir con la idea de que él, mientras está contigo, debería estar conociendo el mundo, a gente, a parejas sexuales, explorando, viviendo, cometiendo errores y aprendiendo. Nada de eso lo haría con la libertad que merece porque una pequeña cadena continuaría amarrada a él.

—Yo dejaría que fuese libre.

Jaebyu asintió con expresión seria.

—Tú lo dijiste: lo dejarías. ¿Por qué tendrías que dejarlo si es una decisión que debe nacer de él? Estar en pareja implica compromisos, Sungguk, y también dejar cosas de lado por el bienestar de ambos. Él debe aprender a vivir. Toda su vida alguien decidió por él y eso sucede hasta el día de hoy. Incluso vino a visitarnos porque tú se lo dijiste.

—Se lo pregunté —balbuceó.

—Ajá, le preguntaste si querías venir y es bonito, pero sigue siendo una decisión que tomaste primero —Jaebyu tocó el muslo de Sungguk con expresión preocupada—. Sé que el amor es impredecible, por eso, solo acéptalo si llega. No pierdas el tiempo en cuestionamientos. Pero debes dejarlo ir tan pronto decida partir, y eso también debes hacerlo sin cuestionamientos.

Abatido, Sungguk se dejó caer contra el respaldo de la banca. De pronto deseaba un abrazo apretado y un susurro de consuelo.

—¿Qué hago, Jaebyu?

La pregunta continuó sin respuesta mientras, de regreso a casa, Daehyun volvía a sacar la cabeza por la ventana con una sonrisa en los labios y los ojos cerrados disfrutando el viento.

Y entonces Sungguk lo supo.

Le enseñaría a Dae lo bonito de ser amado sin condiciones.

53

Sungguk no podía dormir. Con las manos cruzadas sobre el estómago, contemplaba el cielo de su habitación recostado en el pequeño colchón. Estaba atento a la respiración de Daehyun, esperaba que se volviese más pausada a medida que el sueño lo invadiera. Pero no pasaba nada. El chico mantenía el mismo ritmo, y eso significaba que seguía despierto.

—¿Estás esperando a que me duerma para acostarte conmigo, cierto?

Sungguk oyó un pequeño jadeo de sorpresa.

Se movió para encontrar el interruptor de la lámpara de noche y la encendió. Ambos pestañearon un par de veces para acostumbrarse a la luz.

Sungguk tomó asiento en el colchón y observó a Daehyun colgando del borde de la cama, su mejilla derecha estaba aplastada contra la almohada. De pronto se preguntó qué sentido tenía dormir en un pobre colchón si Daehyun iba a terminar pasándose a su cama y ambos dormirían en un espacio mucho más limitado. Era mejor que descansaran en la cama de dos plazas.

Se puso de pie y apartó las sábanas. Daehyun lo observaba contrariado.

—Yo duermo en este lado de la cama —dijo.

Apenas entendiendo, el chico se deslizó hasta que estuvo al medio. Sungguk se acomodó en el espacio restante y apagó la luz. Dormían con las cortinas abiertas, por lo que el visillo blanco permitía que se colase la luz de la luna.

—¿Dae? —comenzó diciendo Sungguk, acomodando su brazo bajo la cabeza—. ¿Sabes lo que es el consentimiento?

El chico meditó unos segundos y asintió chiquito.

—¿Te lo explicó Seojun?

Daehyun negó. Sungguk entendió, lo que Dae realmente sabía era la definición de la palabra, mas no su uso.

—Esto es importante. Necesito que me prestes total atención —Dae asintió, colocó la mano bajo la mejilla e inclinó la cabeza para escuchar a Sungguk—. El consentimiento es cuando una persona acepta algo de manera consciente. Pero el consentimiento se da realmente cuando esa persona por sí misma lo acepta y no porque se encuentra física o psicológicamente presionada para aceptarla.

Como Dae estaba frunciendo el entrecejo sin entender mucho, Sungguk cambió el ángulo de la conversación:

—Dormir juntos es un acto íntimo, Dae, porque estás en tu faceta menos consciente y más vulnerable, cualquier persona mala podría aprovecharse de las circunstancias y hacerte algo. Por eso no puedes dormir con cualquiera a menos que tenga tu total y absoluta confianza, ¿lo entiendes? Por eso, quiero que comprendas que si alguien te toca mientras duermes, no estarías dando tu consentimiento, porque ser tocado en un estado inconsciente es y siempre será un abuso.

Daehyun se quedó sin pestañear medio minuto. Luego, soltó el aire y asintió abriendo la boca como si quisiera decir algo. Entonces cerró la boca y frunció el ceño, desconcertado. Lamiéndose los labios, por fin lo dijo.

—Tú… no… a mí.

—¿Yo no a ti?

Daehyun inspiró y resopló. Su lengua bailaba entre los labios intentando pronunciar una palabra.

—D-da… —lo intentó una vez más—. Da… nio.

—¿Daño? —él asintió aliviado por ser entendido—. ¿Que yo no te haría daño?

Dae se llegó a levantar del colchón por asentir. Dejando a un lado la almohada entre ambos, se volvió a recostar incluso más cerca de Sungguk.

—Pero no todos serán así, Dae —susurró con un suspiro—. Hay gente muy mala en el mundo. Por eso necesito que entiendas que nadie puede tocarte sin tu consentimiento, ¿*ok*? Si yo te toco de cualquier forma, incluso en el brazo, y tú no quieres, debes decirlo.

El chico bufó como respuesta, incluso viéndose un poco ofendido.

—¿Por qué bufas? —se extrañó Sungguk.

Dae tragó saliva con fuerza, su lengua sobresalía un poco de sus labios intentando formar una palabra cuando llevaba años sin hacerlo.

—Yo...

—Tú...

Tragó otra vez saliva, estresado y frustrado.

—Q u i e r o —apenas pronunció la «r». Sonaba más como un suspiro con cierto sonido que una letra propiamente tal.

—¿Tú quieres? —unió Sungguk—. ¿Qué quieres?

A pesar de la posición, logró encogerse de hombros.

—Tú.

—¿Tú me quieres a mí?

Daehyun se apoyó ligeramente en los codos y asintió decidido, llevándose una mano al pecho.

—Q u i e r o —y se tocó el tórax para terminar de expresar la idea.

—¿Quieres que te toque?

Él estaba afirmando otra vez, seguro.

—Pero piensa en mí como otra persona. Si yo hiciera esto —Sungguk llevó una mano hacia adelante para tocar con un dedo el cuello expuesto de Daehyun—. Pero no quieres que yo lo haga, ¿qué debes decir?

Sin embargo, Daehyun no respondió y se acercó todavía más para continuar con la caricia. Sungguk sacó la mano y frunció el ceño.

—Daehyun, necesito que me prestes atención. Necesito que aprendas esto, por favor.

Su tono de voz debió haberlo alertado porque estaba otra vez regresando a su parte de la cama y moviéndose para arrastrar sus piernas contra el pecho.

—Entonces, Dae, si alguien te toca así o de cualquier forma y tú no quieres. ¿Es eso correcto?

—¿No?

—Exacto, no, porque no tiene tu consentimiento. Ahora, si a esa persona le diste tu consentimiento una vez y un día ya no quieres que te toque otra vez, ¿puedes negarte?

Con los ojos abiertos y alerta, su respiración escapó un tanto forzosa. Se encogió una vez más de hombros.

—Debes haber visto en los doramas a parejas, ¿cierto? Y viste que se acariciaban y besaban, ¿verdad? —otra afirmación—. Que aceptes que tu pareja te bese y acaricie no significa que sea tu obligación aceptarlo siempre. Puedes negarte a no ser besado o tocado y tu pareja tiene la obligación de aceptarlo. Así que sí, Dae, puedes negarte a pesar de que antes le diste tu consentimiento. Puedes negarte incluso con tu pareja. Puedes arrepentirte, sean cuáles sean las circunstancias.

Ambos se quedaron sumidos en el silencio de la noche. Este se rompió cuando Sungguk se movió para estirar el brazo y apartar un mechón de cabello de la frente de Dae.

—Si alguien hiciera esto y tú no quisieras que se te acercase y tocase, ¿qué deberías decir, Dae?

Él tragó saliva.

—¿No?

—Con más seguridad.

—¡No!

Una sonrisa se formó en los labios de Sungguk.

—¿Pero y si insiste? Tú dijiste *no*, pero sigue tocándote así —y hundió los dedos en su melena. Daehyun cerró los ojos unos segundos inclinándose hacia la caricia.

Sungguk estuvo a punto de decirle algo para reprenderlo, pero de pronto la mano de Dae escapó de entre las sábanas y le cogió la muñeca, apartándolo mientras pronunciaba una única palabra:

—No.

Contento por la reacción de Daehyun, dijo:

—Mañana me gustaría enseñarte más formas de alejar a alguien que insiste en acercarse, *¿ok?*

Daehyun hizo una especie de movimiento con la mano, cerró el puño.

—Puedo enseñarte a golpear a alguien si quieres —propuso Sungguk.

La respuesta del chico fue positiva y fehaciente.

Luego ambos se sumieron en el silencio. La expresión de Daehyun quedó expectante contra la almohada a la espera de que Sungguk continuase con la conversación. Su boca estaba algo abierta y sus ojos clavados en los labios de Sungguk a la espera de que se movieran.

Sungguk tragó saliva y lo dijo:

—Pero tal vez un día querrás besar a alguien —Daehyun estiró las piernas, moviéndose otra vez más cerca de él—. Y para hacerlo, puedes preguntarle directamente para estar seguro o…

Las cejas de Daehyun se alzaron escondiéndose bajo el flequillo.

—O puedes acercarte un poco para ver su respuesta —y así lo hizo Sungguk, deslizándose milimétricamente más cerca de Dae, que abría los ojos sorprendido—. Y esperas a ver si se aparta o te corresponde.

Sungguk tocó la cintura de Dae.

—¿Está bien si hago esto?

Como respuesta, Daehyun se movió en la cama hasta que casi no hubo distancia entre ambos cuerpos. Sus narices casi se rozaban de lo cerca que se encontraban. Los dedos largos de Dae se enredaron en la camiseta de Sungguk y se acercó otro milímetro, preguntándole, cuestionándole, pidiéndole esa autorización silenciosa, como le estuvo enseñando. Con su aliento chocando contra la boca, el chico aguardó paciente a que Sungguk reaccionara.

Y entonces lo hizo.

—Puedes hacerlo, Dae.

Los labios de Dae tocaron los de Sungguk, un roce ligero que le mandó escalofríos por la columna vertebral. Con los dedos enterrados en la cintura de Dae, Sungguk dio un suspiro contra esa boca. El corazón le latía tan rápido que podía escucharlo contra sus oídos.

Se quedaron así, rozando simplemente sus labios, abriendo los ojos de tanto en tanto para buscar la mirada del otro. La palma de Sungguk se deslizó hasta apoyarse contra la espalda de Dae y presionó hacia adelante para acabar con la distancia entre ambos cuerpos.

Y mientras Daehyun se acomodaba en los brazos de Sungguk para esconderse bajo su barbilla, dio un suspiro largo y placentero. Entonces Sungguk sintió en el centro del pecho esa emoción torpe, bonita y brillante que venía experimentando hace semanas y que lo calentó por dentro.

Abrazándolo más cerca, y enterrando su nariz en ese cabello que olía a frutilla debido al acondicionador, se durmieron en el centro de la cama para recuperar las horas perdidas de dos semanas consecutivas.

54

Una respiración le acariciaba la mejilla mientras unos dedos jugueteaban con el borde de su camiseta. Sonriendo al escuchar una queja de protesta por su lento despertar, abrió los ojos para encontrarse el rostro expectante de Moon Daehyun. Sungguk notó que el sol recién teñía el cielo de rosa y que su brazo se encontraba encajado bajo la cintura de Dae.

Daehyun se quedó observándolo unos segundos más; parecía estar cuestionándose la vida misma de tanto que fruncía el ceño. Con ayuda de los codos, se elevó hasta que su nariz rozó con la de Sungguk. Sus ojos buscaron los de él para una última autorización.

Y Sungguk se la dio, acortando él mismo la distancia. Sus labios colisionaron en una caricia de dos bocas que se encontraban con el único fin de saludarse. Los dedos de Sungguk se cerraron en la espalda de Dae y lo presionó intentando contenerse.

Cuando sintió las piernas de Dae moviéndose en un pataleo emocionado, no pudo contener la risa. Sungguk finalizó el beso para abrazarlo con fuerzas permitiéndole que su oído izquierdo, que escondía el audífono, se refugiara en su pecho.

Se sentía bonita esa emoción.

Agradable.

Cálida.

Familiar.

Le gustaba a un punto que no alcanzaba la comprensión.

Estuvieron en esa posición hasta que el estómago de Dae resonó recordándole a ambos que tenían hambre, que la mañana para ellos había comenzado demasiado temprano y que se gastaron cuarenta minutos abrazados entre sábanas desordenadas.

—Vamos a comer.

El chico negó enterrando la nariz en la camiseta de Sungguk.

—Tienes hambre, te sonó el estómago —insistió.

—¡No! —dijo. El rostro de Dae abandonó su escondite para sonreírle con la barbilla apoyada sobre el tórax de Sungguk.

—¿Qué te parecen unos huevos con arroz? —al ver el puchero que se formaba en los labios del chico, continuó—. Te prometo que estos no se caerán.

Dae empequeñeció la mirada y se estiró hacia él. Su boca cálida chocó contra la mejilla de Sungguk y, aprovechando el impulso, le hincó los dientes en la piel.

—¡Me mordiste! —se quejó casi sin voz.

Sungguk iba a pedirle que no volviese a morderlo como si se creyese un bebé vampiro, pero se veía tan hermoso y parecía tan feliz sonriendo mucho, que prefirió morir de dolor que impedirle que siguiera haciéndolo.

Con los brazos de Dae sujetándolo por la cintura para no dejarlo ir, Sungguk logró arrastrarse hasta el borde de la cama. El cuerpo de Dae quedó desparramado por el colchón en su intento por no separarse.

Era un bebé consentido.

—Si te pones calcetines —bromeó Sungguk— y te comportas como alguien grande, te llevo a la cocina en la espalda.

Dae rodó por la cama y cayó al suelo, gateando por la madera en busca de unos calcetines que terminó robándole a Sungguk.

—Bien. Ahora súbete.

Sujetándolo por la parte posterior de los muslos, Sungguk se puso de pie. Dae se movió unos centímetros para lograr aferrarse mejor con las piernas. El corazón le latía tan fuerte que Sungguk podía sentir cada palpitación contra sus costillas. Con ese aliento cosquilleándole en el borde de la oreja, salieron del cuarto y bajaron las escaleras.

Al ingresar a la cocina, se encontraron a Namsoo frente a la cafetera y a Roko a sus pies, esperando a que se le cayese algo a la persona más torpe y desastrosa de la casa. Las cejas de Namsoo se alzaron en sorpresa al ver a Sungguk.

—Tienes una... ¿por qué tienes una mordida en la mejilla? —quiso saber, después dirigió su atención al diablillo que asomaba la cabeza por el hombro de Sungguk—. Mira, mejor no voy a preguntar cómo llegaron a eso.

Sin embargo, a pesar de que aseguró que no iba a realizar ninguna clase de comentario, mientras se llevaba su taza de café a la mesa y tomaba asiento observando a Sungguk caminar al centro de la cocina con una sanguijuela humana colgando de su espalda, el cuestionamiento escapó de él sin meditarlo:

—Deberías ponerle límites, ¿no crees?

El suspiro de Sungguk fue largo y cansado. Apuntó a Dae, que le clavaba la barbilla en el hombro.

—¿Podrías negarle algo a esa carita?

Namsoo lo meditó medio segundo dándole un sorbo a su taza.

—Tienes un punto.

Acariciando la parte posterior de los muslos de Dae, Sungguk giró el rostro lo suficiente para observarlo por el rabillo del ojo.

—Necesito mis manos libres para cocinar.

Un puchero apareció en sus labios consentidos, sin embargo, soltó el amarre de sus piernas y las dejó caer. Aunque continuó aferrado a su cuello. Sungguk supo que ese sería el mayor espacio que conseguiría, así que, arrastrando un cangrejo tras suyo, fue por los huevos y se posicionó frente a la cocina.

—¿Has cocinado alguna vez, Dae? —quiso saber Namsoo.

Dae se separó lo suficiente de Sungguk para asentir.

—¿Y qué cosa? —se interesó Sungguk.

Se quedó tanto rato en silencio que ninguno de los dos imaginó que respondería:

—*Oni-gi-ri.*

La taza de Namsoo se apoyó en la mesa con estrépito.

—Vaya, ¿está hablando?

—No hables de Dae como si no estuviese aquí —lo corrigió Sungguk.

—Lo siento, lo siento, tienes razón —se corrigió—. ¿Estás hablando ya, Dae?

Apenado, Dae apoyó la mejilla contra el omoplato de Sungguk y estrechó su abrazo, que ahora se aferraba a la cintura delgada.

—Pero que no te dé vergüenza —se apresuró en decir Namsoo—. Tu voz es muy bonita. Es muy grave, no me la imaginaba así.

Sungguk se rio al apagar el fuego.

—Yo también me sorprendí de eso. ¿Será por su falta de uso?

Namsoo se tocó el mentón observando a Dae tomar asiento a su lado para que Sungguk pudiese terminar de cocinar.

—No, es solo su voz. Tienes un tono muy bonito y poderoso, Dae.

Pareció más relajado después de eso.

Sungguk calentó arroz de la noche anterior y unos trozos de carne, mezclando todo y friéndolo en conjunto. Comieron en silencio. Ni Dae ni Sungguk aceptaron el café preparado por Namsoo, ya que no les gustaba y tampoco confiaban en sus capacidades para no quemar algo.

—Almas gemelas —se burló Namsoo tras el rechazo.

Minutos más tarde terminaron de comer.

Como ambos se despertaron tres horas antes de que la alarma sonase, Sungguk decidió que sería un buen momento para enseñarle a Dae algunos movimientos.

En el centro de la terraza a medio construir del patio trasero (una de las tantas obras de ingeniería que Sungguk jamás terminó en la casa), había un saco de boxeo maltratado por el clima. Sungguk le pasó unos guantes a Dae, mientras Namsoo se bebía su segunda taza acomodado en el sofá destruido por Roko.

Con las manos desnudas porque solo tenía un par de guantes, Sungguk le enseñó a Dae cómo dar un golpe utilizando el centro del cuerpo para generar mayor potencia. Salió bastante bien. Pero las patadas fueron otro caso, Dae insistía en apenas rozar el saco a pesar de los consejos para que levantase más la pierna.

Cuando llegó Seojun, Sungguk entendió que se le había hecho tarde. Fue a bañarse a toda velocidad y partió al trabajo.

Tuvo un pésimo comienzo de jornada que lo dejó furioso y triste durante el resto del día, por lo mismo no estaba de humor al estacionar fuera de casa a las seis de la tarde. Al bajar del coche, se desconcertó al escuchar una canción a todo volumen proveniente de…

¿Su casa? Pero cómo, si desde ahí siempre se oían solo ladridos.

Al ingresar, encontró a Daehyun en el medio de la sala mirando la televisión, que proyectaba un video musical. La calefacción estaba encendida, por lo que Dae iba solo con una camiseta y un pantalón corto (que, por cierto, eran de Sungguk). Con los brazos a un costado del cuerpo, el chico se movía imitando los movimientos del hombre en la pantalla. Su cadera y manos se mecían de izquierda a derecha, su pierna se levantaba ligeramente.

Sungguk olvidó su pésimo día en un segundo, dejando ir las emociones oscuras que estuvieron retorciéndole el estómago hasta apenas dejarlo comer.

Se obligó apartar su mirada de Dae cuando notó a Seojun salir de la cocina y hacerle una seña para que se acercara. Sentados en la pequeña mesa, se encontraban Namsoo y Eunjin.

—Sungguk, dos cosas —comenzó diciendo Seojun en voz baja, aunque Sungguk dudase que alguien más que ellos pudiesen oírlos con el alboroto que tenía Dae en la sala—. Daehyun lleva practicando algo durante días y hoy se animó a decirlo.

—¿Algo? —preguntó sin entender.

—Tu nombre.

Sungguk alzó las cejas sorprendido, otra vez percibió el sentimiento cálido anidado en el centro de su pecho.

—¿Y cuál es lo otro?

—Tenemos planeado que hoy salga solo de la casa.

—¿Solo?

—Lo seguiremos encubiertos. ¿Tienes de esos trajes aquí? Eres policía, debes tener un centenar.

—Estar de encubierto —dijo con paciencia— es estar vestido sin destacar, Seojun. De civil.

—Ah —su cuñado reflexionó unos segundos—. Servirán esos gorros de pescador feo que ocupas.

—La idea es que vaya a la tienda, así que ya fuimos a hablar con el cajero —prosiguió Namsoo—. Eunjin le mostró su placa de jefe de policía unas cincuenta veces.

—Solo para que sea paciente —explicó Eunjin.

Los cuatro hombres se encontraban tan centrados en la conversación, que ninguno de ellos notó que la música se había detenido hasta que Sungguk sintió un golpe en la espalda. Un koala se colgó de su espalda, al parecer Moon Daehyun estaba demasiado emocionado por su regreso.

—Con ustedes hará lo mismo —aclaró Sungguk con risa nerviosa al notar la mirada de sus amigos.

—Claro, segurísimo —se burló Namsoo—. Seojun pasa todo el día con Dae y no lo veo colgándose de él.

Sungguk no quiso responder. Dándole un toque en la pierna, le pidió a Dae que se bajase para hablar con él. Al hacerlo, lo afirmó por los hombros para ganar distancia.

—Dae, ahora que están todos en la casa, ¿qué te parece si organizamos otra tarde de cine? —Dae quedó pensativo—. Así que pensamos, ¿por qué no vas tú a comprar a la tienda unas palomitas para todos?

—Nosotros vamos a estar cocinando —salió Seojun en su ayuda—. Estaríamos muy agradecidos si fueras por nosotros.

—Roko te puede acompañar —continuó Sungguk—. ¿Recuerdas el camino?

Daehyun puso mala cara.

—Sungguk, no es un niño —recordó Eunjin al notar la molestia de Dae—. Daehyun recuerda perfectamente el camino, ¿cierto?

Dae asintió. Y todavía ofendido por el trato paternalista de Sungguk, se soltó de él y salió de la cocina. Antes de que alguno de los chicos pudiese reaccionar, Dae se colocó los zapatos, una chaqueta y salió de casa. Roko corrió para alcanzarlo.

Un momento…

Sungguk lo vio por la ventana de la cocina avanzando por la vereda.

Moon Daehyun solo en la calle.

E iba vestido con pantalón corto.

Sungguk se pegó en las canillas en los escalones de lo rápido que fue a su cuarto para agarrar sus gorros de pescador. Bajó torciéndose un poco el tobillo en el último peldaño. Le tiró los gorros a quien los atajase y se puso uno, saliendo de casa con las pantuflas puestas. Seojun lo afirmó al llegar a la vereda.

—¡Cálmate! —le pidió—. Lo vigilaremos desde lejos.

—Sí, pero… —su mirada seguía en el muchacho, que avanzaba a unos metros con Roko a su lado—. No le di dinero para pagar.

Con el gorro de pescador mal colocado en la cabeza, su cuñado se dio un golpe en la frente.

—¿Con qué pretendes que pague?

—No es mi culpa —balbuceó Sungguk—, se fue de la casa sin avisarnos.

—Eso es porque se siente herido. Lo tratas como un niño.

Un niño, pensó Sungguk. Estaba claro que su percepción con respecto a Daehyun había dado un giro impresionante, sobre todo con lo sucedido la noche anterior.

Iba a responderle a Seojun cuando Namsoo lo interrumpió:

—¿Pueden discutir más tarde? Alguien debe ir a dejarle dinero a ese pobre chico. ¿O dejarán que intente comprar palomitas con una sonrisa?

Estaba de más decir que Sungguk le vendería unas palomitas a Moon Daehyun solo por un vistazo a esa sonrisa simétrica.

—Iré yo —se ofreció Eunjin adelantándose al resto—. Ustedes esperen.

Seojun sujetó a Sungguk por la parte posterior de la ropa antes de que alcanzase a moverse para seguir a Eunjin. Intentó soltarse, sin resultados.

—Vamos, *hyung*, déjame ir.

—Tsk, tsk —resonó la lengua contra el paladar—. Tú te quedas aquí.

—Pero…

—Eunjin ya fue.

—Sí, pero…

—Eunjin también es policía y, además, tu superior.

—Entiendo, pero…

—Así que lo esperaremos aquí.

—No, pero, *hyung*, yo…

—¿Qué?

—Solo está con pantalón corto.

—Hoy no hace frío.

Sungguk dio un suspiro.

—Déjame ir. Es la primera vez que comprará algo por su cuenta y me lo estoy perdiendo.

—Déjalo ir, Seojun —intervino Namsoo.

Bastó con que Seojun aflojase el agarre para que Sungguk aprovechase la oportunidad: salió corriendo como un vendaval. Una risa un tanto infantil escapó de su boca.

—¡*Hyung*, no podrás…!

—¡Sungguk, cuidado con…!

¡Paf!

—… el árbol.

El golpe fue brutal y certero. A Sungguk se le escapó el aire en jadeos, dejando sus pulmones vacíos y ardiendo. Sentado en el suelo, la nariz comenzó a latirle. Namsoo fue hacia él seguido por Seojun.

—Eso te pasa por usar esos espantosos gorros —se quejó Seojun, quien también usaba uno de esos espantosos gorros.

A Sungguk le seguía latiendo la nariz, el pecho y el trasero. Quería que alguien le hiciera cariño y lo abrazase.

Ah, perfecto.

En la noche podría pedirle a Dae que lo mimase un poco.

No, no, olvídalo, Sungguk.

Tras recuperarse, fue a la tienda con sus amigos siguiéndole de cerca. Apoyó la frente en el vidrio, colocando ambas manos a los costados de sus ojos para observar dentro. Seojun hizo lo mismo a su lado.

Daehyun se encontraba en uno de los pasillos escogiendo algo de una estantería, parecía nervioso.

—¿Dónde está Eunjin? —se quejó Sungguk.

—Estoy aquí.

Apartó la mirada del vidrio para verificar que Eunjin se encontraba en la entrada de la tienda con Roko a sus pies.

—¿No deberías estar ayudándolo? —cuestionó Sungguk.

Eunjin se encogió de hombros.

—Él aceptó el dinero que le entregué e ingresó solo.

Sungguk volvió a clavar su frente en el vidrio, justo cuando Daehyun iba a la caja con el paquete de palomitas.

—¿Sabe pagar? —quiso saber Sungguk.

—Creo que eso debí preguntárselo antes de haber planeado esto —Seojun rodeó los hombros tensos de Sungguk—. Pero mira el lado positivo, cuñado, ese pobre cajero no lo va a estafar tras ser amenazado por Eunjin.

En menos de un minuto, Dae había entregado el dinero y recibido el vuelto, que observaba en su palma con desconcierto. Todavía miraba el dinero al salir de la tienda.

—¿Todo bien? —dijo Sungguk.

Daehyun alzó el mentón y frunció el entrecejo, todavía tenía el orgullo dolido. Con la escena de celos de la otra vez, Sungguk había comprendido que era difícil manejar a Dae cuando las emociones lo abatían. Así que Sungguk fue ignorado todo el camino de regreso, inclusive se sentó lejos de él al ver la película. Dae no le dirigió la mirada hasta que Seojun interrumpió la película para pedirle a Sungguk que lo llevara a casa.

—¿Quieres ir con nosotros? —le preguntó Sungguk.

Luego de meditarlo, el chico asintió con un gesto seco.

La casa de Seojun se encontraba a unos quince minutos en auto desde la de Sungguk, por lo que el trayecto lo hicieron en silencio. Daehyun observaba por la ventana con el mismo rostro maravillado de siempre.

—Sungguk, Tocino y Mantequilla ya pueden regresar a tu casa —dijo Seojun cuando estacionaron.

Sungguk le echó un pequeño vistazo a Dae, que estaba ensimismado contemplando el mundo en movimiento.

—¿Tú crees?

—Sí, lo conversamos con Daehyun y él también quiere. Además, Tocino te extraña mucho.

Sungguk también, se le hacía extraño ser perseguido en casa solo por Roko. Tamborileó sobre el manubrio con impaciencia.

—*Ok*, me los llevaré.

Las luces de la casa de su hermana estaban apagadas y en la calle reinaba una tranquilidad rota por los ladridos amortiguados tras la puerta.

—Ese es Tocino —aseguró Sungguk.

Daehyun aguardó con expresión nerviosa.

—Tocino es pequeño —explicó Sungguk avanzando por el camino a la puerta principal—. Es un poco gruñón y desconfiado. En cambio Mantequilla es viejo, duerme mucho y es muy tranquilo.

Cuando abrieron la puerta apareció el pequeño cuerpo amarillento de Mantequilla. Cojeaba hacia ellos por los problemas a la cadera que tenía, los años no le pasaban en vano. El perro no tenía una raza definida: sus orejas eran largas, el rostro lo tenía aplastado y el pelaje tan largo que apenas dejaba ver sus patas cortas. Seguido del viejo Mantequilla, apareció el pompón que era Tocino. Su pelaje era negro, con una que otra mancha café, largo y tan brillante que resplandecía bajo las luces de los faroles.

Entonces, por alguna razón, Daehyun comenzó a llorar. Arrodillándose con la boca fruncida por el llanto, estiró los brazos mientras llamaba a Tocino con una palabra entrecortada y ronca:

—¡Moonmon!

55

Arrodillado a un costado de la cama, se encontraba la cuarta persona que Moon Daehyun conoció en su vida. Llevándose una mano a los labios, le pidió silencio con ese simple gesto. Todavía adormilado, Daehyun se apoyó en los codos para observarlo mejor. El hombre buscó algo a sus pies y le mostró lo que parecía un pompón oscuro con manchas café por el estómago y el hocico.

Era un perrito.

Con los ojos abiertos de par en par, Dae observó al hombre dejar el pompón peludo sobre el enredo de sábanas. Con sus patitas pequeñas y con torpeza y tropiezos, avanzó por el colchón para acercarse a la mano estirada de Daehyun.

—Su nombre es Moonmon —leyó en los labios del hombre—. Te acompañará para que no te sientas solito.

El hombre se puso de pie y, despidiéndose desde la puerta, salió del cuarto dejándolo con el cachorro, que se rascaba una oreja. Con el corazón acelerado, Daehyun movió los dedos frente a él. El perrito captó el movimiento y se lanzó hacia adelante, enterrando sus pequeños dientes en la mano del chico. Este lo apartó lejos con el corazón latiéndole con fuerzas. Y es que Daehyun ya no quería jugar con él, tocarlo, abrazarlo, acariciarlo ni tomarlo.

Moon Daehyun no lo quería.

Con las manos temblando, lo dejó en el suelo y se hizo un ovillo en la cama, arrastrando las sábanas para taparse hasta la cabeza.

Pero de pronto se destapó y miró hacia abajo, el pompón negro lo esperaba sentado en sus cuartos traseros, su diminuto hocico se movió al verlo reaparecer. Su cola, no más grande que un fósforo, se movía de izquierda a derecha con emoción y felicidad, su cuerpo temblaba de emoción.

Tragó.

Dae volvió a agarrarlo con cuidado y a dejarlo sobre su pecho. El perro se hizo un ovillo y se quedó inmóvil. Y Daehyun sintió el mismo terror de hace un tiempo. Cerró los ojos con fuerza y deseó que su abuela se lo llevase lejos de él para enterrarlo en el patio trasero como aquella vez.

Por eso, cuando el cachorro se movió otra vez, su corazón parecía querer alcanzar a ese diminuto cuerpo sobre él, que lo observaba con esos ojos redondos y oscuros, con su pelaje disparado hacia todas direcciones y viéndose terriblemente descuidado y pequeño con ese collar cruzando un cuello tan ancho como un dedo de Daehyun.

Era pequeño.

Muy pequeño.

Y él no lo quería.

Que se lo llevasen lejos de él porque Daehyun era malo e iba a matarlo y...

El perrito tiró del borde de su pijama, justo ahí donde terminaba su muñeca. Intentó detenerlo apartándolo con su brazo libre, pero insistió jalando y mordiéndole la ropa.

El chico intentó decir su nombre bajito, pero no podía escucharse y las palabras no salieron realmente de su boca hasta que pronunció un monosílabo corto y preciso que pasaría a ser la única palabra que Daehyun intentaría decir por años.

—Moon.

Y otra vez.

—Moon.

Daehyun amó a ese pequeño animal con la fuerza que solo una persona privada de libertad podía sentir. Moon se volvió su amigo, su único amigo. Y por fin Dae pudo desplazar el recuerdo del único chico con el que habló en su vida, mandándolo a esa caja fuerte de memorias olvidadas. Ya no lo necesitaba, porque, escondido en el ático mientras su abuela salía, él podía sentar a

Moon en un banco y fingir que conversaban, aunque en la realidad ninguno de los dos lo hiciera.

Y todo fue hermoso por un tiempo. Daehyun volvía a encontrarse tranquilo y, con ello, su abuela también.

Por eso ninguno de los dos se preparó para el desastre que ocurriría una mañana de verano.

Daehyun jugaba en el patio trasero con Moon. El chico, sentado en una silla, tiraba una pelota a lo lejos y el perro a veces sí y a veces no iba por ella. De un momento a otro, Moonmom alzó las orejas y ladeó la cabeza prestándole atención a un sonido que Daehyun era incapaz de captar. Pillándolo desprevenido, no alcanzó a reaccionar cuando el perro corrió veloz hacia la reja de madera que los separaba del exterior. Dae se puso de pie demasiado tarde, justo para ver a Moon arrastrarse por un agujero pequeño que se había formado en la tierra gracias a las abundantes lluvias del año.

El chico se lanzó hacia él. Sus rodillas desnudas quedaron destrozadas cuando intentó agarrar la cola peluda del perrito que ya se colaba por el agujero. El pánico se atascó en el corazón de Dae y se ramificó por su cuerpo, volviendo sus piernas torpes e inútiles al ponerse de pie y correr hacia la casa. Pasó por el pasillo corriendo, casi estrellándose con su abuela, que salía de la cocina.

Ella le dijo algo, pero Daehyun no podía prestarle atención, yendo a la puerta principal y agarrando el pomo con ambas manos para empezar a tirarla con desesperación. Buscaba abrirla aunque este siempre estuvo cerrada con dos vueltas de llaves desde que escapó al parque. Tiró con fuerzas hasta que su abuela lo jaló para que se soltase.

Sin embargo, Daehyun no estaba bien, su estabilidad pendía de un hilo. Intentó girarse hacia su abuela y explicarle con gestos que Moon no estaba, que se había escapado por el agujero, que él lo intentó agarrar pero no pudo, que se había ido, ido lejos de él como todos porque estaba solo y encerrado.

Su abuela lo afirmó por las mejillas, pidiéndole en silencio que la observase para explicarle la situación. Daehyun apenas enfocaba la mirada, sus ojos estaban inundados en lágrimas.

—Quédate aquí, iré por él. No salgas o tendré que regresar sin Moon, ¿me entiendes?

Daehyun creyó asentir.

Y luego tomó asiento en el sofá, su pequeño cuerpo estaba paralizado de dolor y pánico. Arrastrando las piernas contra su pecho, observó a su abuela partir.

La mañana se convirtió en mediodía, después en una tarde calurosa y finalmente en una noche que apenas mecía los árboles de afuera.

Cuando su abuela regresó a casa, venía con las manos vacías.

Al otro día salió a buscarlo nuevamente.

Y a la siguiente mañana también.

Y así por una semana completa.

Y un mes.

Sin embargo, cada tarde regresaba con la misma expresión de tristeza, y le explicaba con calma que no lo había encontrado, pero que podría traer otro perrito si Dae aceptaba y dejaba de llorar.

Fue entonces que Daehyun lo entendió.

Moonmon no regresaría.

Y Dae no podía culparlo, el perrito había alcanzado la libertad que él tanto deseaba y que en algún momento olvidó, pero que ahora volvía a resurgir en su mente como un cosquilleo molesto que lo tenía observando a su abuela con ojos muertos cuando tomaba desayuno, cuando almorzaba, cuando su abuela intentaba hacerle sonreír con una broma ridícula, cuando se iba a dormir con ella porque no soportaba ese sentimiento oscuro y podrido que crecía dentro de él, que lo hacía temblar y pedir que su abuela por fin desapareciera.

Porque tal vez, solo tal vez, si ella moría, Daehyun podría salir y buscar a Moonmon.

Solo tal vez.

Esos *tal vez* que Daehyun veía cada vez con más probabilidad y menos con horror. Y mientras aquello ocurría, lloraba porque él, Moon Daehyun, transitaba por un camino sin retorno.

56

Es bueno tener a mi compañero de rondas de regreso, pensó Sungguk mientras Minki se acomodaba en el asiento de copiloto para comenzar una nueva semana de trabajo. Las mejillas rechonchas de su amigo se fruncieron en disgusto al notar que su uniforme azul se ensuciaba de pelos de Roko.

—¿Cuántas veces te he dicho que no sientes a tu perro en mi asiento? —se quejó Minki.

Bien, ¿había dicho que lo extrañaba? Se arrepentía de sus declaraciones.

—Estuviste fuera dos meses, ¿y regresas para quejarte? ¿Yoon Jaebyu te saturó o qué?

Minki puso los ojos en blanco y se ajustó el cinturón de seguridad.

—No, es solo que... ¿sabes cuánto tardo en sacarle los pelos a la ropa? Una eternidad.

—Tengo tres perros y dos gatos, te lo recuerdo.

—Solo tres perros, porque tus gatos continúan conmigo. ¿Cuándo piensas llevártelos, ah?

—Cuando Seojun dé su visto bueno.

—¿Y cuándo sería eso?

—Qué se yo, pregúntale tú. Yo lo he hecho un millón de veces ya.

Minki tomó aire.

—Tengo mi casa bañada en pelo, creo que hasta mi ropa interior tiene pelo de gato.

—Lo sé mejor que tú.

Su amigo escaneó el cuerpo de Sungguk con las cejas alzadas.

—Y créeme que se nota.

Sungguk se cepilló la ropa, estirándola a pesar de que se encontraba perfecta.

—Le diré a Daehyun que te quejaste de su lavado.

Eso le sacó una sonrisa malévola a esos labios que ahora se veían un tantísimo más anchos porque Lee Minki había subido un par de kilos en su encierro. A Sungguk le parecía enormemente tierno volver a encontrarse con esas mejillas. A veces Minki estaba tan delgado que olvidaba que existían.

—Así que… ya son un matrimonio —se burló Minki.

—Creo que te prefería detrás de un escritorio.

Si bien Lee Minki había regresado hacía dos semanas al trabajo, luego de que la licencia se alargara producto de la depresión que vivió, había sido asignado solo a trabajo de escritorio hasta esa tarde.

—Ambos me parecen muy tiernos, ya cásense —y de la nada, agarró el brazo de Sungguk y lo sacudió—. ¡Podríamos casarnos a la vez! Una boda doble, ¿qué te parece?

—Me parece que el encierro te dañó el cerebro más de lo que ya lo tenías.

Minki puso mala cara.

—¿Por qué? Ya han pasado tres meses desde que lo encontramos. Es tiempo suficiente.

Sungguk hizo tamborilear los dedos sobre el manubrio, estaban estacionados a un costado de la calle a la espera de que sus radios interceptaran algún comando de orden. Mientras, solo les quedaba conversar y, tras dos meses patrullando únicamente con sus pensamientos, casi era un alivio escuchar ese ilógico parloteo de Minki.

—Porque sí, no seas ridículo —se quejó Sungguk.

—Ya, pero ¿avanzaste con Dae o no?

No iba a responder esa pregunta, se negaba a hacerlo…

—Solo nos hemos besado.

Minki sacudió la cabeza con incredulidad.

—Entiendo, entiendo —aceptó jadeando—. Debes avanzar lento con él... bueno, aunque tampoco es tan malo, la lengua consuela mucho... oh, espérate, eso sonó muy feo... no, no, retira eso de feo, porque es cierto, la lengua sí consuela.

—Te dije que lo nuestro no ha pasado de los besos.

—Pero con lengua.

—Claro... solo que cada lengua se queda en la boca de quien le pertenece.

Minki frunció el ceño y después soltó un chillido:

—¿Cómo que no le has dado un beso con lengua?

Sungguk se movió incómodo en el asiento, mirando con desesperación la radio que seguía muerta sin recibir una llamada que lo salvase de esa situación.

—Él solo me da besos inocentes y yo no he sido capaz de... no sé, usar lengua.

Minki tomó aire armándose de paciencia.

—¿Y cuánto tiempo llevan con esos besitos de niños de cinco años?

—No sé, algo más de un mes, tal vez dos.

—¡¿Dos meses y no has avanzado?!

—Sabes que la situación es distinta, Minki. Él no sabe mucho sobre estas cosas.

—Por eso debes enseñarle tú, idiota —Minki le dio un golpe en la cabeza—. ¿Cómo Daehyun pudo contratarte a ti como profesor?

—¡Pero no me pegues, Minki!

—Es para ver si con eso se te arreglan las ideas.

Sungguk soltó un bufido exasperado.

—Para ti es fácil porque siempre has estado seguro de tu sexualidad.

Minki empequeñeció la mirada.

—¿No me digas que todo esto es un intento desesperado por agarrarte a tu heterosexualidad podrida?

—No, no, ¿qué dices?

—Es que ustedes son todos iguales. Juran que, si solo se dan besos con otro hombre, pueden seguir manteniendo su tóxica heterosexualidad. Pero, amigo, no. En el momento en que ese chico empezó a gustarte, tu heterosexualidad se fue al tarro de la basura.

Masajeándose el cuello tenso, Sungguk se defendió:

—Mi sexualidad no tiene nada que ver en esto —se quejó.

—A mí me parece que sí.

—No, Minki, son solo circunstancias distintas. Daehyun tuvo que recibir clases de educación sexual porque no sabía nada, incluso se puso a llorar cuando tuvo una erección.

—¿Erección? ¡Me dijiste que no había pasado de unos besos inocentes! Una erección no tiene nada de inocente.

Se rascó la cabeza buscando paciencia.

—Y no ha pasado más allá de eso, Minki, él solo se despertó con una. De hecho, tuvieron que darle clases de sexualidad.

—¿Y ya las terminó? —quiso saber Minki, sacando de su chaqueta una barra de chocolate.

—Se podría decir que sí.

—¿Entonces?

—¿Entonces qué?

—¿Qué los detiene?

—Bueno, ¿recuerdas que te conté que Tocino nunca fue Tocino sino que era Moonmon y le pertenecía a Daehyun?

—Sí, sí, se le escapó de la casa hace años y tú lo encontraste en la carretera.

—Digamos que existe un poco de apego emocional entre ellos.

Dándole otro mordisco a su barra, Minki habló con la boca llena:

—Sí, ¿y? ¿El perro es la excusa?

—Por supuesto, Tocino… digo, Moon duerme entre nosotros.

Minki se golpeó el pecho con desesperación al ahogarse con un pedazo de chocolate.

—¿Dormir juntos? ¡No me dijiste eso!

Llevándose las manos al rostro, el grito de Sungguk fue ahogado. Era un hombre maduro, profesional y malote… sí, claro.

—Daehyun nunca pudo dormir solo —explicó Sungguk—. Y, bueno, ya me acostumbré a dormir con él.

Se quedaron unos segundos en silencio antes de que Minki atacase otra vez con la artillería más pesada en su arsenal:

—Entonces, dices que no han avanzado entre ustedes porque Tocino…

—Moon.

—… duerme entre ustedes y tú, oh, pobre hombre sufrido, no puede sacar al pobre Tocino…

—Mumu.

—… del medio. ¿Acaso Tocino…?

—Moonmom.

—¡¿Cuántos nombres tiene ese pobre animal?! ¿Cómo es que no sufre de una crisis de identidad? Con razón duerme con ustedes. Ni siquiera debe saber que es un perro.

Minki perdió el hilo de la conversación. Sungguk desde la ventana del automóvil observó las flores ya crecidas en los jardines. La primavera se podía apreciar en el aire ante ese olor a césped recién cortado y…

—Tú nunca has tenido sexo gay.

El pensamiento de Sungguk se desplomó en el suelo.

—Y creo que tampoco has visto porno gay —insistió Minki, picándole ahí, en las costillas, llegándole al corazón, en ese lugar donde dolía.

—No —aceptó.

—¿Ni siquiera ahora?

¿En qué parte de esa atestada casa él podría ver porno? Además, pasaba todo el día en el trabajo, luego regresaba a casa y era seguido por tres perros y Dae. No, no había posibilidad de que Sungguk entretuviera la mente en eso.

—No —gruñó al final.

Minki dio un largo suspiro y le apoyó la mano en el hombro.

—Amigo, tienes tanto que aprender.

—Bueno, ¿qué tan diferente puede ser? —se quejó.

—De partida, tienes que usar lubricante.

—Minki…

—Segundo, tienes que prepararle y usar tus dedos. No puedes entrar seco a menos que lo quieras lastimar. Y en serio te voy a golpear en las bolas si veo un día a ese pobre chico cojear.

—Minki…

—Tercero, te vas a meter por un lugar hecho para sacar cosas. Así que debes decirle que se prepare. No debe hacerlo siempre si hay confianza, pero por lo menos la primera vez sí.

—Minki…

—Y es fácil la preparación, la gente es muy alarmista. Solo basta agarrar la ducha, regular el agua para no quemarte, sacarle el cabezal y meterte el…

—¡Ya para, Minki!

Cubriéndose las orejas rojas con las manos, Sungguk fulminó con la mirada a su amigo.

—¿Qué? —se quejó Minki—. Pero si es lo natural en el sexo gay, solo la ignorancia te traerá problemas.

Sungguk se armó de paciencia.

—No soy ignorante. Las mujeres también tienen ese tipo de sexo.

—Ni siquiera eres capaz de llamarlo por su nombre.

—Solo me da vergüenza hablar de estas cosas en público, no soy como tú.

Ambos lo dejaron estar aunque Minki, por supuesto, iba a contraatacar otro día. Ante la interrupción, Sungguk aprovechó para cambiar la conversación.

—Por cierto, Minki, ¿cómo has estado con todo lo tuyo?

Minki se encogió de hombros, jugando con un bolsillo del pantalón, abriendo y cerrando el cierre.

—Solo llevándolo.

—¿Pero lo seguirán intentando?

Eso le sacó una risa ante un recuerdo privado compartido con Jaebyu.

—Créeme que Jaebyu lo intenta todos los días.

—¿Y no tienes que estar en un ciclo de calor?

—Oh, sí, eso —lo escuchó soltar un largo suspiro—. No tendré otro por varios meses. He estado en contacto con Sehun y me explicó las cosas un poco mejor. Es abrumador esto de ser un m-preg recién descubierto.

Sungguk se rascó el mentón con aire distraído, pensando que en ese último mes apenas se envió mensajes con su padre.

—¿Y qué te dijo? —quiso saber.

—Que mi cuerpo no estará preparado por varios meses. Y que mi estado psicológico tampoco ayudará, así que estaré un tiempo sin tener a «preg» inundando mi organismo. Aún me queda para tener un pequeño Jaebyu.

—Pero podrás tenerlo algún día, Minki, eso es lo importante.

Sin mucho ánimo, asintió.

—Ha sido difícil, ¿sabes? Descubrir que cumpliste y destruiste tu mayor sueño en un segundo. No estuve muy bien las primeras semanas. Pero Jaebyu… Jaebyu ha sido tan contenedor, lo amo mucho.

Como quedaba una hora para finalizar el turno, regresaron a la comisaría para hacer algo de papeleo. Como Minki pasó dos semanas tras el escritorio, había cerrado todos los casos que Sungguk venía acumulando desde el primer minuto que se quedó sin su amigo.

Fue en su aburrimiento que Sungguk se encontró revisando expedientes en el computador. Con Minki tenían un juego idiota e infantil, donde cada cual buscaba la foto más fea entre los detenidos. Tenían incluso una pizarra con las veces que lograron hacer reír al otro: Minki nueve, Sungguk siete. Así que, como iba perdiendo, empezó a navegar en la base de datos de la policía para encontrar la imagen perfecta que hiciese reír tanto a Minki, que se vería en la obligación de concederle los puntos que le faltaban para igualarlo.

Estaba en eso cuando se lo cuestionó. ¿Por qué nunca buscó su fotografía? Debería existir en el sistema.

Una hora más tarde, Sungguk regresaba a casa con la ilusión de mirar esa carita sonriente a la cual tanto se había acostumbrado. Admitía que disfrutaba de ver a Daehyun correr hacia él para abrazarlo fuerte, enterrando el rostro en su cuello para olfatearlo como si se creyese Moonmon. Pero eso no era lo único que le gustaba de él, le encantaba también que fuesen de la misma estatura, que pudiese mirarlo directo a los ojos cuando hablaban y que su delgadez se hubiese marchado para dar paso a una pancita pequeñita, que quedaba al descubierto si alzaba los brazos.

Por eso, al llegar a la casa y sacarse los zapatos escuchando las uñas de Roko acercándose por el pasillo, esperó a que Daehyun fuese también por él. Extrañado al no oír sus pasos, agudizó el oído.

Los buscó por el primer piso hasta que salió al patio trasero, encontrándose con Seojun y Daehyun sentados en la hamaca que Sungguk estuvo colgando durante cinco horas el fin de semana; digámoslo de manera sencilla, él no era un experto con las herramientas.

Seojun fue el primero en saludarlo alzando la mano. Contrario a los efusivos y apretados abrazos que se acostumbró a recibir en ese tiempo de convivencia, Daehyun se puso de pie con pausa y se acercó. Se encontraba a dos metros de distancia, cuando se dejó caer de rodillas con las manos sobre las piernas.

Sin enterarse de nada, Sungguk le pidió explicaciones a Seojun con la mirada al notar que Dae se inclinaba frente a él como si le estuviese pidiendo disculpas.

—Estuvimos hablando hoy sobre el consentimiento. Trabajamos en profundidad —explicó Seojun—. Y se dio cuenta de que las primeras veces te besó sin preguntarte.

Daehyun se estaba acostumbrando a las interacciones sociales y con ello llegó un sentimiento de culpa no experimentado antes. Culpa por pequeñas y grandes cosas, porque en definitiva era complicado vivir en sociedad y estar en sintonía con cada persona que se conocía. Todavía se estaba adaptando, por lo que no sabía sobrellevar muchas emociones confusas que nacían ante dicha interacción.

Sungguk se puso de cuclillas frente a él y le tocó el mentón con un dedo para que alzara la mirada.

—Está bien, Dae, no sabías.

La boca de Daehyun se frunció y las palabras salieron con mucha más facilidad que antes, todavía un poco oxidadas y torpes, con muchas pausas entremedio, pero ya no temerosas de ser pronunciadas.

—Lo siento —dijo, con su voz ronca raspando en la garganta—. Yo… nunca más…

—¿No lo harás nunca más? —preguntó Sungguk con calma.

Daehyun asintió, los signos y señales seguían siendo su manera favorita de comunicarse. Si podía evitar las palabras, lo haría, pero ahora tampoco las rehuía.

—No…—dijo, sonando más como un «nu»—. Nunca… más.

—Ah —aceptó Sungguk con docilidad, burlándose un tanto de él—. Pero si tú no me das más besitos, ¿quién lo va a hacer entonces?

Daehyun se quedó observándolo contrariado.

—¿Tendré que buscarme a otra persona para que me dé besitos? —continuó Sungguk.

—Sungguk —protestó Dae. No era la primera vez que pronunciaba su nombre. Hace más de un mes, mientras abrazaba a Moonmon contra su pecho y musitaba una y otra vez «gracias», lo dijo. Fue un «Sungguk» mal pronunciado y entrecortado. Sin embargo, cuando Sungguk vio las mejillas de Dae manchadas por las lágrimas esa noche, con su nariz enterrada en el pelaje de Moon, se dio cuenta del precario equilibro mental del chico.

—¿Qué? —sin saber por qué, Sungguk comenzó a reír haciendo enojar a Daehyun.

El chico se llevó la mano a la oreja para quitarse el audífono de la misma forma que lo hizo en el pasado en un ataque de celos mal controlado.

—Eh, eh —lo detuvo Sungguk tocando sus muñecas—. No te saques el audífono, no hay necesidad.

Acercándose para que no pudiese oírlo Seojun, que seguía la conversación desde la hamaca, Sungguk le susurró muy cerca de su tímpano izquierdo.

—A mí solo me gustan los besitos de Dae.

Con el orgullo recompuesto, sonrió todo egocéntrico y seguro de sí mismo. Llevando una mano a la barbilla de Sungguk, la acarició con un dedo.

—Ahora, ¿por qué no me das un beso? —pidió Sungguk.

Dae no se hizo de rogar. Todavía de rodillas, rodeó a Sungguk por el cuello y se acercó a su boca, sus labios se encontraron a medio camino en un saludo que decía sin palabras lo mucho que lo extrañó.

Cuando Seojun se despidió de ambos y pasaron a ocupar la hamaca vacía, sus hombros se rozaron de lo cerca que estaban. Sungguk rebuscó en el bolsillo del uniforme y comenzó a hablar:

—Dae —dijo—. ¿Recuerdas que la otra vez estuvimos hablando sobre tu padre?

Tras ponerse tenso, el chico desvió la mirada de Moonmon, que jugaba a sus pies, a Sungguk. Alzó las cejas en interrogación.

—Ese día te contamos que era un m-preg al igual que tú y que su nombre era Minho. Pero no te dijimos que nunca pudiste conocerlo porque él murió cuando eras chiquito. Debías tener unos cuatro años cuando ocurrió.

Daehyun se quedó paralizado por la noticia. Preocupado, Sungguk agarró su mano y se la apretó.

—Por eso vivías con tu abuela.

Sungguk todavía no se acostumbraba a que Daehyun le respondiese cuando conversaban, por lo que se sorprendió al escuchar:

—¿Cómo?

—Murió en un accidente de tráfico, iba en auto y chocó.

Dae tragó saliva, su garganta subía y bajaba al hacerlo. Asintió con aire distraído, más desorientado por la noticia que triste, no podía sentirse mal por una persona que nunca conoció.

—Hoy estaba en la estación de policía y encontré una foto de él. Quería enseñártela, solo si quieres.

Y entonces le tendió la hoja de papel. Daehyun se quedó desconcertado, después la agarró, estirándola un poco con los dedos temblorosos.

La fotografía era de un hombre de unos veinte años, de expresión seria. Era una copia exacta de Daehyun, los mismos ojos y labios, la misma nariz y mandíbula, las mismas cejas y pómulos. Solo existía una diferencia visible. Mientras el rostro de Daehyun era enmarcado por una cabellera castaña clara, la de Moon Minho era negra y ondulada.

Y fue en ese momento que el pequeño mundo de Moon Daehyun, ese que por fin comenzaba a entender y aceptar, se derrumbó. Porque ahí, en una hoja impresa y arrugada entre sus manos, estaba el cuarto hombre que conoció en su vida.

Y era su papá.

57

Una ráfaga de imágenes llegaron a la mente de Dae.

Lo recordó inclinado sobre él en el medio del pasillo. Un dedo sobre su boca sonriente, pedía silencio. Su cabello oscuro y ondulado orbitaba su rostro que, por esos años, no se asemejaría en nada a la infantil expresión de Moon Daehyun.

—Este será nuestro pequeño secreto —dijo el hombre enseñando una barra de chocolate en la mano.

Esa misma cabeza oscura le indicó a Dae cómo llegar al parque, la misma que meses más tarde se inclinaría hacia su abuela prestándole atención a algo que Moon Daehyun era incapaz de escuchar. Entonces, esa mirada opaca se encontró con la de Dae por sobre la coronilla de su abuela.

Un gatito diminuto en su regazo, su abuela otra vez frente al hombre cuando Moon Daehyun se suponía dormía.

Arrodillado a un costado de su cama, una vez más pidió silencio. En sus manos un pompón oscuro que dejaría a su lado sin preguntar. Sus labios formando una simple oración que Daehyun recordaría en lo esencial.

—Su nombre es Moonmon.

Y años después, detenido a un costado de la cocina observando a su abuela retorcerse en el suelo por el dolor. Su rostro, ahora tan semejante al suyo, inclinado hacia él.

—Nadie lo sabrá —dijo mientras Moon Daehyun intentaba aferrarse a un cuerpo sin vida—. ¿No es esto lo que querías?

Todas esas veces, su papá.

Y por eso Moon Daehyun no pudo entenderlo.

Jalándose el cabello con Roko ladrándole a los pies, él fue incapaz de entenderlo.

No pudo.

Simplemente no pudo.

58

De percibir una amenaza, el cerebro activaba una serie de «botones de emergencia» para encontrar una salida rápida y eficaz ante el peligro. Esos botones ficticios se encontraban conectados directamente al sistema nervioso, una «red de cables» compuesta por el sistema simpático y el parasimpático. El primero de ellos, una red compleja y bien elaborada que evitaría un desplome emocional, obligando a las glándulas suprarrenales a liberar grandes dosis de adrenalina y cortisona, para que entonces el hígado pudiese soltar azúcar al torrente sanguíneo; todo ello conllevando un golpe de energía, un aumento del ritmo cardiaco, una respiración acelerada, un oído más agudo, una mayor potencia en los músculos y una claridad mental para resolver problemas incluso antes de entender que tenías un problema.

Si la amenaza pasaba, el cuerpo volvía a la normalidad ante una monarquía liderada por el sistema parasimpático, llevándote otra vez a la tranquilidad. Con las dosis de ambas hormonas y el azúcar ya consumidas por los músculos, el bajón energético era catastrófico.

Esa tarde de martes, estacionado frente a su casa observando la puerta entreabierta y la oscuridad que impedía ver más allá del marco, Jong Sungguk fue gobernado por su sistema simpático.

Ya era tarde, la calle se encontraba iluminada por el tendido eléctrico. La puerta principal estaba abierta, dejando entrever una cueva oscura. Y corriendo hacia él desde la otra vereda, apareció Roko.

Sungguk apagó el motor del coche y se bajó, el perro de inmediato fue a por él. Le acarició la cabeza con la mirada clavada en la entrada de su casa. ¿Por qué Roko estaba en la calle? ¿Por qué la puerta estaba abierta? ¿Lo habían olvidado? ¿Pero por qué la casa se encontraba a oscuras? ¿Dónde estaba Daehyun? ¿Y Seojun? ¿Y Namsoo?

Extrañado y preocupado, se dirigió hacia ella. En ese momento, la puerta vecina se abrió.

Me estaban esperando, pensó Sungguk, de seguro el vecino vigilaba su llegada para hablarle. Era el niño molesto de siete años que le gritaba tonto a Namsoo.

—Oficial —dijo. Si bien conocía su nombre, siempre insistió en llamarlo así, incluso cuando Sungguk aún asistía a la academia—. Estoy con Tocino y Mantequilla... me refiero a sus perritos, no a los alimentos que van en el refrigerador.

Sungguk se alteró.

—¿Los tienes tú? ¿Se escaparon?

—Sí, hace como dos horas. Yo estaba mirando por la ventana y vi que casi atropellan a Tocino, así que fui por ellos. El perro más grande no quiso entrar —hizo un gesto hacia su casa—. ¿Voy por ellos?

Sungguk volvió a girar la mirada hacia la entrada oscura de su casa, llevándose la mano de inmediato al arma de servicio que colgaba del cinto.

—¿Puedo pedirte un favor? ¿Te puedes quedar con ellos unos minutos más?

—Sí, señor.

Sus ojos se volvieron a centrar en el niño.

—¿Sabes si hay alguien en mi casa?

—No lo sé, señor —dijo encogiéndose de hombros—. Mamá no está y ella no me deja salir hasta que vuelva. Yo solo fui por los perritos porque no quería que les sucediera algo.

Asintió con aire distraído.

—¿Entonces no has visto a mis compañeros de casa?

—Solo al idiota, señor. Llamó a Tocino y Mantequilla a la hora de almuerzo y yo... ya sabe, le grité que estaban en el refrigerador.

Sungguk inclinó la cabeza hacia él.

—Iré pronto por ellos. ¿Está bien? No salgas hasta que tu mamá regrese.

El niño cerró la puerta.

Sungguk volvió a llevarse la mano al arma de servicio, toqueteándola con los dedos y preguntándose si debería sacarla o no. De pronto el corazón latió con más fuerza. Decidió dejarla ahí, sin uso, y sacó la linterna seguida del celular. Todavía a unos pasos de la casa, marcó un número de contacto.

—Te dejé hace veinte minutos en la comisaría, ¿y ya me extrañas? —se quejó Lee Minki al contestar.

—Algo sucedió en mi casa —se apresuró a aclarar Sungguk lamiéndose los labios—. La puerta está abierta, mis perros en la calle y las luces apagadas.

Escuchó que al otro lado de la línea se caía algo.

—¿Y Daehyun? ¿Y Seojun?

—No lo sé. La última semana hemos dejado a Daehyun solo en casa para que empiece a adaptarse, pero… tal vez nos apresuramos. No sé, todo iba tan bien. No es la primera vez que Dae se queda solo.

—Iré para allá.

—No —interrumpió Sungguk—. Llama a Seojun y pregúntale si está con él, tal vez se lo llevó hoy.

—Pero tu puerta está abierta.

—Puede que hayan ingresado a robar o… no lo sé, tal vez solo se les quedó abierta —tomó aire intentando buscar calma donde no existía tal sentimiento—. Ahora ingresaré, tendré cuidado.

—No, no, no, no me cuelgues —pidió Minki, su voz siendo más baja al alejar el teléfono—. Jaebyu, llama a Seojun y pregúntale si Daehyun está con él. Me quedaré en línea, la dejaré en silencio.

Afirmando el celular con la ayuda del hombro, levantó la linterna.

—Voy a ingresar.

El primer paso dentro de la casa resonó en la madera de la entrada, crujiendo ante su peso.

Un paso, dos.

La luz de la linterna iluminó el sofá largo, los dos pequeños, la televisión, el librero repleto de cosas desordenadas, el abrigo tirado en el suelo y el único zapato, ubicado a unos metros de él.

Otro paso, la madera volvió a crujir.

Apuntó el comedor, dos sillas desacomodadas, los restos de un plato a medio comer sobre la mesa y un vaso roto en el suelo manchado con algo oscuro.

Otro paso, se movió hacia la derecha.

La cocina. Había unas gotas oscuras y grandes de camino hacia el fregadero, del cubo de basura sobresalía papel manchado.

Sangre.

La olió en un papel que tomó del suelo, ese característico y enfermizo olor a metal. Lo apuntó con la linterna, observando el color rojo en la hoja blanca. Avanzó por el pasillo, sus ojos recorrían los lugares oscuros que su linterna no alcanzaba a iluminar. Le dio la espalda a la sala para ir a las puertas cerradas.

Tomó aire, se puso en cuclillas, llevó la mano al pomo y empujó.

Movió la linterna como loco, enfocando el escusado, la cortina de baño cerrada y el lavamanos. Se asustó cuando la luz se reflejó en el espejo. Agudizando el oído, esperó, tuvo paciencia, buscando algún sonido.

Otro paso y otro más.

Agarró las cortinas de baño y tiró.

La tina vacía.

Dio un suspiro que ni siquiera supo que estuvo conteniendo. Las piernas las sentía débiles, sus ojos registraban posibles rastros de sangre. Nada en el baño. El corte no debía ser grave, no había tanta sangre en la cocina.

Fue a la otra puerta.

La luz de la secadora parpadeaba indicando un término de ciclo. Daehyun siempre ponía el modo que duraba dos horas y media, le encantaba que la ropa saliese caliente y totalmente seca, a pesar de que eso arruinaba las telas. Si la luz estaba encendida, ese ciclo debió finalizar hacía pocos minutos. Daehyun estuvo ahí hace dos horas y media, por tanto, sea lo que sea que sucedió, ocurrió en el transcurso en que Seojun se iba y Sungguk regresaba: solo dos horas.

¿Pero qué?

¿Qué pasó en esas dos horas? ¿Estaría acaso exagerando? Estaba la posibilidad de que Sungguk fuese a su cuarto y lo encontrase hecho un ovillo en el centro de la cama que compartían. ¿Pero Daehyun dejando la puerta abierta y permitiendo que Moonmon se escapase otra vez? No, él nunca permitiría eso.

Sungguk salió del cuarto de lavado, todavía con la oreja contra el teléfono, no escuchaba la respiración de su amigo.

—Estoy subiendo al segundo piso —avisó en un susurro.

No recibió respuesta.

El primer peldaño crujió al ser pisado, resonando en el silencio de la casa abandonada y vacía. El segundo también, a pesar de su esfuerzo por pisar las esquinas donde se encontraban las tuercas de metal.

Terminó de subir y fue a la izquierda, apoyando la espalda contra la pared del pasillo. Sungguk se permitió cerrar los ojos un instante y tomar aire para tranquilizarse.

Entonces empujó la puerta. Agudizó el oído, lamentablemente solo escuchó el chirrido de las bisagras del cuarto de Namsoo. Tomó otro aliento y se movió. La cama estaba desordenada, la ropa había sido lanzada en todas direcciones como si una bomba se hubiese estrellado en el centro. El dueño no se encontraba.

Sungguk miró bajo la cama. No había nada, al igual que dentro del ropero.

Se llevó otra vez el celular al hombro para sostenerlo contra su oreja, yendo despacio hacia el cuarto de Eunjin. Tampoco nada, solo una cama perfectamente ordenada y sin nadie a la vista.

Luego fue a su cuarto.

Sintiendo ganas de vomitar, apoyó la mano en el pomo, pidiendo en silencio que por favor esto solo fuese una exageración de su mente policial.

Por favor, pidió mientras abría el picaporte, *que Daehyun se encuentre vivo.*

Por favor...

Abrió la puerta.

En el centro de la cama estaba el celular morado de Daehyun, que brillaba por la luz que entraba por la ventana. Las mantas estaban un poco arrugadas, como si alguien hubiese tomado una siesta.

Fue por el celular y lo desbloqueó, por orden médica no tenía contraseña. Tenía dos mensajes, ambos enviados por él mismo.

Mierda.

Abrió el ropero de la habitación solo por las dudas, revisó también bajo la cama. Nada. Ya no tenía esperanzas al caminar hacia el último cuarto de la casa. Daehyun no había vuelto a ocuparlo desde que compartían cama.

Y no se equivocaba.

Todavía existía un deje de olor a pintura ante su poco uso y ventilación, la cama estaba hecha y nunca usada. Tomó asiento en el pequeño colchón y dejó la linterna a su lado, pasándose la mano por el cabello. Acomodó mejor su celular contra la oreja, intentando encontrar la voz perdida en algún punto de esa terrible situación que parecía sacada directamente desde las peores pesadillas de Sungguk.

Revisó el teléfono, que mostraba de fondo una imagen mal enfocada de Daehyun en sus primeros intentos por aprender a usar la cámara. Fue ahí cuando lo oyó.

La madera crujió en la entrada del primer piso. Entonces, otro sonido en la escalera. Sungguk dejó otra vez el celular en el bolsillo y afirmó el suyo contra el hombro, preparado para gritar características físicas de ser necesario. Apagó la luz de la linterna, se arrastró por el suelo y se escondió en un rincón entre el ropero y la pared.

Y esperó.

El crujido desproporcionado avanzó por el pasillo, primero hacia los cuartos de Namsoo y Eunjin, como si estuviese siguiendo su rastro, después en el cuarto de al lado. La puerta fue empujada y Sungguk abrió la boca:

—Pers…

Era Roko.

—Por la puta —soltó la grosería sin poder contenerla, colocándose de pie con Roko yendo feliz hacia él. Tomó aire—. Minki.

La línea regresó:

—¡Que los ángeles se apiaden de mí! Por todo el amor que le tengo a Jaebyu, casi me da un…

—No está —balbuceó ahogado, desconectado de la situación, como si fuera otro Sungguk—. Daehyun no está en la casa.

—Con Seojun vamos en camino —dijo más calmado, su voz sonaba tensa y triste—. Daehyun tampoco está con él. Lo dejó en tu casa.

Sungguk tragó saliva.

—Entonces… ¿él realmente no está con nadie?

—Llamamos a Eunjin, y dadas las condiciones de Daehyun, activó un operativo de búsqueda.

Sungguk tuvo que taparse el rostro con la mano. De pronto quería llorar desesperadamente y que otra persona hiciera su trabajo. Quería que alguien lo sacudiera un poco, lo hiciera reaccionar, le dijera que estaba siendo un exagerado, que todos estaban siendo unos exagerados. Daehyun, tal vez, había salido a pasear y había olvidado el camino de regreso.

Pero eso no explicaba la puerta abierta.

La sangre en la cocina.

Una simple caminata no explicaba nada de eso.

¿Se habría escapado?

¿Pero dónde iba una persona que no conocía el mundo exterior?

¿A la casa donde estuvo encerrado?

Era una posibilidad.

Sungguk encendió las luces de la casa mientras bajaba, ahora buscando una nota escrita por Daehyun indicándole dónde estaba.

¿Pero y si no lo había hecho?

¿Y si él no se había ido por su cuenta?

¿Y si no estaba en la casa de su abuela?

¿Y si alguien sabía que estaba solo?

¿Y si había ingresado a la casa, atacado a Dae y llevado lejos?

¿Y si…?

Sungguk quería golpearse contra la pared por haberlo dejado solo durante dos horas, por haberse demorado, por no haberlo protegido mejor. ¿Pero acaso no era ese pensamiento enfermizo el que buscaron evitar con Seojun? Porque fue esa clase de preocupación y sobreprotección la que había llevado a Daehyun a una vida privada de libertad. Sin embargo, mientras observaba el vaso con sangre y seguía el rastro hacia la cocina, Sungguk deseó haberlo restringido un poquito más hasta que lo hubiesen preparado mejor.

Daehyun, pensó saliendo de casa y viendo el coche de Minki estacionarse en la calle, *¿dónde te fuiste?*
¿Dónde te llevaron y quién lo hizo?

Continuará...

Los espero en la
segunda parte de esta historia, titulada

Still with me

*Para más información de esta novela,
pueden encontrarme en Wattpad e Instagram como Lily_delpilar*

Agradecimientos

Gracias a todos los lectores de *Still with you* en Wattpad, es por ustedes que esta novela se encuentra hoy en papel.

Muchas gracias a mi familia y amigos, como también a:

Min Aylin, por ser una amiga preciosa y por el nombre de Jaebyu, y otros que todavía no puedo mencionar.

Marveli Gómez Pantoja, por el genial nombre para la segunda parte de esta bonita historia.

Nicole Guzmán Rivera, por el nombre de Daehyun.

@_sweetunicorn_, por el nombre de Sungguk.

Ana María Juárez Gutiérrez, por el nombre de Minki y Eunjin.

Jimlenis Kalena Herrera Mirabal, por el nombre de Namsoo.

@minlucv, por el nombre de Seojun.

Valeria Contreras, por los nombres de Monnie, Moon, Moonmon.